Choice

編輯的口味
讀者的品味
文學的況味

翻頁人生

THE BOOKSELLER

CYNTHIA SWANSON
辛西亞·史旺森 著 林靜華 譯

得獎連連的精采作品！

- 榮獲薇拉文學獎
- 榮獲美國獨立書商協會選書
- 榮獲威斯康辛圖書館協會卓越成就獎
- 入圍科羅拉多作家聯盟獎決選
- 入圍女性小說家協會星辰獎決選
- 入圍高原圖書獎決選
- 榮獲Goodreads Choice歷史小說大獎提名
- 榮獲閱讀西方獎提名

聽聽他們多愛這本書！

辛西亞．史旺森巧妙地創造了凱蒂與凱瑟琳兩人的世界，引發「何者為真」的謎團，直到最後一頁才真相大白。史旺森這本令人回味無窮的小說提出了一個永恆的問題：「如果……」。

——**出版家週刊**

這是一部驚人的處女作，情節緊張、節奏快速。一九六〇年代的格調高雅而平穩，凱蒂／凱瑟琳的旅程引人入勝……特別能與電影《雙面情人》及作者安娜．坎德倫與安妮塔．希雷夫的粉絲產生共鳴。

——**圖書館期刊**

辛西亞．史旺森的《翻頁人生》對身分、愛情與失落感的探索令人既欣喜又難忘。作者以強烈的風格與同情心提出一個古老的問題：「如果我的生活和現在不同，會是什麼樣子呢？」這本感人的處女作提出的答案著實令人驚訝。

——**《雙重繼承》作者／喬安娜．赫爾紹**

我沉浸在《翻頁人生》的故事中，我熱愛凱蒂的兩個世界，在我看完這兩個世界的最終結局前都無法放下書本，這次的閱讀體驗令我深深感到心滿意足！

——《審視》作者／安．納波利塔諾

「如果……」這句話總是讓我們魂牽夢縈，並不時困擾著我們。辛西亞．史旺森在《翻頁人生》中以犀利且極富同理心的筆觸帶領我們踏上一段驚心動魄的旅程。在這段旅程中，如果她筆下的這名女性作了不同的選擇，就可能被推入另一個截然不同的世界。

——《謀殺犯的女兒》作者／蘭迪．蘇珊．梅耶爾斯

新銳小說家史旺森在《翻頁人生》中極具創意地刻劃了一個女人兩種截然不同的人生，探索「如果」這個我們到了特定年齡都會問自己的問題，令這本書成為驚人的傑作！

——《書頁》雜誌

描述手法美妙、劇情引人入勝的精采作品，《翻頁人生》給了我們一個令人驚豔又滿足的大結局。丹佛作家辛西亞．史旺森創作出了一本震撼人心的處女作！

——科羅拉多鄉村生活網

這部小說傳達的夢幻場景有如一個現代版童話故事……非常令人滿意！

——**今日美國報**

史旺森的處女作帶著神秘感又極其吸引人，是一部讀完後仍讓人久久不能自已的小說！

——**《浪漫時代》雜誌**

這是一部引人深思又令人難忘的處女作，不禁讓人聯想到《雙面情人》。

——**Shereads網站**

這本書會讓你思考自己過去人生中可能走向的不同道路，但更重要的是，你可以從中學到使你的現實生活更加豐富的方法。

——**《紅皮書》雜誌**

《翻頁人生》讓讀者直到最後一章都無法移開注意力，好奇著女主角最終會作出什麼樣的決定。喜愛歷史的讀者將能享受這位新作家對於細節的熟練處理。

——**小鎮獨立新聞網**

一部技巧純熟的處女作，有趣、引人入勝，而且十分令人滿意！

——《紐約書評》雜誌

史旺森在這部虛實難辨、穿梭過去與現在的處女作中，巧妙地探索人類精神應對創傷的創新方式。

——《書單》雜誌

這是一名女性逐漸接受她是誰的故事，女人和小說都很美！

——「書架情報」網站

《翻頁人生》探究了我們每個人所渴望的雙重人生！

——密爾瓦基公共廣播電台

「如果」簡單兩個字，這個乍看單純的問題在人生的不同時間點困擾過這個星球上的每個人，而這也是令辛西亞．史旺森感興趣的問題，她讓這個點子成為她的處女作《翻頁人生》的創作基石。

——OnMilwaukee網站

這本時間點設定在一九六〇年代丹佛的歷史小說，提出了這樣的問題：我是如何過上現在的生活的？是什麼樣大大小小的巧合讓我走上了這條路？

——丹佛公共圖書館部落格

從一九六〇年代的丹佛展開的兩條故事線，使得當地居民讀起這本書來感到格外有趣，書中充滿了丹佛的歷史。

——科羅拉多公共廣播電台

以愛與感恩獻給我的父母丹尼斯及奧德莉．費雪

相信此時此刻你是快樂富足的，它和過去發生在你身上的一切一樣真實與豐富。

——《凱瑟琳．安妮．波特書簡集》／凱瑟琳．安妮．波特

1

這不是我的臥室。

我在什麼地方？我很吃驚，急忙將陌生的床單拉到我的下顎蓋住全身，一面緊張地搜索我的意識，但想不起我身在何處。

我只記得星期三晚上的事，那天晚上我將我的臥室漆成明亮飽和的黃色。主動來幫忙的傅麗妲批評我挑選的顏色，「臥室用這種顏色太亮了，」她以她無所不知的口吻說，「心情不好的時候如何在這麼明亮的房間睡覺？」

我拿起油漆刷子在漆桶內沾一下，小心刮掉多餘的塗料，然後爬上梯子。「這正是重點。」我對傅麗妲說，然後歪著身子開始漆高而窄的窗櫺。

接下來發生的事我應該記得才對，不是嗎？奇怪的是，我不記得了。我不記得那天晚上刷了油漆之後，我們先往後退一步好好欣賞我們的工作成果之後才開始清理雜物；我不記得我向傅麗妲道謝後跟她互道晚安；我不記得我在那間色彩明亮的房間內聞著刺鼻的油漆味入睡。但我肯定做了這些事，因為此刻我躺在床上，而且由於「這裡」不是我的房間，所以我肯定仍在睡夢中。

雖然如此，它也不是我平常作的夢。我的夢通常比較稀奇古怪，經常跳脫傳統的時間與地點，我認為這是因為我讀了許多奇幻小說的緣故。你讀過《闇夜嘉年華》嗎？這本書六月才出版，但預期它將成為一九六二年的最佳暢銷書之一。作家雷・布萊伯利的作品有很高的可讀性，我向每一個走進傅麗妲和我合夥的書店、想買一本「真正扣人心弦」的書籍的人強力推薦這本書。

「它會讓你作噩夢。」我向顧客保證。我自己就作了噩夢：前天晚上，我夢見我跌跌撞撞地跟在威爾・哈洛維與吉姆・奈樹德（布萊伯利這本書中的主要人物）後面。他們被深夜抵達格林鎮的嘉年華會所吸引。我想說服他們小心謹慎，但這兩個十三歲左右的少年完全不理會我。我記得我在他們後面跟得很辛苦，我的腳步踉蹌。威爾與吉姆在黑暗的陰影中越走越遠，他們的身形先是變成兩個黑點，最後完全消失，我只能沮喪地咳聲嘆氣。

所以你應該明白，我不是那種會夢想在別人的臥室中醒來的那種女人。

夢中的臥室比我真正的臥室大很多，也華麗得多。牆壁是灰綠色的，和我為我的臥室挑選的飽和明亮的黃色有很大的差異。它的家具是成套的，非常時髦，床罩折疊得整整齊齊擱在床尾，同一質料的柔軟的亞麻被單蓋在我的身上。這種刻意的組合方式令人感到驚喜。

我縮進被單底下閉上眼睛。假如閉上眼睛，我很快就會發現我在南太平洋獵捕鯨魚，身上穿著骯髒的工作服，和我的三五好友在我的船上暢飲威士忌。或者，我會飛越拉斯維加斯上空，風將我的頭髮吹到我臉上，我的雙臂變成一對巨大的翅膀。

但這些都沒有發生，相反地，我聽到一個男人的聲音，「醒醒，凱瑟琳，親愛的，醒醒。」

我睜開眼睛，凝視那雙我所見過最深、最藍的眼眸。

然後我又閉上眼睛。

我感覺一隻手搭在我的肩膀上。我的肩頭是裸露的，上面只有一條絲質睡衣的細肩帶。很久沒有男人和我這樣親密接觸了，但無論這種經驗多麼稀少，有些感覺仍然是明確的。

我知道我應該感到恐懼，那是正常反應，不是嗎？即便在睡夢中，當妳意識到一個陌生男人的手搭在妳裸露的肌膚上時，妳也應該感到恐懼。

然而，奇怪的是，我發現這個夢中人的觸覺讓我感到愉悅。他輕輕地握緊我的肩頭，手指抓著我的上臂，大拇指溫柔地撫摸我的肌膚。我閉著眼睛，享受這種觸感。

「凱瑟琳，親愛的，抱歉吵醒妳，但米希的體溫有點高……她需要妳，拜託，妳得起來。」

我閉著眼睛琢磨這句話。這個米希是何許人，她的體溫有點高跟我又有什麼關係。

一如夢中發生的事件總是雜亂無章，我的思潮也迅速地被幾年前從收音機聽到的一首流行歌曲的歌詞所取代。我雖然不確定歌詞是否正確，但我可以聽到那個旋律。那是蘿絲瑪莉·克隆尼唱的一首歌，歌詞提到人的眼睛會像星星般閃爍，勸人不要被愛沖昏了頭。想到這裡我忍不住微笑；我這不是快要被沖昏頭了嗎。

我睜開眼睛，從床上坐起來，但立刻就後悔了，因為我一改變姿勢，藍眼人溫暖的手便離開我的肩膀。

「你是誰？」我問他，「我在什麼地方？」

他以詫異的眼光看我。「凱瑟琳，妳沒事吧？」

我的正式名字不叫凱瑟琳。我叫凱蒂。

好吧，我的正式名字是凱瑟琳，但我從來就不喜歡這個名字，它給人的感覺太僵硬。凱瑟琳的發音不能捲舌，但凱蒂可以。因為我的父母為我取了一個普通的名字後又給了我一個小名，每當有人問我如何拼寫時我都覺得很煩。

「我想我沒事，」我告訴藍眼睛，「但說真的，我不知道你是誰，或我現在在什麼地方。很抱歉。」

他微笑，一雙英俊的眼眸亮晶晶的。除了這對眼睛外，他的長相相當平凡，中等身高，中等體格，腰間有點贅肉。稀疏的紅褐色頭髮開始冒出幾絡灰白。我猜他的年齡大約在四十左右，比我大幾歲。我吸一口氣，發現他身上有一股木質的肥皂香，似乎剛剛才沖過澡、刮過鬍子。他的味道很吸引人，我感覺我的心怦然一動。我的天，這個夢還會有其他更荒謬的事嗎？

「妳一定是睡得太沉了，親愛的，」他說，「妳知道我是誰，我是妳的丈夫，妳在我們的房子、我們的臥房內。」他伸手對著房間一揮，彷彿在證明他說的沒錯，「現在，我們的女兒，她叫米希，假如妳也忘了的話，她似乎在發燒，她需要她的母親。」

他對我伸手，我本能地將我的手放進他的手心。

「可以嗎？」他哀求，「請妳去看看她，凱瑟琳。」

我皺眉。「抱歉，你說你是……」

他嘆氣，「妳的丈夫，凱瑟琳。我是妳的丈夫拉爾斯。」

拉爾斯？好奇特的名字。我想不起我認識的人當中有哪一個叫拉爾斯。我半微笑，想著我的想像力豐富的大腦，它沒有幻想一個名叫哈利，或艾德，或比爾的人，不，我的腦子竟想像出一個名叫拉爾斯的丈夫。

「好吧，」我說，「給我幾分鐘。」

他捏一下我的手後放開，然後靠過來親吻我的臉頰，「我會先幫她量體溫等妳來。」

說完，他起身離開房間。

我又再度閉上眼睛，這個夢很快就會過去。

可是等我再睜開眼睛時，我仍在這裡，在這間灰綠色的房間內。

我看別無選擇了，只好起床走過房間。床的上頭開了天窗，玻璃拉門看起來似乎通往庭院什麼的，臥室連著一間寬敞的浴室。我推斷這個房間，假如這是真實的，它應該是一棟相當摩登的房屋的一部分。這棟房屋比我在丹佛市普拉特公園附近租的一間一九二〇年代的雙併公寓更時髦，而且想必更寬敞。

我瞄一眼浴室，裡面是淺綠色系和閃亮的鍍鉻裝飾，長長的梳妝臺有兩個水槽和灑金的白色富美加面板。梳妝臺連著一座微微嵌入牆壁的原木櫥櫃，使梳妝臺的檯面似乎比地板更深入牆面。地板是用一種清新的薄荷綠、粉紅與白色的馬賽克鋪成的。我不知道我是否身在丹佛，但假如是，這裡肯定不是昔日的普拉特公園，因為打從第二次世界大戰前迄今，這裡都沒有興建過新的建築。

我從梳妝臺上的鏡子照著自己，半期待會看到一個完全不一樣的人──誰知道這個凱瑟琳會是什麼長相？但我看到的跟我本人沒有兩樣，矮小、體態豐滿，一頭誇張的草莓金頭髮，前額和頭上一堆不聽話的鬈髮，無論我多麼的勤快梳洗也拿它莫可奈何。我用手指去梳理它，這才發現我的左手無名指上戴著一枚亮晶晶的鑽戒和一枚寬邊的黃金婚戒。想當然耳，我心想，我的腦子真行，竟幻想出一個買得起一枚大鑽戒的丈夫。

我從櫥櫃找出一件非常合身的深藍色鋪棉浴袍穿上，繫上腰帶，進入走廊，去找那個名字古怪的拉爾斯和他生病的孩子米希。

在我正前方的牆壁上，從臥室內就能清楚看到走廊牆上掛著一幅彩色大照片。那是一幅山景：夕陽掛在地平線上，山峰在夕照下呈現粉紅與金色色調。照片的左手邊有一大片黃松林。我在科羅拉多州住了大半輩子，卻看不出這是什麼地方，也不知道它是不是落磯山脈。

我正在嘗試解開這個謎團時，冷不防有人從右邊抱住我的腰。我踉蹌了一下保持平衡免得往後摔倒。

「哎呀！」我邊說邊轉身，「不要這樣，你要自制，你現在長大了，不能老是黏著別人要人家抱。」

這是什麼跟什麼？這個女人怎會說出這種話？這肯定不是我。這些話聽起來一點都不像我會說的話或我會有的思想。

仰頭看我的是個小男孩，他有一對跟拉爾斯一樣會透視的藍眼睛，整齊的短髮管不住掛在眉毛上幾綹不聽話的金紅色鬈髮。他白裡透紅水蜜桃似地臉龐乾淨潔白，看起來活脫是個牛乳或冰棒廣告中的小人兒。是的，他就是這麼可愛。看著他，我發現我的心有點融化了。

他放開我，向我道歉。「人家想妳嘛，媽媽，」他說，「我從昨天就沒見到妳了。」

我一時無語，接著又想起我的處境，畢竟我是在睡夢中。於是我對小男孩微笑，靠上去在他肩膀上捏一下。我要讓這個夢繼續延續下去。有何不可？到目前為止，這都是個舒適宜人的地方。

「帶我去找你父親和米希。」我說，抓住男孩又軟又胖的小手。

我們從走廊再走上半層樓，上面是一間女兒房，康乃馨粉紅的牆壁，一張白色的木造小床，一座低矮的書櫃上立著一些兒童繪本和填充動物。一個同樣天使般的小孩坐在床上，長相酷似牽著我的手的小男孩。她的神情委靡，雙頰緋紅，體型和小男孩差不多。我一向不善於猜測兒童的年齡，但我想他們大約五、六歲，是雙胞胎嗎？

「媽媽來了！」胖胖的小男孩說，爬到床上，「米希，媽媽來了，妳可以放心了。」

米希嚶嚶抽噎。我坐在她身邊摸她的額頭，手上的觸感果然是溫熱的。「哪裡疼？」我溫柔地問她。

她靠向我，「全身都疼，媽媽，」她說，「我的頭尤其疼。」

「爹地幫妳量體溫了嗎？」我不敢想像我如此輕易說出這幾個字和做出這些母親的舉動。我感覺自己似乎精於此道。

「量了，他正在洗體問計。」

「體溫計，」胖胖的小男孩糾正她，「體——溫——計，不是體——問——計。」

她瞪他一眼，「你別管閒事，米契。」

拉爾斯出現在門口，「一〇一點六度。」他說。

我不明白這代表什麼意義。喔，我知道這是指她的體溫是華氏一〇一點六度，但我不知道這代表她得去看醫生，或躺在床上休息，或請假不去上學。

因為我沒有孩子，我不是個母親。

我不是有意暗示我從不想要孩子。恰恰相反，我是那種喜愛嬰兒洋娃娃，會假裝用奶瓶餵它們吃奶，假裝幫它們換尿布，把它們放在小小的娃娃車上推著走來走去的小女孩。我是獨生女，我會哀求我的父母再生一個兄弟姊妹——不是因為我想當大姊姊，而是我想當一個小媽媽。

有很長一段時間我以為我會嫁給我大學時代穩定交往的男友凱文。他和那些還沒有上戰場的年輕人一樣，在一九四三年離家加入太平洋戰爭了。我對他始終忠誠，那個時代的女孩都如此，對男友都忠心不二。凱文和我常有書信往來，我還寄給他裝滿餅乾、襪子、香皂的慰問包裹。我們會在我們的女學生聯誼會牆上掛一張南太平洋地圖，用圖釘標示我們男友的部隊前進的地區。「等待是痛苦的，但是等他們回來後，這些等待都值得了。」我們女生都這樣彼此互相安慰。當我們得知某個人的男友再也不會回來時，我們會用手帕掩面哭泣，但我們也會暗暗感激上蒼那個不幸的人不是我們的男友，至少這次不是。

讓我鬆一口氣的是，凱文完好的回來了，而且似乎沒有改變，急著恢復他的醫學院預科學業，希望將來成為一個大夫。我們持續約會，但他始終沒有提出要求。我們一次又一次應邀參加婚禮，人人都問什麼時候輪到我們。「噢，總有一天！」我會這樣回答。我的語氣太過於輕鬆和滿不在乎。凱文每次碰到這種場面就直接改變話題。

一年又一年過去了，凱文完成醫科學業，開始當住院醫師；我成為一個小學五年級的班導師。但儘管我們的關係依舊，卻年年都毫無進展。最後我明白我再也不能不對他發出最後通牒了。我告訴凱文，除非他想長久維持我們的關係，否則我不幹了。

他重重嘆一口氣。「也許這樣最好。」他說。他的吻別簡短且敷衍了事。不到一年，我聽說他和他們醫院的一個護士結婚了。

但在這個夢中，那一切——那些白白浪費的青春，凱文無情的拒絕，完全都不重要了。我在這個世界為自己找到一個優勝者。好樣的，凱蒂。我可以聽到我的好姊妹們向我道賀。好樣的。

想到這裡，我自己都覺得荒謬，差點笑出聲來。我急忙用手掩住我的口將它壓下去。這是在夢中；無論如何，這裡還有個生病的孩子，我應該有得體的言行舉止，我應該適度表現一個做母親的憂慮。

我抬起頭，遇到拉爾斯的目光，他正以充滿欽慕與（我有沒有會錯意？）情慾的眼神凝視我。已婚的人都用這種眼光相互對看嗎？即便在孩子發燒的情況下？

「妳說呢？」拉爾斯問我，「每次發生這種事，妳都知道該怎麼辦，凱瑟琳。」

我有嗎？多麼有趣的一個夢。我瞥一眼窗外，這似乎是個冬天的早晨，窗櫺上結了一層霜，外面還下著小雪。

儘管無法解釋，但我在剎那間果然知道該怎麼辦了。我站起來經過走廊進入浴室。我知道我可以在藥櫃裡找到那個裝著「兒童阿斯匹靈」的小塑膠瓶。我從固定在牆上的容器取下一個紙杯，接了少許涼水在杯內，然後打開浴室的櫥櫃取出一條毛巾，用冷水打濕後擰乾。

我拿著藥瓶、濕毛巾和紙杯回到米希的房間。我將毛巾敷在她的額頭上，輕輕貼著她溫熱的皮膚。接著我給她兩顆阿斯匹靈，她用那杯水困難地服下藥丸，然後感激地對我微笑，並往後靠在她的枕頭上。

「現在讓她休息一下。」我將米希的被子蓋好，從她的書櫃取出幾本繪本。她開始翻閱《瑪德琳的親愛小狗》（作家路德威．白蒙所寫的一系列輕鬆愉快的兒童故事之一，內容敘述巴黎一所寄宿學校的小女孩瑪德琳和她的十一個同班同學所發生的事），書中的房屋爬滿藤蔓，小女孩排成兩列。米希的小手指著每一頁的文字，用沙啞的嗓音小聲地讀著。

拉爾斯靠過來牽著我的手，我們一起對我們的女兒微笑，然後帶著我們可愛的兒子，三個人安靜地離開房間。

但，一如這個夢突然發生，它也突然的結束。

我的床頭鬧鐘猛的發出響亮的聲音。我閉著眼睛伸手將鬧鐘上的按鈕用力壓下去，鬧鈴停止了。我張開眼睛，房間是明黃色的，我回家了。

2

「天哪，」我自言自語，「好怪的一個夢。」我呆坐在床上，我的黃色虎斑貓亞斯藍蜷縮在我身邊，兩眼半閉，正小聲地打著呼嚕。我是根據C. S.路易斯的小說《納尼亞傳奇：獅子．女巫．魔衣櫥》中的獅子亞斯藍為牠命名的。這本書好看極了，尤其是若你喜愛兒童奇幻故事的話。每一本《納尼亞》故事書我都看了，而且整個系列小說前後至少看了六遍以上。

我環顧我的臥房，窗子空蕩蕩的，沒有窗簾也沒有遮罩。木頭窗框上仍貼著紙膠帶。我的床和床頭櫃是房間內唯一的家具；昨天開始油漆前，傅麗妲和我一起把書桌和大木箱搬到客廳好騰出空間幹活，同時防止它們沾到油漆。現在一屋子刺鼻的油漆味，但顏色好看極了，宛如晴天的陽光，正合我意。我帶著滿意的微笑，起身穿上睡袍，踩著鋪在地板上的報紙啪嗟啪嗟走出房間。

我朝著廚房走去煮咖啡，中途經過客廳停下來，客廳內有幾座我從車庫拍賣買回的舊書櫃，上面塞滿書籍和雜誌，其中一座書櫃擺著一臺收音機。我打開收音機，轉到KIMN電臺並調高音量。電臺正在播放「四季合唱團」演唱的〈雪莉〉。這個星期我已在電臺上聽過無數次了，我敢打賭本週末這首歌一定會登上《告示牌》音樂排行榜的前幾名。

我把我的咖啡壺拿到廚房的水龍頭底下裝水，然後從吊櫥取出一罐「早餐咖啡」，準備用量匙取出一些咖啡粉放進不鏽鋼製的滲濾式咖啡壺。

「……晚上出去……」我小聲地跟著收音機的歌聲哼著。

「下面是一首好聽的老歌，」播音員說道，「有人還記得這首歌嗎？」

收音機傳出歌聲，我的手僵住了，手指捏著量匙停在半空中。蘿絲瑪莉．克隆尼的歌聲充滿整個空間。

「好詭異喔。」我對亞斯藍說。牠慢悠悠地走過來看牠的碗裡有沒有早餐牛奶。我裝好咖啡粉後將咖啡機的開關打開。

這首歌（我現在想起來了，它的歌名是〈嘿〉）發行至少有七、八年了。我已不記得它在哪一年紅透半邊天，但我記得那段日子我常哼哼唱唱。我有許多年沒想起這首歌了，直到昨天晚上作夢時它出現在我腦中。

我回想夢中人那一雙會透視的藍眼睛，藍得像某個異國明信片中的大海。我記得我還在想我應該感到害怕，但我沒有。我凝視他時，我的眼中也有星星在閃爍嗎？我懷疑。但，我能沒有嗎？瞧他凝視我的眼神，彷彿我是他的一切，彷彿我是他的整個世界。

這對我而言，毫無疑問是新奇的。從來沒有人，甚至是凱文，曾經用這種眼神凝視我。

還有拉爾斯說的那些話！醒一醒，凱瑟琳，親愛的。妳一定是睡得太沉了，親愛的……妳都知道該怎麼辦，凱瑟琳。

在這個真實世界中，沒有人會對我說這種話，當然也沒有人會叫我凱瑟琳。

幾年前，有段很短的時間，我開玩笑地稱自己叫凱瑟琳，差不多就是在傅麗妲和我合夥開書店那個時候。由於展開新的事業，加上邁入新的十年（我在那之前幾個月剛滿三十歲），我覺得自己應該有大幅度的改變才對。雖然我一向不喜歡凱瑟琳這個拗口的名字，但我也想不出任何比改名字更好的方式。我當時的想法是也許習慣了就好了。

於是我改名了。我在我的私人名片上印「凱瑟琳．米勒」這幾個字，並要求傅麗妲和我的其他朋友都改叫我凱瑟琳。我向顧客、向我們書店所在的那條珍珠街上的其他商店自我介紹時都說我叫凱瑟琳。我甚至要求我的父母也改叫我他們為我取的正式名字。他們雖然有點不情願，卻還是尊重我的選擇。他們向來都很寵我。

反倒是傅麗妲沒那麼好說話。「凱蒂這個名字很適合妳，」她說，「為什麼要改？」

我聳肩，回答也許到了該長大的時候了。

我甚至向那些可能的追求者自稱凱瑟琳。那種新的感覺很好，它讓我有機會成為一個全新的人，一個多一點世故、多一點經驗的人。

但那些約會後來都沒有下文——漫無目標的這裡、那裡約個會，然後就沒有第二次了。顯然，改名字也不能自然而然改變我的角色，不像我所希望的那樣。

過了幾個月，我把剩餘的「凱瑟琳．米勒」名片全部扔進垃圾桶，不聲不響地又改回凱蒂。沒有人有任何意見。

我端著咖啡來到我的書桌。書桌面向客廳的兩扇窗。我拉開窗簾坐下來，從這裡望出去可以看到華盛頓街。這一天是陽光普照、氣候溫和的九月天，郵差正沿街挨家挨戶遞送郵件，他將郵件塞進我的信箱和韓森家的信箱時我朝他揮揮手。韓森是我的房東，住在這棟雙併公寓的另一邊。郵差離開後，我出去取我的郵件和《落磯山新聞》。

拉爾斯，拉爾斯……我的腦子仍在想著這個名字。拉爾斯姓什麼？

我又在哪裡曾經聽過這個名字？

我回到屋內，看了一眼報紙頭條。甘迺迪總統昨天在萊斯大學演講，誓言要在這個十年結束之前將人類送上月球，但我要親眼看到才會相信。我把報紙扔在餐桌上，打算等吃過早餐後再細細閱讀。

我的郵件只有寥寥數封，除了幾張帳單外，還有一張附有免費洗車優待券的廣告宣傳（對我沒什麼用處，我沒有車），以及一張我母親寄來的明信片。

早安，甜心：

希望妳有個好天氣，這裡今天八十五度，有點潮濕，但氣候當然十分宜人。這個地球上沒有別的地方比這裡更舒適愉快了，我向妳保證！

我要告訴妳我們返家的日期。我們將搭乘十月三十一日晚上的班機，在洛杉磯轉機後，十一月一日星期四抵達丹佛。

我們的假期過得很愉快，但我們迫不及待想回家看秋天的景致！當然，還想見妳。

愛妳的 母親

P.S.我也急著想回醫院；我非常想念那些嬰兒，不知道自從我們離開後，又多添了幾個新生兒？？？？

我讀著母親簡短的幾行字，忍不住微笑。我的父母已在檀香山住了三週，前後預計停留五個星期。這對他們而言是一次難得的長假，也是他們離開丹佛最長的一段時間。今年六月是他們結婚四十週年紀念，這趟旅遊就是為了慶祝這件事。我的史坦利姨父是駐在珍珠港海軍基地的一個海軍上士，我的父母就是跟著史坦利姨父和梅姨住在他們位於檀香山海軍基地外圍的公寓。

這趟旅行對他們而言是件大事，一生難得的經驗，但我可以理解他們，尤其是我母親，為什麼不願離家超過兩個月。我的母親很重視她在丹佛總醫院嬰兒病房的工作，幾乎從我有記憶開始，她就一直在那裡擔任志工（「全世界最老的護士助手。」她常開自己的玩笑）。我的父親在科羅拉多公共服務公司上班多年，他的工作是為一般住宅安裝電表，去年滿六十歲提早退休。父親退休後天天在家裡弄弄這個、做做那個，或者閱讀，每週兩次出去和他的好友們打高爾夫，只要球場上沒有積雪，連寒冬也不例外。

我回想那個夢，以及我在小女孩房間往窗外看時外面正在下雪。米希？她叫米希嗎？是的，米希房間的窗外在下雪。我很驚訝我竟然能記得夢中的細節，我的心居然能在我熟睡之際創造出如此愉悅動人的雪景。

想到房間內的情景我也忍不住莞爾：那兩個可愛的孩子，還有那個有一對美麗眼眸的男子。

喝完咖啡，我把母親剛寄來的明信片收進牛皮紙夾，和我前幾次收到的其他明信片放在一起——每個星期至少會收到三、四張。我把文件夾擱在書桌上一幅鑲框的父母合照旁邊。

我起身去沖澡。夢中的生活雖然美好，但我還是得過我自己的生活，我的真實生活。

我步行到珍珠街我們的書店，它距離我居住的公寓只有幾條街。傅麗妲也是從她家步行上班，有時我們會在路口相遇，但今天我拐入珍珠街時只有我一個人。我短暫停下腳步，感到一股安靜與淒涼。四周沒有半個人影，也沒有車輛經過。藥房開門營業了；我可以看到它的左邊窗子裡的霓虹燈亮著。日常經驗告訴我，這個時間三明治店應該也開門了，也許會有幾個過路人停下來，進去買杯咖啡或黑麥香腸三明治帶走，但就算有也只是少數。

這種情況並非一直如此。

傅麗妲和我合夥經營的「姊妹書店」在一九五四年秋天開張時，我們都認為這裡的地點很好。那時候的百老匯線電車還會繞到珍珠街，我們的書店和「時尚戲院」在同一條街上，每當戲院上演劇情片時，我們會刻意延長營業時間到晚上，迎接電影開演前後的人潮。那時我們有許多夜晚上門的顧客；許多人喜愛在晚上進來我們的書店瀏覽，無疑地是希望能在那成堆的書籍雜誌中邂逅一位神秘的美女或英俊瀟灑的陌生人。

但現在世道大不同了。百老匯線電車已經停駛——所有電車路線都停駛了，改由公共巴士取代。新的巴士路線沒有開到珍珠街，後來這條街的交通就日漸稀少。「時尚戲院」依舊放映影片，但也不如以往吸引那麼多群眾。人們不再到我們這條街及其他同樣的小型商業區購物與娛樂，他們喜歡開車到城郊一些新蓋的購物商場遊玩。

傅麗妲和我討論過這件事，討論如何因應。我們應該關閉書店，完全退出這個行業？我們應該遷出這個地點，到某個新的購物中心重起爐灶？傅麗妲早在幾年前就提議，但被我打回票。或者我們應該維持現狀，相信只要我們堅持下去，事情總有轉圜的一天？我不知道，傅麗妲也不知道。我們每天都在談這件事。

但我知道，以我們多年來的經驗，我們倆都知道沒有一件事能像剛開始以為的那樣持久。

在經營書店以前，我是一個五年級班導師，我告訴自己這是我熱愛的工作：我愛我的工作，我愛我的工作，我愛我的工作。每天早上，我從我父母家（那時我還跟我的父母住在一起）騎腳踏車到若干哩外的學校時，我總是在心中這樣默唸。

怎麼可能不愛這份工作？我會問自己。畢竟，我喜歡小孩，我也喜歡閱讀與學習。以這種邏輯推論，假如我不因此而喜愛教書，那麼我是個什麼樣的人？

然而，站在黑板前面對一大群十歲大的孩子，我緊張得如同一個新手音樂家假冒老手在一場擠滿觀眾的音樂會上演出，渺小、孤單地在聚光燈的照耀下坐在巨大的鋼琴前。這個假冒的音樂家在按下琴鍵的那一剎那就明白她不可能瞞過任何人，但已為時太晚。

這就是那時候我站在教室內的感覺。我的手心會冒汗，我的聲音急促而高亢；經常會有學生要求我再重複說一遍。「米勒老師，我聽不清楚。」會有一個學生這麼說，其他學生立刻紛紛附議：我也是，我也聽不清楚，米勒老師。妳剛才說什麼，米勒老師？我感覺我成為他們的一個笑柄，但它不是一個好的笑話，也不是一個我喜歡的笑話。

每一年我都會教到幾個優秀的學生（幸好有這些優秀的學生），他們在任何環境下都能學習，聰明又容易調教，很快就能自己抓到一些概念，不太需要我的協助。但這樣的學生少之又少。

另外就是那些家長。喔，那些家長。

我還記得我的教職生涯即將結束之前一個格外可怕的早晨。文森太太的女兒雪拉的期中考成績單上的歷史科成績是D，文森太太在第一節上課鈴響前氣沖沖地走進教室，手上揮舞著雪拉的成績單。雪拉跟在她後面。

「這個成績是什麼意思，米勒老師？」文森太太說，「雪拉告訴我，妳在班上根本不教歷史！」

「我們當然有教歷史，」我回答，盡可能使我的聲音保持冷靜。我氣得咬著下唇。我幹嘛非得在眾目睽睽之下為自己辯護？「我們一整個學期都在學習美國內戰史。」

「內戰史？內戰史？教一個小女孩如此久遠以前的戰爭有什麼用？」

這個質疑是如此荒謬，我一時竟無以回答。雪拉得意地站在她母親身邊，一雙深色的眼睛挑戰似地望著我。我真想給她一巴掌。我知道我不會，但那個衝動十分強烈，我只好雙手緊貼著大腿兩側控制自己。

「那是學校安排的課程，」我說，「學校要求我教的，文森太太。」上課鈴響了，我走到教室門口，準備迎接其他學生。「我只是遵照課程安排教他們。」

文森太太皮笑肉不笑。「那可真有創意，不是嗎？」她說，然後不等回答便轉身離開教室。

我可氣炸了；老實說，我花了好幾個星期才把這口氣消下去。這段期間，我開始責怪自己。是的，我只是在做我的工作，但假如我的學生不能，或者不想學習——那就是我的錯。學習對我來說是件非常容易的事；我因而假設教導別人也很容易，但結果不是這麼一回事時，我卻不知道事情該如何解決。

同樣這段期間，自從中學時代就一直是我的摯友的傅麗妲在廣告公司上班。那是個吃力但迷人的工作，但她很能勝任。她們公司報表的主要客戶是地方上的企業，其中有許多是大公司——蓋茨集團、羅塞爾斯多福糖果公司、喬斯林百貨公司。她時常參加派對和揭幕儀式；她穿華麗的晚禮服，她都會事先穿給我看，徵詢我的意見。我覺得每一件禮服都美極了。

表面上，傅麗妲好像過得很快樂，但是到了週末她換上吊帶褲、低跟鞋和針織衫和我見面時，她會坦承這一切都太虛假。她說，她覺得她很像在演戲。「偶爾演一齣戲是很有趣，」她說，「但演一整天，天天演，難免令人疲憊。」

傅麗妲和我常討論我們的現狀。她多麼厭惡她的工作虛偽的那一面；我則擔心無法勝任我原本以為我會做得很出色的工作。

一九五四年三月底一個星期日的下午，我們在我新遷入的社區附近散步時她問我：「如果換一種不同的生活呢？」我在那一個月前從我父母的家搬出來，因為我即將三十歲了，覺得自己應該出來獨立生活才對，所以我在普拉特公園附近租了一間公寓。我的新住所離我任教的學校不遠；從那裡步行到傅麗妲在兩年前自己買下的小屋也不到十分鐘。那一天是丹佛典型的春天，一如往常，三月下暴風雪的機率大於其他任何月份。同樣地，那一年暴風雪過後總會有幾天溫暖的晴天，地上的積雪融化成許多小水窪，新長出的小草從泥濘的院子探出頭來。那個週末的前一天才下了一場典型的季末降雪，但星期天傅麗妲和我出來散步時又是個華氏五十多度的晴朗、明亮的天氣。

傅麗妲注視著一大塊融雪從附近住家的屋簷上掉下來，然後轉頭問我：「如果我們做的是會讓我們感到滿足的工作呢？」

「如果我不會每天晚上獨自垂淚？」我思索這種可能性，覺得我的心一下子打開了，充滿活力。

傅麗妲緩緩點頭。「是的，妹子，」她回答，「是的。」

最後我們決定，停止作夢、開始過我們夢想的生活的時候到了。我們拿出自己的存款，向我們的父母借錢，向銀行申請商業貸款。由於我們是單身婦女，必須有一名男性為我們的貸款背書；幸好傅麗妲的父親願意簽字，於是「姊妹書店」誕生了。

我還記得書店開幕時我們都興高采烈，我們終於要開始做我們想做的事了。我們合夥的事業會生意興隆；我們會自己抉擇，自己決定我們的命運。從今以後，沒有人會介入（父母、老闆，更別提一群不服管教的孩子和他們的母親），沒有人能決定傅麗妲和我的未來。沒有人會為我們作決定，除了我們彼此，也沒有人會為我們未雨綢繆。

我們倆都單身度過二十載的青春歲月，我們的其他中學或大學女同學沒有一個像我們這樣。我們也都不曾因為單身而感到不安。過去我一度很想嫁給凱文，但這個目標此時已無關緊要。那是一個年輕女性的渴望——或者，少女的渴望，但我已不是少女了。

這些年來，我體會到單身帶給我以及傅麗妲，我們這個年齡的其他女性所沒有的自由和古怪，猶如百貨公司珠寶部門中一條引人注意的項鍊，一條色彩繽紛、串珠大小不一的項鍊，而不是一條單調乏味的珍珠項鍊。

誰需要男人？傅麗妲和我會這樣互相對問。誰需要孩子？我們對那些開休旅車的女性得意的笑，慶幸我們沒有落入那個圈套。

但這不是我們中的任何一個人長期渴望的生活。

傅麗妲和我的生活充滿挑戰。早上我們只有兩個顧客，兩人都買了一本新出版的布萊伯利的小說，這本書在我們這間不起眼的小書店是一顆明日之星。下午有幾個人進來逛，問我們有沒有瑞秋．卡森的《寂靜的春天》——這本書談的是殺蟲劑對環境的毒害，《紐約時報》在今年稍早刊登其中幾篇文章，預計本月稍後集結多篇論文發行。《寂靜的春天》在本地的文學界被廣為期待，可惜我們要等到九月的最後一週才能從經銷商那裡拿到書。

傅麗妲一整天都暴躁易怒，她的情緒也影響了我，我發現我的手顫抖得很厲害，雖然今天我只喝了兩杯咖啡。但也說不定是那個夢的影響，它直到現在仍鮮明的存在我心中。

「我要走了，」四點三十分時傅麗妲說，「今天受夠了。妳來關門好嗎？」

我點頭，目送她離去。她在書店外激動地點燃一根菸，然後邁著大步走上街道。

「妹子，我很抱歉。」我喃喃地說，但她早已走了，聽不到我的聲音。「很抱歉我們會有這種境況。」

拉上前門的遮簾後，我取出收銀臺內少得可憐的現金準備放入後面的保險箱時，忽然想起一件事。

我想起我以前曾聽過這個名字，拉爾斯。

這段記憶得回溯到八年前，就是在傅麗妲和我合夥的書店剛開張不久，我自稱凱瑟琳那段時間。那時候我對《丹佛郵報》上的徵友廣告很感興趣，有一天終於也刊登我自己的徵友啟事。我認為這和我換新工作、改名字一樣，也是一件勇敢的事，我想讓自己變成一個不同於以往的人。

拉爾斯是回應我的徵友啟事的人之一。事實上，此刻回想起來，拉爾斯就是那個人。

我的意思是，在二十多個回信的男性中，我最先挑出的有八至十個，並且和他們一一通電話。其中有幾個和我見過面（儘管沒有再見過第二次，但我並不感到失望）——在這些男性當中，拉爾斯是唯一讓我感到有可能的人。

和其他男人一樣，拉爾斯也寫信來自我介紹，但不同的是，他的信並非寥寥數語草草寫在一張便條紙上就塞進信封裡，完全不考慮後果。我從拉爾斯的信可以看出，他是花了許多時間字斟句酌寫出這封信。

我喜歡保存東西。我家裡有個大型檔案櫃，我把每一張我認為有意義的紙張都保存下來。我保留信件、收據、旅遊行程表、雜誌文章——應有盡有，那封信就存放在那個檔案櫃裡。

所以，可想而知，我下班後立刻衝回家翻我的檔案，找出一個寫著「徵友回函」的牛皮紙夾。這個文件夾內有幾封信和幾張書寫姓名與電話號碼的紙張。其中還有一張發黃的剪報，是從報紙上剪下的我個人的徵友啟事：

單身女性，三十歲，丹佛居民。對自己、家庭、朋友與個人能力充滿信心。個性誠實、坦率、忠心耿耿。徵求活潑有趣但不會傻裡傻氣的紳士為友。他必須要有興趣（戶外運動、音樂、閱讀書籍），熱愛家人與安定的家庭生活，但又喜歡冒險、旅行、遊樂。如果你是這種人，請寫信給我。

我思索我這篇徵友啟事的內容，我如何向全世界毛遂自薦。回顧過去，我知道我在這幾年內改變了不少。那時我仍一心嚮往婚姻，凱文雖然在那前幾年已從我的生命中消失，但找個合適的人安定下來建立家庭的念頭——顯然，在一九五四年當時，這種念頭仍吸引著我。

現在的我──經營書店、獨立自主、過單身的上班女性的生活……現在的我已經想和傅麗姐一起開創事業了。在教書生涯證明是一場災難後，我想讓自己整天與書籍為伍，靠我的條件過我的生活。

但我沒有想到這幾年是在這種狀態下度過的。

我在文件夾中翻找了一會兒，終於找到拉爾斯的信。

親愛的小姐：

我知道妳不認識我。我知道多數人都說用這種方式去認識人很愚蠢。我也聽說這個方法不可能成功。這些話我多半相信，因為我沒見過幾個人成功過。但我讀了妳的啟事（事實上，我已經讀了十幾遍），從妳的形容，我覺得我是一個可以跟妳合得來的人。

妳說妳要找一個活潑有趣但不會傻裡傻氣的人。我喜歡做幾件事，其中之一是探望我的外甥，跟他們一起在街上踢足球。別擔心，我們踢的是軟球，而且不曾打破汽車的擋風玻璃──我的外甥和外甥女目前一個十二歲，一個八歲，所以他們懂得留心街上往來的車輛。我還喜歡幫別人建造東西。我的外甥們小時候，我在我妹妹家的後院搭了一座鞦韆。我還幫一個朋友養的狗蓋了一間狗屋，讓牠在天寒地凍的晚上睡覺。這些也許不是什麼有趣的事，但它們都是能為他人帶來快樂的事，我也因此而得到快樂。

妳提到旅行。我喜歡旅行，但目前還沒有機會經常旅行。我在十多歲時跟隨我的父母從瑞典移居美國。我必須辛勤工作才能在這個國家生存下去。但現在情況好多了，我已有能力過比較舒適的生活，期待未來也能多經常旅遊，不管在國內或國外。妳去過歐洲嗎？我移民美國後就沒再回去過，但我希望將來有一天能回去看看，尤其是如果有一個喜愛舊世界的美與歷史的旅伴更好。

我的另一個興趣（妳沒有提到妳的興趣）是美式運動，尤其是棒球。妳或許不是個棒球迷，但我希望假如我們能見面並互相認識，妳能體諒我對棒球的熱愛。聽說棒球是美國的國民休閒娛樂，如今我已是個美國人，我發現它也同樣成為我最愛的休閒娛樂。

我很高興妳不怕表明妳想找一個愛家的男人。許多女士似乎都不敢承認這一點，彷彿她們擔心這樣會使男人對她們失去興趣。我猜她們這麼想也是合理的，因為許多人（尤其是過了某個年齡的人）要麼抱著觀望態度，要麼索性斷然表示不想生孩子。但我不這麼想。我始終想要一個家庭，而且我希望不要太晚！（我今年才三十四歲，所以我想我還有時間。）

所以，小姐，這是為什麼妳的徵友啟事吸引我的原因。我希望妳能回信，我很想認識妳。

誠摯的　拉爾斯

我坐下來重讀這封信。我凝視著他附上的電話號碼，又再重讀了幾遍。說真的，他不是莎士比亞，但我內心明白我想跟他聯絡。這裡有某種東西存在。從他寫的這幾張信紙中，我不能否認我跟他有某種連結。

稍後，在切菜準備做晚餐時，我打電話給傅麗妲。我雖然擔心她依然情緒不佳，但我必須找她談話。我邊撥號邊想，也許她走走路後腦子就會清醒些。

鈴聲響第三次時她接電話了。聽到我的聲音，她的口氣很友善。「想我了？」她問，「我知道妳快兩個鐘頭沒見到我了。」

我笑了。「那當然。」我說，「但這不是我打電話的唯一原因。」我直截了當問她，「妳記得有個名叫拉爾斯的人嗎？那些徵友回函？」她沒有反應，所以我再問一遍。

「正在想，」她說，「妳的還是我的？」

我在刊登徵友啟事時就明白（在快速看過最早的幾封回函之後），不是所有回函都合我的意。其中有一封甚至只潦草寫了「我粉棒，請來電」幾個字。令人難過的是，這並非反常現象。

其他幾封也是。我從這些信中（雖然他們都能寫出完整的句子）感受不到一丁點興趣。我的理由多樣：身高太高、太囉唆、聽起來太滑頭。

一天晚上傅麗妲來我的公寓，我們一封封過濾這些信。我們把它們分成「凱蒂」、「傅麗妲」、「垃圾桶」三類。「凱蒂」這一堆是吸引我的信。「這畢竟是我刊登的廣告。」我笑著對她說，「我有權利。」「傅麗妲」這一堆是我初步篩選過後興趣缺缺的人，傅麗妲從其中挑出幾個她自己去聯繫。「有何不可？」她說，「他們反正都會來。」然後她向「垃圾桶」那堆信件揮手說再見。

諷刺的是，她拿那堆信的運氣比我好。她出去約會過幾次，並透過我的徵友廣告和其中一名男士穩定交往了幾個月。我本以為他們來真的，結果不然。當傅麗妲告訴我他們的關係已經結束時，她毫不在意地聳聳肩，說：「他對我不夠好。他不像妳那麼重視我，凱蒂。」

你也許會想，我這位名叫傅麗妲的好友肯定像《史努比》漫畫中的傅麗妲一樣，有一頭紅色的鬈髮，並且有點以自我為中心。但傅麗妲有時雖然愛慕虛榮（我們不也如此？），她的外表卻完全不像漫畫中的小女孩。她身材修長，一頭長而直的黑髮，和我幾乎完全相反。她愛好運動，身體健康；她打壘球，高中時是游泳校隊，直到現在她依然每個星期有幾天在丹佛大學的校園游泳池游泳。她會和她遇到的每一個人聊天，從在「時尚戲院」賣票的女孩，到偶然走錯方向進來問路的陌生人。我們這條街上的其他店主稱傅麗妲為「能言善道的人」，稱我為「書蟲」。

「拉爾斯是我的回函之一，」我告訴她，「我知道妳不太記得我和哪些人見過面。」

她笑著說：「我連上個星期的事都忘了，妳還指望我記得妳跟誰出去過？什麼時候的事了？八年前？」

我從冰箱拿出一根胡蘿蔔開始削皮，「我只是抱著希望。」

「怎麼？妳又遇見他了嗎？」

「可以這麼說。」但我沒告訴她那個夢，因為就連說給傅麗妲聽都似乎有點荒謬。

「妳又去登徵友啟事了？」

「沒有，不是這個。」我把胡蘿蔔切成小丁，「我要掛電話了，我要去煮晚餐。明天見。」

掛電話後，我又重讀一遍拉爾斯的回信和我刊登的徵友啟事。自從回到家後，我就一遍又一遍的反覆閱讀。

於是我又想起一些往事。我們交談過，我們在電話中交談。

我們只談過一次。我主動打給他，因為在這種情況下這樣做才比較聰明——這是傅麗妲告訴我的。「這樣，」她說，「萬一聽他口氣像是從瘋人院逃出來的，妳才不會受到傷害。他們沒辦法打電話給妳。」

於是，那天晚上反覆讀了幾遍拉爾斯的信後，我做了一個深呼吸，拿起電話撥他給我的號碼。他立刻接電話了。

「我是……凱瑟琳，」我說，用舌尖去測試這個名字，它像薄荷糖一樣，有種新鮮刺激的感覺，「就是……徵友啟事那個。」

「凱瑟琳，」他的語氣聽起來彷彿這個名字具有無比的魔力，與眾不同而別具意義。「我就知道會是妳。」

我有點嚇到。「你怎麼知道？」我緊張地問。

他笑出聲，他的笑聲很好聽。「我就是知道。」

我把收音機關小聲一點，好聽清楚他在電話中說的話。噢，我的天——現在我想起蘿絲瑪莉．克隆尼那首歌是什麼時候進入排行榜第一名了。

那天晚上收音機正在播放那首歌，我們通電話的那個晚上。

果然，人的眼中會有星星在閃爍。

拉爾斯詢問我的生活情況，我做什麼工作。「我目前正要換工作。」我說。然後我告訴他書店的事，幾個星期後書店即將開幕。

「多麼令人興奮的期待，」他說，「妳真了不起，凱瑟琳。」

了不起。說實話，以前從未有人用這種字眼形容我。說我聰明，有的；說我親切，有的；了不起？那太抬舉我了，我從來沒想過我自己了不起。

「我也正在考慮自己創業，」拉爾斯告訴我，「但是沒有妳的事業那麼刺激，只是一家建築公司。」

我忍不住笑。「我覺得你的計畫才真的刺激，」我說，「你是怎麼進入這一行的？」

「喔，我做這一行很多年了，」他回答，「我一直都很喜歡建築。從前我們住在瑞典時，我的父親就是個木匠，我常幫他幹活。在我們居住的那個小鎮，如果你幫人蓋房子就要連同房屋設計也一起包辦。移民美國後，我的父母過世了，這個工作就由我來接。後來我存夠了錢進丹佛大學唸書，那時我就知道我要拿一個建築學位。我畢業時比其他同學的年齡大很多，一九四四年畢業時我已經二十四歲了。畢業後我受雇本地的一家小公司，後來的就都很自然了。」

「一九四四年，」我想了一下，「你沒有從軍嗎？」我認識的每一個人，凱文和我們丹佛大學的其他男生，以及我在高中或社區教會認識的男孩，一九四四年都從軍去了。

他沉默了一會兒。我柔聲問：「拉爾斯，你還在電話上嗎？」

「我不能從軍，」他平靜地說，「我的健康條件不符。」

「為什麼？」

我聽見他深吸一口氣後徐徐吐氣。

「我的心臟有問題……心律不整，」他說，接著又很快說道：「它沒有乍聽之下那麼嚴重，但它意味著……意味著……我的心跳不規則。」他沉默了一下，然後繼續說：「這表示我的心臟不好。」

我沒有回答。我想到我的父親，他是我見過最愛國的人。戰爭期間他的工廠罷工，只有他一個人越過罷工警戒線，回去和那些不願罷工的人一起並肩工作。那段期間工廠停止製造電表，工人改換組裝戰爭期間需要的電器。我的父親說任何可以協助我們的軍人的事，都遠比為他的口袋多掙一毛錢更重要。我在心中揣測，要是父親知道我和一個因健康條件不符而沒有從軍的人交往，不知他會怎麼想。

「凱瑟琳？」

「什麼？」

「這件事很要緊嗎？我沒有從軍這件事？」

我一時答不出話來，幾秒鐘後我才說：「聽起來你也是沒辦法的事，」我輕聲笑著說，「再多告訴我一些建築師的事。」

「我想朝商業建設案方向進行，」他說，「興建辦公室什麼的，也許沒有蓋住宅那麼光鮮，但辦公室的需求量更大。現代的房屋有許多都是預鑄的，外觀一成不變，將來有一天我想設計、興建我自己的房子，使它成為一種風格。」他嘆一口氣，我聽得出他的語氣充滿渴望，然後他繼續告訴我他想自己創業的建築公司。「我現在的公司老闆會做的事我都會，」他說，「他們所做的和我所做的唯一差別是門牌的名稱和工資單上的數字。」

「太好了。」我說，而且是真心的。我欣賞他想出來自己創業的勇氣。我從自己的經驗，我與傅麗妲的共同經驗，知道光是想到這樣做要冒點風險都不是一件容易的事。

我們談了一個多小時，最後我說夜深了。「我真的很高興，」拉爾斯說，「希望能再跟妳聊聊，凱瑟琳。」

我遲疑了一下，然後我說：「不如我們見面吧？老是在電話上談似乎有點傻。我們應該見面聊。」

「真的嗎？」他似乎有些驚訝。

「當然。」

「那麼，凱瑟琳，我們就來約會吧。」我們約好兩天後的晚上一起喝咖啡。計畫談妥後，他說：「好的，那我們現在就暫時說再見囉。」

「我想是。」

「凱瑟琳……」

我停頓一下才說：「什麼事？」

他的聲音很輕柔，「沒事……我只是……我真的很期待見到妳。」

「我也期待。」

他沒有回答，我可以聽到他的呼吸；那聲音聽起來有點急促，「還有什麼事嗎？」我問。

他緩緩說道：「沒有，我……沒有，我想沒有。晚安。」

「晚安。」我說，然後我們倆都掛斷電話。

我手上拿著那些信，那幾張信紙和文件夾。我坐在我的書桌前凝視著窗外。我的雙唇緊閉，內心生起微微的憤怒。

因為……

他一直沒有來赴約。

3

當然，這一切都太愚蠢，但我猜想這種事一定經常發生。透過徵友廣告約會本來就是件沒把握的事。我知道外面有很多奇怪的人。有些男人在信裡面，甚至在電話中聽起來相當正常，但同處一個房間時，你會發現完全兩回事。也許他們本來就沒存心當個紳士；也許他們早已經有女朋友；也許他們希望有人愛慕他們，但他們實際上要的是可以在他們的母親或姊妹或任何人面前吹噓一番，但在內心深處，他們只想獨處。他們最不想要的就是一個穩定交往的女孩，或者，老天保佑，他們根本不想要一個妻子。

所以，我很失望，但不會太驚訝。八年前的那天晚上我獨自一個人坐在那間咖啡館內，盡責地喝我的咖啡，等了十五分鐘，二十分鐘，三十五分鐘。我望著大片玻璃窗外來來往往的路人，有夫妻在散步；有老太太牽著項圈上鑲水鑽的小狗；有母親用嬰兒車推著胖娃娃經過。我猜想拉爾斯會不會就坐在他的車上，賊頭賊腦眼地從對街觀察我。我猜想他有可能單憑我的外表決定（那天我其實沒那麼醜，我懊喪地告訴自己；那天下午我還刻意去美容院洗頭，又多花了一點時間仔細塗抹口紅），我值不值得他浪費一小時的時間跟我喝咖啡。

最後，在續了兩杯咖啡之後杯子又見底時，我站起來，穿上外套，仰著頭走出咖啡館。我的臉上帶著一抹勇敢的、怡然自得的微笑，假如他正在暗處觀察我，我要讓他知道我一點也不在乎。

晚餐後，我花了一個鐘頭撕下貼在我的臥房窗戶與踢腳板上的膠紙。我拿開鋪在地板上的報紙，重新掛上窗簾與遮罩。我本想自己一個人移動家具，最終決定不值得如此費力。相反地，我爬上床，很快就睡著了。

然後，我就在這裡了，在這間貼著綠色壁紙的臥室。一絲灰色的晨光滲進來，透過通往庭院的玻璃門，我又看到外面正下著細雪。這個地方經常下雪嗎？

拉爾斯和我側身擁抱，他的右手摟著我，我可以察覺到他的手臂擱在我腰上的重量，我的脖子上有他溫暖的呼吸。

我略略轉身注視他。你是誰？我在腦中這樣問，生怕大聲說出會吵醒他。我和你在這裡做什麼？

彷彿我已說出口似地，他張開他迷人的眼睛。「早安，親愛的。」他說，將我的臉扳過來親吻我。他的吻溫暖而熟悉，彷彿多年來我每天都這樣與他親吻。

「早。」我喃喃地說。那種感覺很好，如果可以，我願意一直這樣享受下去。

我轉身貼著他的身體，大腿感覺到他硬起來。我猶豫了一下，接著想起我只是在作夢，因此無論我說什麼或做什麼都沒有關係。我問他：「現在幾點了？我們……我們可以……」我支吾其詞，不確定該用什麼字眼，儘管這不是真實世界。

「如果動作快一點的話，」他含笑說，「我愛星期六。」

於是我們開始熱烈而安靜地做愛，如同我想像中已婚夫妻在清晨找到一點時間偷愛那樣。他們必須在孩子們醒來之前速戰速決。

他用一雙美妙的、經驗豐富的雙手溫柔地愛撫我的全身。他解開我的睡衣最上面的兩顆鈕釦，親吻我的乳頭。我弓起我的背脊迎合他，輕輕地呻吟。我已忘記這種感覺有多麼奇妙了。

他用力頂著我，我移動我的臀部——起先是徐緩的，然後隨著他進入我體內的深度逐漸加快律動。我的高潮來得快又急，比我記憶中的其他任何一次性愛都更強烈。我很驚訝我的全身有如此強烈的感受。我喊叫，又立刻咬住嘴唇，怕自己發出太大的聲音。

他繼續動。他的呼吸加快，我可以感覺到他的心臟在我的胸口怦怦跳動，然後，他忽然慢下來，直到幾乎停止。

「怎麼了？」我緊張地問，「你沒事吧？」

他又略略加快速度，但沒有我達到高潮前那麼急促。「我沒事，」他說，「我只是必須……慢一點……」

我無聲地配合他的動作，隨著他調整我的律動。

他在達到高潮後離開我的身體，將他的睡褲腰帶拉繩繫好，安靜地躺在我身邊。我把睡衣拉下去蓋住我的腿，窩在他身邊，伸手去摸他的胸口。

他的心臟在跳動。「你還好嗎？」我又問他。

「我很好，」他微笑，轉頭面向我，「妳知道我有時候必須慢一點……如果慢一點會輕鬆一點……」

「輕鬆一點……怎麼說？」我謹慎地問。

他拍拍他的胸膛，我感覺到他拍在我手上的手指是溫熱的。「這裡輕鬆一點，」他說，「我的心臟會輕鬆一點，」他把我拉過去緊靠著他，輕聲說，「妳是知道的，親愛的。」

我們倆都沒再說什麼。我謹慎地看著他的呼吸慢慢恢復正常。

「剛才太美妙了，」我告訴他，「讓人感到……很滿足。」我做了一個鬼臉，他一定會以為我瘋了。

「妳剛才很緊張，」他說，「彷彿有好一陣子沒做了，但事實上，」他若有所思地說，「只有幾天而已，對吧？」

要是他知道……「喔，我只是有時會有那種感覺。」

有人猶豫地敲敲門，然後門被推開一半，一個小小的聲音說道：「我敲門了，我有聽你們的話，我記得，我有先敲門。」

拉爾斯微笑，「進來，老兄。」他說。

門被推開，淺黃色頭髮的米契側身走進來，直接走到我的床邊。「七點了。」他說。

「可不是。」拉爾斯瞄一眼他的床頭櫃上的鬧鐘後說。

「我有等，我有聽妳的話。」

「很好。」我說。

我不知道是否應該如此——我是誰，為什麼我應該知道這個家的規矩？但我不由得生出一股想跟這個孩子親近的衝動。我掀開被單，邀請米契進來。他迫不及待爬上床，把腳伸進被單裡，雙手摟住我的脖子。

「你去尿過了嗎？」我問他，一面自問是什麼心態使我想到這種事。米契點頭。

「只有你一個人起來嗎？」拉爾斯問。小男孩點頭。拉爾斯從床上起身。「去拿一本書來，老兄，」他說，「媽媽會在床上讀故事書給你聽。會吧，親愛的？」

「當然。」我坐起來，舒適地靠在枕頭上。

拉爾斯靠過來親我一下。「我去準備早餐。」

於是，我發現我在一間迷人而時尚的臥室內，外面下著小雪，我和這個地球上最可愛的小男孩依偎在一起，朗讀一本有關交通的書。

米契似乎喜愛交通工具。形形色色的交通工具，飛機、火車、古董汽車、海上郵輪。「將來有一天，我要成為一個海上郵輪船長。」他驕傲地告訴我，「我會航行全世界，我的家人會跟著我一起旅行，你們會住頭等艙。」我微笑，又將他摟緊一點。

我們深入探討火車旅行的演變（你知道第一具蒸汽引擎是英國人理查．特里西維克在一八〇四年製造的嗎？我不知道，我直到今天才知道），這時門又被推開了，米希進來。「爹地說早餐快準備好了。」她告訴我們。她穿著一件粉紅色的睡衣，睡衣正面有個穿黃色洋裝的公主貼布繡。

她靠過來跟我親吻。然後我問她：「妳第一天穿這件新的公主睡衣睡覺，感覺如何？」我怎麼會知道這個？

她笑得很甜。「很好，非常舒服，而且我半夜醒來，公主就躺在我的肚肚上，所以我很快又睡著了。」米希捏了我一下，「謝謝妳，媽媽，」她說，「妳是最棒的裁——紅——師。」

「裁縫師。」我糾正她。

事實上我不是。自從學生時代上過家政課後，二十多年來我除了縫補衣服上鬆脫的鈕釦外，再也沒有縫綴過任何更複雜的東西。但在這個夢中世界，我卻縫製了（或者，至少在睡衣上縫了一片公主貼布繡）一件小孩的睡衣。我從什麼地方學到這門技術？

「你們兩個快去，」我對他們兩個說，「告訴爹地我馬上來。」

離開臥室前，我看了一下四周。

第一個吸引我的目光的是掛在西牆上一幅大型結婚照。房間內的光線黯淡，加上外面又在下雪，因此結婚照籠罩著陰影。那是一張黑白照片，不像有些更老的照片有時會以手繪著色，也不是現在正日益流行的彩色照。它就是一張簡單的黑白照，看上去彷彿有點刻意讓焦點模糊，使畫面顯得更柔和。但照片中的我明顯可以看出三十多歲，和比現在年輕一點的拉爾斯，他頂上的頭髮比現在多一點，腰圍更小一點。我的白色禮服樣式簡單，覆肩蕾絲袖，窄腰身，到小腿中長度的大蓬裙。拉爾斯微微站在我的後側，一隻手臂環抱我，手掌輕輕擱在我的臀部上。我捧著一束淡雅的玫瑰，也許是粉紅色或黃色，四周綴著許多滿天星。我認不出拍照的地點，顯然是刻意找一處樸素的背景拍攝的，視覺焦點在新娘與新郎身上，看不出四周的背景。

結婚照旁邊是另一張黑白照，這張照片的街景看得出是在巴黎。我從未去過巴黎；我一直很想去，但截至目前，我的旅遊都不曾離家太遠。除非你一輩子老死在西伯利亞，否則你很容易從照片上認出巴黎。和巴黎的許多照片一樣，這張照片的背景也有一家咖啡館、一個地鐵站和狹窄的街道。一輛腳踏車停靠在鑄鐵欄杆上，車把前掛著一個裝滿鮮花的大籐籃。穿著入時的男人和女人穿行於街道，看上去似乎行色匆匆，趕著去一個有趣且充滿異國情調的地方。

我們去那裡度蜜月嗎？我心想。

我轉向那個樸實的長斗櫃，偷偷拉開一個又一個抽屜，裡面裝滿女人的衣服，但不是我的衣服。年齡漸長後，我對衣服的品味已變得比較不拘小節——應該怎麼說呢？太雜亂，我可以聽到傅麗妲替我說出來，或者幫我說出來。我的上衣色彩繽紛，我有許多圍巾和珠寶，我穿休閒褲的次數不亞於穿裙子，雖然有時我的顧客（更別提我的父母）看了會皺眉。「現在是一九六二年，」我告訴我的家人（當然，我絕不會對顧客說這種話），「女性正在改變，一切都在改變。」

但在這個一九六二年的生活（假如它真的是一九六二年），我的服裝品味卻是傳統的。我用手指觸摸那些精緻的灰褐色與暗紅色的喀什米爾羊毛衫。我小心翼翼掀起折疊整齊的絲襪，看那些有淺色有深色的絲襪底下有沒有隱藏什麼有趣的東西。沒有什麼特別花稍或新奇的東西，但看來我花了不少時間，更別提多少金錢在我的服飾上。每樣東西都製作精美；每樣東西都整整齊齊擺放在抽屜裡。我拉開衣櫥的雙開門，發現衣架上也是整整齊齊，迎面只見成排的洋裝、上衣和裙子，全部按顏色和正式的程度依序排好。

我想到我的華盛頓街雙併公寓的臥室內那個小小的衣櫥，洋裝、裙子、休閒褲多到爆，全部胡亂地擠在過度狹小的空間內。每天早上，我照例從衣櫥翻箱倒櫃尋找我要的東西，其餘的都一股腦兒扔在床上。我常在下班回家後發現亞斯藍舒適地窩在我那一堆衣物上打呼嚕。

相較之下，這座衣櫥似乎沒有一樣東西不是擺放得整齊有序。有這麼一座寬敞又整理得有條不紊的衣櫥，自然很容易就能找到任何場合所需的服裝與配件。

我套上那件藍色的浴袍，上次我在這裡時看到的那一件，雖然和我的風格相較之下有點低調，但是穿在身上非常舒適。我繫上浴袍的腰帶，靜靜地拉開臥室的門。

這棟房屋，截至目前根據我的猜測，應該是一棟有夾層的房屋。如此摩登的屋子絕對是戰後興建的，也許是近十年的建築。我們的臥室，拉爾斯和我的臥室（這句話聽起來好怪！）在一樓，如果想進入浴室必須經過我們的房間，一些現代的住宅都這樣，主臥室內附帶一間浴室，他們稱之為套房。床邊的滑動式玻璃門大概通往陽臺和後院。我從臥室門探頭出去，發現我的左手邊有一條走廊，走廊盡頭有一扇門開著，看樣子似乎是一間書房。我看到我的右手邊是客廳和這棟屋子的前門，牆壁是淺金色，門是水藍色。這還差不多，我心想；至少，我對我的室內裝潢似乎還有一些色彩感。

在我的前方，被走廊擋住視線的地方，我可以聽到拉爾斯和孩子們的聲音，他們想必在廚房內。我從上一次的經驗得知，孩子們的臥房在入口附近的半層樓上，另外半層向下的樓梯可能是通往洗衣間或娛樂室，或兩者皆是。

我沒有走向家人傳出聲音的地方，反而朝走廊的左邊走去。走廊兩邊的牆上掛著許多照片，除了站在臥室門口就能一眼看到的那張風景照之外，其他都是生活照。這張照片（那張山景），對我而言仍是個謎。我退一步凝視了幾秒，仍然想不起那是什麼地方。

但我明白，這張照片會掛在這個地方絕非偶然。其他照片都是孩子們、祖先、家庭聚會的合照，唯獨這張被刻意掛在這個位置。從臥室門口（不，不只是從臥室，而是從床上）一眼就能看到這幅風景照，但看不到孩子們或祖父母的照片。

太聰明了，我誇獎我自己——假如這真的是出自我的安排。

我仔細看其他照片，令我驚訝的是，我沒有看到米契和米希。這些都是黑白照，看樣子似乎是很久以前拍的，也許是拉爾斯的祖先？

接著，我停下來，倒吸一口氣。

走廊中間的地方有一張我很熟悉的照片。我不記得當時的情形，但我在照片的前方中間。我的金色鬈髮掛在我胖胖的臉頰上；我母親常說我小時候有一頭非常漂亮的小髮卷，可是等我上學後，它們卻長成一堆雜亂的鬈髮。

照片中的我坐在野餐毯上，我的父母坐在我的兩邊。我的母親扶著我（我當時最多只有六個月大），臉上帶著她的迷人的笑容。我的父親挨著她也坐在野餐毯上，一雙長腿往前伸。我們在華盛頓公園野餐，那裡離丹佛默特山區約克街我小時候的家不遠。現在人們都稱默特山為「東華盛頓公園」——但昔日那個地區有它自己的名稱，就叫華盛頓公園區。

我知道（因為她幾年前曾告訴我），拍這張照片時，我的母親正懷著身孕。她正在期待繼我之後接踵而來的三個胎兒中的第一個。三個胎兒都是男孩，而且都在未及出生前便胎死腹中。「醫生始終找不出原因，」母親告訴我這件傷心的往事時平靜地說，「連續幾次發生這種事……醫生告訴妳父親和我，我們應該採取措施確保我們不……不要再有孩子。」她聳聳肩，垂下眼光默然無語。

我不記得她懷前面兩個寶寶的事，但我記得最後一個。我那時候應該有六、七歲了，我記得母親的肚子鼓起來，每次我想爬到她腿上練習讀老師要我們晚上在家預習的啟蒙書時都覺得它很礙事。我記得我的父親帶母親去醫院，我的梅姨（她那時還年輕，還沒有成為史坦利姨父的海軍新娘）來家裡陪我。我記得過了好幾個鐘頭之後父親回來了，但他的腳步沉重。他坐在沙發上，兩手抱著我，沒刮鬍子的臉貼在我稚嫩的臉上。他用低沉的聲音告訴我，我的小弟娃娃去天堂了。「你是說弟弟不會住在這裡，陪我一起長大嗎？他永遠離開了嗎？」我的臉貼著他刺刺的臉問。

「是的。」他用沙啞的聲音回答，我感覺到他溫熱的淚水沾濕了我的皮膚。「他永遠離開了，甜心。」

我記得我很氣我母親的醫生，心想，他應該把我的小弟弟救活才對，醫生不都是救人的嗎？

現在，注視著我年輕的父母與嬰兒時期的我的合照，我感覺我的心臟彷彿遭到重擊，我的喉嚨發出一聲小小的啜泣，瞬間感到哀傷。

「媽，爹地，」我輕聲說，「你們的照片為什麼會掛在這間屋子裡？」我看看四周，「我為什麼會在這間屋子裡？」

我繼續看其他照片。這裡有一些我不認識的人，老的、年輕的，小孩子和祖父母，誰知道都是些什麼人。但並非所有面孔都是陌生的，這些照片中有些人是我的親戚。我看到我的畢翠絲阿姨摟著我母親，她們那時都才十幾歲。還有一張是我的兩個表妹葛瑞絲與凱蘿・路易斯，以及我夾在她們中間的合照——那時候的我胖胖的，我的泳衣緊束著我正在發育的胸部。我們三個人都戴著泳帽，在刺眼的陽光下瞇著眼睛，背後則是一座湖和沙灘。我記得那段時光，記得我們兩家人在那年暑假相約一起去內布拉斯加州的麥康瑙希湖度假。

這裡還有我的外祖父母的結婚照，他們的表情都僵硬而嚴肅。我的外婆看上去比她當時十九歲的年齡更成熟些，看起來也比現在的十九歲少女大許多。我也記得這張照片。我的母親常拿給我看，告訴我外公外婆結婚當天的故事，說因為遠從堪薩斯市趕來證婚的傳教士乘坐的那班火車遇上暴風雪而誤點，他們差點結不了婚。「等著等著，外公心都涼了——無論是比喻還是實際上都是。」我的母親一邊告訴我，一邊用手指摩挲著照片的皮質相框，「但他的弟弟，妳還記得亞帝叔公吧？她在妳十歲那年去世了，他訓了外公一頓。告訴他，好女人不容易找，尤其是在一八九九年的科羅拉多州東部的放牧區。他告訴外公，如果他不娶外婆，那他，我是說亞帝叔公，就要娶她了。」母親含笑說。「這句話很有效，外公知道亞帝叔公絕對說到做到。後來傳教士終於抵達了，婚禮如期舉行。」母親對著她母親年輕的臉微笑，「於是拍了這張照片。」

我端詳這些照片，不由得熱淚盈眶。這些面孔，例如我的表妹們，有許多都不容易見到面。有些人，例如畢翠絲阿姨和我的外公外婆，則早已去世。我猛然領悟到成長的意義，它意味著你小時候喜愛的一切，最後都會成為掛在牆上的照片、故事中的語言文字，和長駐心底的記憶。

「幸虧有你，」我對我的父母和嬰兒的我那張合照輕聲說，「沒有你，我不知道我該如何是好。」

我走進走廊盡頭的房間，它果然是間書房，寬敞而明亮，向東的牆壁開了一扇觀景窗，窗子底下擺放一張製圖桌，製圖桌的右側有個金屬皿，裡面裝滿鉛筆與繪圖工具。書房的角落有一臺小型酒水車，上面有一排乾淨的玻璃杯、幾個小酒杯，和幾支酒瓶（有的是透明玻璃，有的是綠色玻璃，全都是半滿的）擺放得整整齊齊。這些酒瓶與切割玻璃酒具在從窗戶透進來的陽光照耀下散發出光芒。

房間中央有一張櫻桃木書桌，書桌一角有一座電話，另一頭有兩張鑲框的照片，在這兩者中間有個吸墨用具。電話旁邊有一個名片夾，裡面有一疊名片。我取出最上面那一張，上面印著：「安德森建築設計公司。總裁，拉爾斯．安德森。商業、公司、住宅。」我微笑，想起拉爾斯幾年前說過打算多蓋一些商辦建築，少一些住宅；我懷疑第三項會不會只是他的心願。名片上還印著一行丹佛商業區的地址與電話號碼。我把電話背下來，將手上的名片塞進我的浴袍口袋，荒謬地猜想也許這張小小的名片會跟著我回到真實世界，或許我能深入調查這個拉爾斯．安德森的真實身分。

我靠過去端詳桌上的照片，第一張是我的八乘十大照片，假如這是真實的，而不僅僅是我的夢，那麼它應該是前幾年拍的；我可以看出我的眉眼與嘴唇四周那些熟悉的線條，我在現實世界中每天早晨都可以從鏡子裡看到它們。我發現照片中的我略嫌緊張，彷彿我想笑開一些好讓自己看起來溫暖而友善，但又不希望臉上的線條太過明顯。我的頭髮梳得很整齊，髮尾有大花捲。我的身上穿著一件船形領的靛藍色洋裝，戴著珍珠項鍊，頭上一頂同色系的無邊圓盒小帽，很有賈桂琳．甘迺迪的味道；我在這個夢中世界明顯地模仿第一夫人。我忍不住發出一聲輕笑。我確實很喜歡甘迺迪夫婦，而且總統選舉時我也投給甘迺迪。我至今仍對他的領導能力深具信心，雖然人人都擔心他拿不出辦法來對抗共產黨，還擔心我們在今年年底前就會被飛彈炸個粉碎。然而，儘管我欣賞她的丈夫，但在我的真實世界中，無疑地，絕不會有人把我誤認為賈桂琳．甘迺迪。

我拿起另一個相框，它吸引我的原因純粹是上面沒有照片，只有三個存放照片的空格。這些空格是裝孩子們的照片嗎？如果是，拉爾斯為什麼會取出照片？它又為什麼是三個空格而不是兩個？

「媽媽！」我聽見米契從走廊走過來的聲音，接著他出現在書房門口，「我們都在等妳禱告呢，」他譴責地說，「爹地叫我把這個拿來給妳，要小心喔。」他遞給我一個裝了四分之三量咖啡的馬克杯，咖啡幾乎是全黑的，只有一點點鮮奶油，正合我意。我含笑啜了一口，享受那微甜的滋味。顯然拉爾斯知道我喜歡在咖啡中放一顆方糖。

「我很抱歉，親愛的。去告訴爹地我馬上過去。」

「好。」說完，他又進入走廊離開了。

4

我醒來，再度看到明黃色的牆壁、亞斯藍，及我的家。

「一場美夢，」我對亞斯藍說，「但我不知道你在哪裡，老兄。」我抓抓牠的耳背，「你知道嗎，你也許在那裡，」我猜想，「但那個房子很大，說不定你躲在地下室。」

我含笑起身展開我的一天。

上午在書店，趁傅麗姐上洗手間之際，我試著撥打我背下來的電話號碼，拉爾斯名片上的公司電話。我鬼鬼祟祟地撥號，覺得自己像個趁媽媽離開廚房之際偷吃餅乾的孩子。我不知道萬一有人接電話時我該怎麼辦，但一個電話接線生的錄音告訴我這是空號。

接著，我又撥拉爾斯在八年前留下的住家電話，他寫在他的信中的電話號碼。這一通是長途電話，但就算知道這個電話不是空號也值得。假如它不是空號，我想我會讓鈴聲一直響下去；我猜想大白天這個時間他接電話的機會微乎其微。今天不是週末，這個時候他一定在上班。但話雖如此，我在第二次撥這個電話號碼時，仍緊張得手心直冒汗。撥完之後，我將我的左手食指放在話機上，準備一有人接電話就馬上掛斷。但我又再度聽到電話錄音，告訴我這個號碼也是空號。

我立刻從我們的櫃臺底下拿出電話簿，翻到商業部門，尋找名叫安德森的建築公司。

結果沒有。我改查安德遜，也沒有。

我試著查閱住宅名單，但沒有找到拉爾斯·安德森或L.安德森。我又想既然我是安德森太太，不妨找找看有沒有凱瑟琳·安德森或K.安德森，說不定電話簿上登記的是我的名字。但也都沒有。

我想不出還能怎麼做了。我伸手到我的洋裝口袋，摸到我母親每天都會寄來的明信片。不知道為什麼，我今天決定把母親的信帶在身上，沒有將它立即歸檔，所以此刻它仍在我的口袋裡。我不需要再看一遍也記得這張明信片的正面——一個滿面笑容的呼拉舞女郎，烏黑的頭髮上戴著一頂花冠，草裙遮住她修長的雙腿。母親的信寫在明信片背後，這幾個字我也都會背了。

親愛的凱蒂：

今天一整天我都在想念妳，希望妳一切安好，親愛的。妳知道，梅姨一直問起妳——妳是否快樂，妳是否已得到妳一生想要的一切。我告訴她那是當然的。我說，假如有任何東西是我的凱蒂想要但還沒有得到的，她一定會想辦法去實現。我相信妳會，親愛的。妳可以做任何妳想做的事，妳可以成為任何妳想成為的那個人。

希望妳明白這句話的意思。

愛妳的　母親

「怎麼，母親？」我對著安靜的書店輕聲說，「妳想告訴我什麼？」

我應該從其他什麼地方尋找嗎？我有錯過什麼線索嗎？

我想到我的徵友啟事，想到一九五四年秋天的報紙。如果我去找那時候迄今的報紙，它會告訴我什麼線索嗎？

「我必須去做點研究，」十點鐘我們休息喝咖啡時我對傅麗妲說。它其實不是真正的休息時間，因為我們沒有關上店門。如果有顧客進來，我們還是會去招呼他們。但假如沒有顧客上門，我們就會坐在櫃臺後面的椅凳喝咖啡聊天。有時我們談生意，有時談我們正在閱讀的書，有時我們聊一些珍珠街上的八卦新聞——昨天晚上看見誰和誰一起走出「時尚戲院」；我們這條街的其他商店又出什麼奇招來招攬生意；這個市政府太差勁，把我們這條街的電車取消……等等。

傅麗妲吹著她的咖啡。「做什麼研究？」她問。

我感覺我在臉紅。「和一個人有關，一個……男的。」這句話聽起來有些蠢。

傅麗妲的眼睛立刻亮起來。「妳瞞著我！妳跟新認識的男人約會嗎？在什麼地方？什麼時候？」

我搖頭。「不是啦。」

我很想向她傾訴。二十多年來我不曾對她隱瞞任何秘密，但這件事除了有點荒謬外，似乎又是……非常私密，彷彿除了我之外不屬於其他任何人。

「我是從別人那裡聽來的，」我告訴她，然後我在慌亂中急忙撒了個謊，「一個作家，寫歷史書的。」

我知道這句話能使她立刻失去興趣。傅麗妲不能忍受歷史，我們在中學十一年級時，儘管我拚命幫她補習，她的美國史（從哥倫布到第一次世界大戰）仍然差點被當。它無疑地是我這輩子學得最輕鬆的一門課，但傅麗妲只重視當下。

「總之，我會提早吃午餐，然後去市區的圖書館，如果妳沒事的話。」我把咖啡喝完，從椅凳站起來。

她揮揮手。「沒問題，我今天哪兒都不去。」

我走到百老匯街搭巴士進城，去幾年前才新開幕的中央圖書館。找到研究部後，我請圖書館員幫我裝上一九五四年迄今的《丹佛郵報》微縮膠片。她花了一點時間才把膠片找出來幫我裝好。我一邊等待一邊瀏覽館內的藏書，心想圖書館是書店的勁敵，也是我們的朋友。這裡的藏書應有盡有——誰還有必要去買書？另一方面，任何地方都比不上圖書館更能使讀者體悟到文字的無限可能。

費了一番工夫，我終於在我要找的微縮膠片前坐定。我緩緩轉動手把，一頁一頁地搜尋，終於找到位於每天的報紙後段的私人廣告。

是的，那裡有我刊登的徵友啟事。我登了一個星期，從十月十日星期日開始，一直到下一個星期六。

我含笑讀著年輕的我（至今依然期待部分人生的那個我）刊登的廣告，心中有些感傷。

我懷疑那個我會如何看待現在的我。她會驚訝八年過去了，現在的我並沒有太大的改變？她會驚訝我每天早晨依舊在家走來走去聽流行音樂？會驚訝我依舊像個沒長大的孩子，每天翻箱倒櫃找東西，並且把用不到的衣物都胡亂堆在床上？我的三十歲的我會因為這樣而對我發出嘖嘖聲嗎？她會驚訝她刊登的徵友啟事毫無進展，一點也沒有改變她的生命嗎？

我不知道，但我知道我從我的徵友廣告中查不到拉爾斯·安德森發生了什麼事。

我慢慢地逐一瀏覽每頁新聞，起初我為我找不到拉爾斯的消息而感到失望，但一會兒之後，我開始被當時的社會現況所吸引。十月十五日那天，強烈颶風黑茲爾襲擊北卡羅萊納州，在沿海一帶摧毀許多房屋，造成嚴重的經濟損失。在英格蘭，發生碼頭工人罷工事件。十月十六日星期日的頭版新聞刊登一張一個母親抱著一個小男孩的照片，那天發生一起悲劇，小男孩在家把玩大人隨意放置的一把手槍，結果傷了自己，不治身亡。圖片說明指出，這張照片是在意外發生的前幾個月拍的。十月十九日那天，市立體育館舉行一場職業拳擊賽，號稱「丹佛有史以來的最大賽事」。十月二十日，特立尼達州立大學歡迎校園皇后回娘家，當天報紙登出與會者的團體照，個個看起來悠然自得、喜悅，而且非常、非常年輕。

接著，我在十月二十一日當天的報導看到一則訃聞。

拉爾斯·安德森，享年三十四歲，居住恩格伍德區林肯街，因心臟病突發去世。家中親人尚有一個妹妹琳妮・賀樹（適史蒂芬・賀樹）及外甥與外甥女。死者雙親喬恩與艾妮絲・安德森均已早逝。茲訂於星期五上午十點在丹佛市貝瑟尼瑞典路德教會舉行告別式。儀式後立即發引安葬費爾蒙特墓園。

5

原來如此。現在我明白發生什麼事了。拉爾斯・安德森並沒有放我鴿子，安德森不可能放我鴿子，因為他死了。

我離開圖書館，緩緩走向公車站，不知道該如何看待這個消息。我為這個素未謀面的男子，只在我的夢中見過的男子，感到哀傷。我也不得不為我荒謬的想像力感到好笑，笑我瘋狂的腦子竟虛構出我與這個人的夢中生活。

這個男人，純粹因為不幸心臟病突發，導致我始終未能和他見面。

那天晚上我幾乎急著上床睡覺，很好奇會有什麼事發生，以及我又會作什麼樣的夢。我笑自己，還在睡前喝了一杯威士忌，心想也許有助於我快點入睡。

令我驚訝的是，我的夢沒有把我帶到那棟有夾層的房子，而是在一家燈光暗淡的餐廳。格子布桌巾；牆面和油氈地板都是深紅色。餐廳內人聲鼎沸，我看到有幾對夫妻在接待櫃臺前等候。從這個地方忙碌的景象判斷，我猜想這天一定是週末夜。

我的右邊坐著拉爾斯。他穿西裝打領帶，看起來慎重而愉快。他的左手握著我光滑的肩膀。我穿著一件無袖的墨綠色寬版絲綢洋裝，我的背脊可以感受到它滑溜的觸感。我們坐在一個雅座內，面向餐廳入口，雅座的另外兩個座位是空的。

「歡迎歸來。」拉爾斯說，明亮的眼睛盯著我，「妳剛才似乎神遊太虛去了。」

我尷尬地笑笑，「抱歉，」我說，「我大概在作白日夢。」

「幻想妳過另一種更自由自在的生活？」他笑著說。

我的笑容消失了。「你為什麼這樣說？」

他聳聳肩。「我不知道。每個人有時不都會這樣嗎？」他的微笑若有所思，「尤其是妳和我。」

這是什麼意思？

音樂從不知掛在上頭什麼地方的擴音器傳出來，那清脆亮麗的嗓音清晰可辨，是我始終最愛的女歌手珮西．克萊恩的歌聲。儘管她唱的大部分是心碎的歌，或者正因為是心碎的歌，我才獨鍾珮西的節奏，愛她的音樂調性。我愛那種感覺，從她的歌，你會覺得無論你傷心的理由是什麼，珮西都會同情你。假如你能和她一起在某個煙霧繚繞的牛仔酒吧坐下來喝杯酒聊聊，珮西．克萊恩一定會安慰你——無論什麼事，最後一定都沒事。她會遞給你一條手帕，再為你叫一杯酒。她會告訴你，她也曾經歷過同樣的傷心事，甚至比你更慘，但她走出來了。

我有珮西．克萊恩的每一張唱片，但我不曾聽過這首鼻音這麼重的憂鬱的歌。和她的許多音樂一樣，這也是一首傷心的歌。她唱的是假如她的愛人想離開她，她寧願現在就知道，寧願現在就了結。

如果你想離開……現在就告訴我，讓它結束……

「這是一首新歌嗎？」我忽然問拉爾斯。

「什麼，親愛的？」

「這首歌，」我皺眉，「正在播放的這首歌——這是珮西．克萊恩的新歌嗎？」

他微笑，「我想是。事實上，我想正是妳告訴我這是一首最新發行的歌——大概才一、兩天前，我們家的收音機在播放時。」

是這樣嗎？我暗自微笑。我的腦子又在虛構一首想像中的排行榜熱門歌曲。真有本事。

拉爾斯看看門口，再看看他的錶。「他們應該快到了，」他說，「比爾通常很準時，」他又聳聳肩，「不過，我不知道他的太太會不會。」

我不知道該如何回應，只好點頭。

拉爾斯攪拌他的飲料，然後啜一小口。「啊，他們到了。」

一對夫妻朝我們這一桌走過來時他站起來。他們的年齡和我們差不多，或者比我們稍年輕一點。那位太太有一頭烏黑的頭髮，用一個水鑽髮箍整齊地圈在後面，身上穿著一件毛皮裝飾的披風。她的丈夫很高大，比拉爾斯高很多，拉爾斯站起來迎接他們時尤其明顯。那位先生有一張方臉，看起來像運動員，是那種中學時代也許當過足球選手的身材，老想跟傅麗姮約會的那種人，但她總是拒絕。事實上，傅麗姮不再出去約會了，無論對方長得多麼帥。有時她似乎是在強迫她自己出去——如同多年以前她和那些被我淘汰的徵友回函者約會。但總地來說，約會已經不是傅麗姮生命中的大事。

「比爾，這是我太太，凱瑟琳。」拉爾斯轉向我。我伸手（這時如果站起來會很尷尬），比爾緊緊握住我的手。

「這是我太太，茱蒂。」比爾說，放開我的手。茱蒂和我互相寒暄。我仍在猜測他們是何許人，也許是生意上的夥伴？也許是客戶？我搖頭。如果我能多知道一些細節或許會自在些，但這既然是夢，我想我說什麼或做什麼都無所謂。

幫比爾與茱蒂點了飲料，四個人又都點好餐點後，我們開始聊天。我得知比爾的確是拉爾斯的客戶，他想在市區蓋一棟辦公大樓，而且是上面樓層住家、底下樓層商店的商辦住宅。這一點立即吸引我的興趣，特別是小型商店那部分。傅麗妲和我應該考慮把書店遷移到商業區嗎？我們在討論未來怎麼辦時從未提到這一點。我猜想這樣的地點不知要多少租金，也許兩位男士繼續談下去，我就會知道了。

「這可是向前邁一大步，」拉爾斯贊同地說，「從商業的眼光看這是可行的。我們把它設計得漂亮一點，設計得摩登一點，但也可以設計成小坪數。我們讓它吸引商業人士與路人的眼光，等於吸引大眾啦。你的樓房還沒完工之前就會被搶購一空，比爾。你肯定要拒絕許多房客，你等著看吧。」

比爾啜一口他的威士忌。「我完全同意，拉爾斯。」他放下酒杯，「而且我必須說，和那麼多似乎仍活在維多利亞時代的建築師談過之後，我還是比較欣賞跟我一樣有前瞻性的建築師。」

拉爾斯在餐桌底下用力捏一下我的手表示勝利。我也回捏他。

茱蒂撕開一小片麵包，沒有沾奶油就放進口中嚼著。「生意談夠了吧，兩位先生，」她說，「你們任何時候都可以談。」她對我微笑，我也對她微笑，雖然我有點不悅，我想多聽一點新樓房的事。

「茱蒂，妳說得對。」拉爾斯對她點頭。他不是傻瓜；他一定明白想得到丈夫的生意，他也必須跟妻子話家常。「我們換個話題吧。」他說。

「好啊，」茱蒂高興地說，「我想多了解一下凱瑟琳。你們兩個是在什麼地方認識的？」

拉爾斯和我四目相視。「說來話長。」

「確實，」我同意，然後，不知道為什麼，我又說，「你何不告訴他們，親愛的？」

拉爾斯伸出他的手覆蓋在我的手上。「信不信由妳，這位美麗的女士透過報紙上的寂寞芳心廣告尋找對象。」他侃侃而談，談我的徵友啟事，談他花了好幾天時間寫的那封信，因為他想寫出一封最完美的信。「我等了又等，等她的電話。」他說，「我很怕我為了寫那封信而浪費太多時間，她先跟別人見面了。」他垂下目光，但我看得出睫毛底下那對眼睛是喜悅的，「然後，一天晚上，她來電話了。」

「我們聊了好幾個鐘頭。」我接下去說，「並約好時間見面。」再來我就不知道該說什麼了。故事到目前為止都是真的，但只有在夢中才有可能出現坐在這裡、在這家餐廳吃飯這種與事實（也就是拉爾斯去世了，讓我一個人坐在咖啡館空等待）不符的結局。

「後來，我們又聊了幾句，這時我忽然感到胸口有點悶，」拉爾斯說，「我的呼吸困難，凱瑟琳一定從我講話的聲音聽出來了，因為她問我怎麼啦。我告訴她我的胸口疼。『天哪，你在哪裡？』她問。最後我只記得我告訴她我的地址，然後我就暈過去了。」

我震驚地望著他。根本沒這回事。

在真實世界中，那天我們互道再見後就掛電話了。兩天後，他沒有到咖啡館來赴約。現在終於真相大白了，在真實世界中，拉爾斯果然如同報上的訃聞所說，因心臟病突發去世。

但我不知道的一點是（直到現在才知知道），他在當天晚上就去世了。就在我們掛了電話之後。

假如我是在戲院看電影，或是看電視節目，看到這一段時我也許會哈哈大笑。我會搖頭。坦白說，我會認為這個故事如果再繼續掰下去就太可笑了。我會考慮站起來走出戲院，或關掉電視。

但我不能這樣做。我被迫坐在那裡，像一隻蟲子被黏在捕蠅紙上一樣。對這件事，我毫無選擇的餘地。

無論它多麼荒謬或多麼難以想像，我似乎都不能離開。我無法擺脫這個夢。

茱蒂的上身往前傾，「我的天，多麼精采的故事，」她說，「告訴我，凱瑟琳，後來呢？」

這時，就在這剎那間（當然只有夢中才會發生），我忽然知道後來發生的事。

「我知道情況一定很嚴重，」我說，「我知道我必須迅速採取行動。我把拉爾斯的地址快速寫在紙上，然後抓起這張紙跑去敲隔壁鄰居的門。我讓我的電話線保持通話中，妳知道，萬一他恢復意識的話。我敲鄰居的門，她出來開門，我衝進去借用她的電話報警。我告訴警方發生了什麼事，他們說他們馬上派巡邏車和救護車過去。我跟我的鄰居匆匆解釋一下後又回到我的公寓，拿起電話呼叫他的名字，但他沒有回應。後來我終於聽見有人用力敲他的門，接著破門而入。我聽到許多騷動的聲音和說話的聲音，聽得出他們正在試著為他急救。不過，我當然不知道他們做了什麼急救措施。」

茱蒂的一雙眼睛在馬丁尼酒杯上頭瞪得老大。「我的天，妳一定嚇死了！」

「是啊，」點點頭，我繼續說，「我一直對著電話喊，希望有人能過來跟我說話。後來終於有人拿起話筒了。我告訴他我是那個報案的人。他說看樣子拉爾斯是心臟病突發。我問他們會把他送去什麼地方，他告訴我救護車已在前往波特醫院的路上。

「我沒有多想，抓起外套，叫了一輛計程車就出去了，因為那時候我還沒有車。我趕到波特醫院的急診室，告訴他們拉爾斯的名字，希望有人能告訴我情況如何，但沒有人能告訴我。我不知道該怎麼辦，只好坐在候診室等待，那裡一個人也沒有。等了很久之後，有一男一女進來，那個女的說她的哥哥因為心臟病突發被送來醫院，於是她被帶進診療室。和她一起來的那位男士也準備跟進去，但我立刻抓住他的手臂。」

拉爾斯的眼睛一亮。「哇，好直接喔。」

「這和『直接』無關，」我甜蜜地對他說，「我只想知道結果如何。我解釋我是誰，告訴他我是那個報案求救的人。那個男的自我介紹；他是拉爾斯的妹夫史蒂芬。他叫我等一下，他進去看情況如何。於是我又坐下來等。就在我準備放棄時，史蒂芬出來了。『他現在穩定了，並且已恢復意識。』他告訴我，『他想見妳。』

「於是我被允許進去見他。他躺在診療室的一張病床上，和各式各樣的機器與監視器連在一起。他的妹妹坐在旁邊。我進去時她站起來握住我的手，『謝謝妳，』她淚汪汪地說，『妳救了他。』

「這時拉爾斯才睜開眼睛……」我又凝視他，凝視那一汪深藍，無法移開我的視線，好不容易我才又轉向茱蒂和比爾。「我們見面了，他和我握手，『謝謝妳，凱瑟琳，』他喃喃地說，『謝謝妳。』」

我啜一口葡萄酒，愉快地望著他們。

「然後，」拉爾斯由衷地說，「她差不多每天都來探望我，直到我出院。我回家後，我的妹妹琳妮是我的看護，她照顧我，但凱瑟琳才是真正使我恢復健康的人。我戒菸了，我們倆都戒了，並開始規律運動。我喜歡健行，所以我們常去健行，特別是有孩子之前。我們也一起打網球，我們現在仍然會打雙打。當然，我必須打輕鬆一點的——我多半打網前，凱瑟琳負責後衛。」他笑著說，「相信我，你們不要小看這位女士的反手球威力。」

我瞪著他，心想我的表情是否跟我的感覺一樣困惑。我自從高中體育課之後就沒再拿過網球拍。我無法想像自己有打網球這一類的運動細胞。

拉爾斯捏一下我的肩頭。「凱瑟琳和我自從見面的第一天起就再也無法分開。不到一年，我們結婚了，從此過著幸福快樂的生活。」

「多麼精采動人的故事！」茱蒂說，「我不認為我以前聽過像這麼浪漫的故事。」

拉爾斯點頭。「我們常問彼此，」他說，「假如我們始終沒見面會怎樣？假如我們早幾分鐘掛電話會怎樣？答案簡單而令人心寒：假如事情不是它所發生的那樣，我早就死了。我們今天晚上就不會在這裡。」

我們的手在顫抖。聽了他這句話，我的全身緊繃。

夢境持續下去。晚餐我們在熱烈的氣氛下吃了麵食，喝了一瓶香緹葡萄酒。我們聽他們敘述他們如何相識（一點也不刺激，他們是在大學時代由雙方共同的朋友介紹認識），接著我們四個人都喝了咖啡，他們夫妻倆還抽菸。如同拉爾斯所說，他戒菸了，我也戒菸了。他告訴比爾與茱蒂，他的醫生當時已經知道吸菸會影響心臟，因此他在心臟病突發事件之後，在醫生堅決的要求下戒菸了，我也跟著戒菸。

談到這裡我才想起來：我的確是在一九五四年秋天戒菸的。我一直沒有向傅麗妲解釋我為什麼戒菸。當時只覺得我必須戒菸。現在傅麗妲說我那時候一定已經預測到醫學界正在進行的研究，認為吸菸和癌症、心臟病及種種疾病有密切的關係。她說，但願她當時也有這個先見之明，跟著我一起戒菸。但她是一天抽兩包菸的老菸槍，從來就不曾想過要戒菸，我懷疑她真的會去做。

走出餐廳後，我們與茱蒂和比爾互道晚安，然後步行到我們停車的地方。我很好奇我們開什麼車，結果發現那是一輛外表銀藍色、內裝白色的新型凱迪拉克。這輛凱迪拉克可能是拉爾斯在開的，因為那天車子雖然刷洗得很乾淨，但仍有少許孩子們經常乘坐的跡象。這意味著我有我自己的車嗎？我平常去雜貨店買東西、出門辦事、接送孩子所用的車？否則，孩子們和我去任何地方都必須步行，這似乎不太可能。我隱約猜想我會開什麼車，這個念頭讓我感到好笑。我是會開車，高中時我的父親曾經教過我，但我這輩子不曾想過要買車，更別提經常開車。

「美好的夜晚，」拉爾斯把車開出停車場時說，「妳覺得呢？」

「他們似乎很開心。」

他點頭。「希望如此。比爾這筆生意如果能談成就太好了。」

我情不自禁握住他的手。「你會的，」我說，「我相信。」

他捏捏我的手，像剛才在餐廳的桌子底下那樣。「我很感謝妳相信我，這對我來說意味著整個世界。妳是知道的，不是嗎？」

我猶豫了一下，然後回答：「是的，我知道。」

凱迪拉克輕盈地在大學大道上滑行，我仔細記下我們行經的路線。我們沿著大學大道南下，穿過河谷公路地下道，進入丹佛大學校園附近人口較密集的地區後來到伊凡斯大道；如果從這裡右轉，就會前往我居住的地區，但我們在大學大道上又繼續開了一或二哩後左轉進入達特茅斯大道，這裡幾乎是丹佛的最南邊了。

這一帶有許多新蓋的建築，我想公共巴士大概也不會來到這麼偏遠的南區。這時候當然是黑夜了，但我可以看出它規劃得非常整齊漂亮，幾乎像住宅區。這裡的街道都以中西部的城市命名，例如：密爾瓦基、底特律、聖保羅。

我們右轉進入春田街，這條街上零零落落蓋了幾棟房屋，但不是每塊空地上都有建築，其中有幾棟仍未完工，我在黑暗中依稀可以看到它們的影子，如同瘦長的骸骨矗立在一覽無遺的景色中。

我們開進一棟已完工的輪廓不規整的房屋前門車道。我凝視它的外觀，想記下我從屋外看到的印象。由於天很黑，能辨識的東西不多，但它的牆面似乎是粉橘色。我記下青色的前門旁邊的銅鑄數字——一三一五八。

進入屋內，一名棕色皮膚、身穿女傭制服的中年婦女出來迎接我們。我們有女傭？我在先前幾次夢境中都沒見到，但我不感到意外，我也不太驚訝我們的女傭可能來自西班牙語系國家（也許來自墨西哥，和科羅拉多州許多家庭的傭人一樣）而不是其他什麼種族。丹佛很少有黑人或東方人，雖然我對幫傭這一行所知不多，但我可以打賭，白人婦女若能找到更好的工作絕不會去替人幫傭。

但我仍然感到失望——倒不是我的腦子想像出一個女傭，因為拉爾斯和我在這個高級住宅區住這麼大的房屋，需要一個幫手是合理的，但我寧可我在這個夢中世界的性格能更光明一點。我想，如果一定要有個女傭，我至少要有這個雅量讓她穿一般服裝，特別是在她幫我照顧孩子的時候。

「一切都沒問題吧，阿爾瑪？」拉爾斯問。

「是的，先生。一切都很好。睡得像天使般。」阿爾瑪從玄關櫥櫃取出她的外套穿上，然後拎起一個大袋子，袋子上頭露出一本《繁華》雜誌。

「很晚了，」拉爾斯說，打開他的皮夾，「瑞科會來接妳嗎？」

「會，你們的車開進車道後我打電話給他了。」她將外套的釦子一直扣到衣領上，然後把門打開。

「在裡面等吧。」我說。我不知道這樣是否合宜，但讓她站在寒冷的黑暗中等待似乎有些殘忍。

她搖頭。「沒關係，太太，瑞科馬上到了，再說外面空氣新鮮，很舒服。」

「那就晚安囉，」拉爾斯說，將一小疊紙鈔遞給阿爾瑪，「星期一早上見。」

「晚安，先生、太太，週末愉快。」

你會想這個夢到這裡應該結束了，可是沒有。我們把脫下的外套掛進玄關櫥櫃後，從屋前的玻璃窗看見一輛車開過來，阿爾瑪上車。拉爾斯關上客廳的燈光後，我不由自主打了個呵欠。拉爾斯輕撫我的肩膀，「去準備上床睡覺，」他說，「我去看看孩子。」

於是我走向那間灰綠色的臥房和浴室，我在右邊洗手臺上方的藥品櫃內找到晚上就寢前需要的所有東西。卸妝的嬰兒油，洗臉的旁氏冷霜，一種名叫「青春之泉」的特殊晚霜，是傅麗妲幾年前在喬斯林百貨公司的化妝品專櫃發現的，在她的強力推薦下我也試用，一用就愛上它。這個藥品櫃內的東西看起來似乎都是我的個人用品，那一定是我放的，不是嗎？

我將身上穿的漂亮的墨綠色洋裝小心翼翼掛在衣櫥內，換上我從那座核桃木長斗櫃的抽屜找出的一件睡衣，然後爬上床躺在被單下等待拉爾斯。

「他們都好吧？」他進入房間時我問。

「睡得很熟。」他含笑說，走進浴室，把門關上。

我不確定該怎麼辦，雖然因為喝了葡萄酒，時間也晚了，讓我有濃濃的睡意，更別提我在一個想像的夢境中，我仍強力抗拒閉上眼睛，我怕假如我閉上眼睛，這個夢就會結束，我會在我自己的床上醒來，那樣我就會錯過接下來可能發生的事。

毫無疑問，自從一九五四年秋天發生那些事件之後，我顯然沒有任何情人。在經歷過（或者沒有經歷過）我與拉爾斯那件事之後，我對羅曼史這一塊失去興趣了。我取消我的徵友廣告，我婉拒朋友為我介紹對象。要是有個親切的男性走進店裡，而且他的左手沒有戴金戒指——那麼我會和氣地對他微笑，幫他找出他要的書籍，然後送他出門。我告訴自己，無所謂，這方面我再也不強求了。

中間雖然有過幾次寥寥可數的邂逅（和朋友一起參加派對，或偶爾上上酒吧）來得快又容易，我容許自己被釣上。我承認：過去幾年，我有過一、兩次一夜情，但那都是肉體的慾望和酒精作祟的結果，我從不在乎我是否能再見到那些男人，因為我不是為了找丈夫而做這種事。

現在我明白為什麼了。

這些年，我一直以為這是漸進的轉變。我從一個充滿希望、眼中閃著星光的青春女郎變成一個老女人。但現在我明白這種改變不是漸進的，而是快速的。

我明白我被拉爾斯放鴿子之後，我再也不想與男人交往了。坦白說，我想都沒再想過，彷彿那天晚上他沒有依約出現，這個念頭從此就遠離我了。

但此刻我卻在這裡，在他的床上，等他來找我。

他打開浴室門，然後關燈。他穿著睡褲，光著上身。他的前胸長滿紅棕色的胸毛。我渴望撫摸那些美麗的胸毛，渴望得手指發疼。

他爬上床躺在我身邊。將我擁進他的懷裡，用力親吻我的全身。「我想了一整天了。」一我們稍稍喘口氣後，他用粗嗄的嗓子說。

這句話聽起來似乎很老套，但是當我們脫掉睡衣，當我們的身體連在一起時（很自然地，彷彿這已是多年來的習慣），我明白為什麼再也沒有人能吸引我了。因為這裡是我歸屬的地方。

6

想當然耳，我在我的家中醒來，不禁有點鬱鬱寡歡。這是開始作這個夢之後，我頭一次在我自己的家、我自己的床上有種孤單的感覺。

多麼不舒服的一種感覺，更別提它有多麼荒謬了。我起身，掀開被單。

「這個夢中生活也許不會再出現了。」我對亞斯藍說。牠跟著我進入廚房，在我腳跟繞來繞去要食物吃。我在牠的碗裡倒了一些牛奶，給自己煮了咖啡，然後重重地嘆一口氣，強迫自己重新適應這個世界。

又過了平淡，並且生意依舊清淡的一天後，我和傅麗妲在五點鐘打烊。當我們正在鎖門時，布雷德利從書店旁邊的樓梯出來（他住在我們書店樓上的公寓），停下來扣他身上那件陳舊的米色開襟毛衣，毛衣的兩隻袖子上都有補丁。他的笑容和藹可親，但傅麗妲和我仍然互換一個不言可喻的眼光。

布雷德利是我們的房東，這棟公寓大樓的所有權人。他住在樓上的一間公寓，其餘的租給別人，我們這間書店和隔壁的小律師樓都是向他承租的。布雷德利大約六十多歲，目前鰥居，有好幾個孫子，他們來探望他時都會進來書店看兒童書，傅麗妲和我都會讓他們免費挑幾本書帶回去。布雷德利是個好房東，一個老實人。我們現在手上的資金很少，這讓我很難過。我知道傅麗妲也有同樣的感受。再過十天就要繳交十月的租金了，但我們都不知道如何籌到這筆錢。

「妳們好好享受這個美好的夜晚，」布雷德利說，「趁這個機會多多享受這溫暖的天氣。冬天不知不覺很快就到了。」

他意味深長地看我們一眼，一種我猜不透的眼光；但它讓我產生恐慌，我不禁喉頭緊縮。他知道了嗎？我一邊猜想，一邊用力嚥口水。他肯定知道。他有眼睛；他可以從他家的窗子看到。他一定看得到每天進出書店的人，或者沒有人進出。

但無論如何，傅麗妲和我都點頭。「是啊，你也是，布雷德利。」傅麗妲說，然後我們轉身朝珍珠街的南面走。

我們默默地走了一段路。我不想談任何有關書店、房租的事，而且我可以感覺到傅麗妲也不想談。一會兒之後她開始吹口哨——傅麗妲的口哨雖然吹得荒腔走板，但我猜她吹的是「雪莉兒合唱團」的〈從軍男孩〉，但不是很肯定。

走到珍珠街和朱爾街交口即將分道揚鑣時，我們停下來。

「晚安。」我對她說。

「妳也是。」她回我，一面從她的皮包撈出香菸和打火機，「有什麼大計畫嗎？」

我移開目光，「沒什麼特別的，」我含糊地說，「妳呢？」

她聳聳肩，點菸，「跟往常一樣，老女人待在家裡看書，早早上床睡覺。」

我微笑，給她一個輕輕的擁抱；她一手擁抱我，拿著香菸的另一隻手伸得老遠。「那就好好享受吧，」我說，「明天見。」

我往朱爾街的東邊走，經過我住的華盛頓街時，我回頭看了一眼，確認傅麗妲繼續往前走看不到我了，我才又往前走過幾個街口，到了唐寧街右轉伊凡斯大道，然後過馬路到對面搭往東行的公共巴士。

我在大學大道又轉搭往南行的巴士。我不熟悉這條巴士路線上的幾個停靠站；在真實世界中，我很少來這一區。雖然我知道這一帶新蓋了許多房屋，但截至目前，這個地區對我仍然沒有吸引力。這裡除了有許多豪宅、許多新學校和教堂外，其他什麼也沒有。

巴士繼續往南走到耶魯大道站。「最後一站。」司機大聲說。我是車上唯一的乘客。我下車，目送巴士在一塊空地上迴轉後又沿著大學大道往北走。我在大學大道上又繼續往南走了幾個街區後轉入東邊的達特茅斯街。一塊鑄鐵路標顯示我已來到南丘社區。我的左手邊有一所小學，是一幢不規則的磚造平房，和這一帶的所有建築一樣，看起來很新。

我繼續往前走到春田街，然後往南走，眼前的一切都和我的夢境相似：新建的住宅，大部分是農場式或層次錯落的建築，還有許多空地正在大興土木。我不記得哪些房屋是已經蓋好，哪些仍在興建中，因為在夢中夜已深，光線很暗，但這個社區給人的感覺和我昨夜夢中的感覺一樣。

儘管我以前不曾來過這條街。

我尋找三二五八門牌號碼，但只找到三二四八和三二六八。

這兩個門牌號碼中間什麼也沒有，只有一塊連樹木都沒有的丘陵地。

我望著這片空地。我依然可以在我的腦中看到那棟粉橘色的磚房，確信那棟房屋就坐落在這塊土地上，車庫和主體建築低矮的屋頂，以及較高樓層較高的屋頂。我可以想像出那些種在院子裡的樹苗和前門兩旁的杜松；我可以想像到拉爾斯將凱迪拉克輕盈地開上車道；想像到阿爾瑪站在那個木柱街燈下等她的丈夫來接她回家。

但此刻這裡並沒有房屋，甚至連個興建的計畫都沒有——至少我沒看到半點跡象。眼前所見只有泥土和雜草。

一名男子緩緩走過，一隻沒有繫皮帶的西班牙獵犬安靜地跟在他腳邊。男子抬頭，用手碰觸他的帽簷向我致意。「晚安，夫人。」他對我微微一笑時，濃密的金色鬍髭微微往上挑。

我點頭。「晚安。」

他顯然看出我臉上困惑的表情，因為他問我：「有什麼我可以效勞的嗎，夫人？」

我朝那塊空地微微偏個頭，「我只是……我的地址大概有誤，我在找南春田街三二五八號。」

他望著那塊空地。「如果有房子的話，應該就是這裡，」他回答，「但妳可以看到，這裡沒有房子。」

「沒有。」我轉頭望著地平線，望著西邊的遠山，「請問，你住在這附近嗎？」

他點頭，瞥一眼街上，「我住在那邊轉角。」

「你在這裡住很久了嗎？」

「一九五四年蓋的房子，有幾年了。」

「你不——這裡有沒有一戶姓安德森的人家？拉爾斯．安德森？」

他搖頭。「我不敢說我認識這裡的每一個人，但我太太會安排邀請新搬來的住戶參加聚會，彼此互相認識。」他聳聳肩，「但我沒聽說過這個名字。」

「那麼這塊地，就是這一塊，以前都沒有房子嗎？或者任何其他建築？」

他的鬍髭又動了一下，「從一九五六年到現在都沒有房子，夫人。」

我回他一個微笑，「好的，那謝謝你了，我一定是記錯了門號。」

「祝妳順利找到拉爾斯．安德森，夫人，晚安。」說完，他緩緩走開，那條狗跟在他旁邊。

「謝謝，」我對著他離去的背影說，「你也是。」

其他沒什麼好看的了。我的心中頓時感到些許困惑與空虛。我離開南丘社區，慢慢往回走到大學大道與耶魯大道交口，等了二十分鐘左右都看不到一輛巴士的影子，我不禁懷疑這些巴士或許不會在夜間開到這麼偏遠的郊區。我看著從街上駛過的新型福特、雪佛蘭與道奇，心想，住在這裡的每一個人畢竟都有私家車。於是我放棄巴士可能會出現的期待，繼續沿著大學大道往北走到伊凡斯大道，在那裡搭上一輛往西行的巴士。前後加起來，我這趟探險之旅總共大約走了三或四哩路，而且沒有穿雙好走的鞋，因此上車找到座位坐下後，我讓高跟鞋從我已經起水泡的腳上稍稍鬆開，望著窗外，直到我下車那一站快到了，才又穿好高跟鞋按鈴下車，慢慢走回華盛頓街。

我一邊走，一邊不自覺地揮動手臂，等我意識到我的動作時，這才發現我的右手彷彿握著一支網球拍。揮動右手的動作帶給我一種滿足感——而且是一種直覺，彷彿我自然而然有這種精力與能力去做這件事。我的腳也不再感到疼痛了；彷彿我今天晚上根本就沒有走那麼遠的路。我搖搖頭，感到好笑。荒唐，真是荒唐；我的腦子在戲弄我，把我的身體當做一個聰明的道具。

這是一個涼爽的初秋夜晚，有些鄰居坐在他們的前廊上。「哈囉，凱蒂小姐。」墨里斯先生從前廊角落大聲跟我打招呼。他正在抽雪茄菸，坐在破舊的藤背木頭搖椅上前後擺動。他快要一百歲了。他在一八七〇年代隨著他的父母和姊妹從俄亥俄州移居到此地，讀的是丹佛的第一所中學，後來又畢業於新成立不久的丹佛大學。他在報社當新聞記者，靠那份薪水養家，現在和他鰥居的兒子住在一起，兒子年紀也有一大把了。墨里斯先生說他仍記得他的父親參加內戰後返家——但假如算一下，你會懷疑那個人是否真的是他的親生父親。

「晚安，墨里斯先生。」我向他招手，但沒有走到他的前廊上去跟他聊天。我有時會這麼做，但此刻我的腦子裡面裝了太多心思。

其他鄰居也都在我經過時對我微笑打招呼。我在這個社區很出名，我可以想像有些鄰居也許會對新來的住戶這樣形容我：古怪的老處女，不過人很好，她在珍珠街上開了一家可愛的書店哩！真的，你有空應該去看看。

我往我的家走去時，不自覺地注意到這裡和南丘社區差很多。那邊有許多空地，房子與房子之間的距離很寬，高大的樹木卻很少，大多數庭院會種一、兩棵杜松，但不像這裡的樹木那樣枝葉繁茂，那邊的街道兩旁也沒有種白楊樹。

我稱之為家的這個普拉特公園社區，早在二十世紀初就存在了，這裡的住戶都是從荷蘭移民過來的宗教家庭，所以有時這裡還會被稱為小荷蘭區。你可以從許多房屋的荷蘭式山形屋頂看得出來，更別提那些供過於求的基督教新教教會。現在住在這裡的大部分是藍領階級，他們在大學校園內做維修與清潔工作，或者在南百老匯大道的工廠上班。過去有些人還會搭電車到城裡做秘書或零售的工作。

當然，現在大家都搭巴士了，巴士不經過我們書店，所以沒有顧客上門了。

我知道我應該針對這個問題想出一個解決的辦法。我知道傅麗妲這陣子也一直在思考這件事。

但我沒辦法不想春田街和那些長方形的高級住宅。我可以在腦中看到那個迷人的景象，那些空間，那種氛圍。

即將抵達我的雙併公寓時，我看見葛瑞格．韓森站在門外。他是我的鄰居、也是我的房東的兒子。葛瑞格是韓森家的獨子，年約八、九歲。他手上拿著一個紅色的大皮球正對著磚牆拍打——我那一邊的磚牆。我有點生氣。他最好小心點，別砸破我的玻璃窗。

哎，我的口氣真像個小氣鬼。

「嗨，葛瑞格。」我走上臺階，在門口拾起下午送來的《丹佛郵報》。我是個報紙狂；看一份報紙仍嫌不夠，所以我早上看《落磯山新聞》，晚上看《丹佛郵報》。

「嗨，米勒小姐。」葛瑞格仍繼續拍球。

「你在幹嘛？」我問他，一面從皮包掏出鑰匙。

他聳聳肩。「我媽叫我出來，說假如我不寫功課不如出來外面。」

我掏出鑰匙，關上我的皮包。「你為什麼不寫功課？」

他又聳肩。「不喜歡。」那顆球仍持續對著牆壁拍，一下、兩下、三下。「我也不喜歡學校。」他朝天空看一眼，「哇，好美的夕陽，」他說，「我以前沒見過這麼紅的夕陽。」

我把我的皮包擱在我放在前廊邊上的一張黃綠色尼龍椅背的鋁製搖椅，走過去倚在欄杆上。葛瑞格說得對；今晚的夕陽燦爛極了，西邊的天上一片橘色和粉紅色交織在一起，下沉的太陽把山的背後染成鮮紅的火焰。但是一個這麼小的孩子，而且又是個男孩，能有如此敏銳的觀察力著實不易。我心想，葛瑞格將來一定會成為一個藝術家。

我仔細端詳他。他身材瘦長，黑頭髮，臉上有雀斑。骯髒的白色T恤和寬鬆的背帶褲穿在身上顯得有些邋遢。額頭上一綹劉海垂在他的眼睛上。

「葛瑞格，」我說。他瞥我一眼，看看天空，又收回眼光望著牆上。「你在學校有特別喜歡哪一科嗎？」

他想了一下，繼續拍球。「算術還好。我的算術有時還不錯，」啪，啪，「其他的都很難。」

「怎麼個難法？你覺得什麼最難？」

他抬頭看我。「閱讀。」他面無表情地說，「我……我不知道，米勒小姐，我就是看不懂。我讀得很慢，而且……」他移開視線，顯得有些尷尬。

「你有……」我不知道如何適當表達，「你的老師應該會特別協助你吧。」

「米勒小姐，我沒有不敬的意思，但我的老師有一大群學生，我不知道人數，但我知道有很多。她有時都記不住我的名字。」

我點頭，一邊想像那種情況。我還記得我教書那段時期的感覺。那麼多孩子，每一個都很需要老師的指導，儘管他們不願承認。那麼多隻眼睛瞪著站在臺上的老師，有的人一臉茫然，只有少數幾個不是，他們聽得懂老師所教的東西，但不懂的人占多數。

但這麼多孩子，雖然資質各有不同，教育他們的責任卻都落在教師一個人頭上。有誰能完全擔起教育每個孩子的責任？什麼樣的老師會有這種能力？

但，假如葛瑞格不學習閱讀呢？假如他不識字，他將來能有什麼期待？

「葛瑞格，」我堅定地說，「我家有一些很好看的兒童書，有的適合男生看。《哈迪男孩》——你聽過嗎？還有一些很有趣的書，講一個名叫亨利．哈金斯的男孩和他的狗『小排骨』的故事。你要不要晚上過來看看？也許我們可以一起找，看是否能找到你喜歡閱讀的書。」我對他微笑，「我可以幫助你。」我平靜地哄他，「我想……我想我們倆都會覺得很有趣。」

他又繼續拍了幾下球，咬著下唇。「我想一想。」

他沒有看我。我等了一、二分鐘後才進門，然後把門關上。

吃過晚飯，我下決心將春田街和夢中那個男人以及夢中的他的孩子，甚至他的管家統統拋到腦後，把心放在小葛瑞格．韓森身上。我翻我的書架，把所有適合初學者的兒童書籍都找出來。我不知道葛瑞格有什麼樣的閱讀困難，也不知道他落後的程度如何，或者我能幫他什麼忙，但假如他願意試試看，我很樂意幫助他。

八點不到，有人敲門。我趕過去開門，葛瑞格站在黝黑的門外，在暗淡的門廊燈光下顯得幼小而焦慮。

「我想……」他垂下視線，「我想也許妳可以讓我看看那些書。」

「當然可以。」我含笑讓他進門。

7

我漂浮在一池綠意中，兩眼半睜半閉，但仍可以從微縫中看到這個光線暗淡的房間。我微微動一下身子，溫暖的水覆蓋我的全身。

我睜開眼睛，以為會看到春田街那間海綠色的浴室，不料卻發現自己在一間更小的浴室中。和那棟高低錯落的房屋一樣，這間浴室也有綠色的牆面與設備——有馬桶、立式洗臉槽，以及我正躺著的小浴缸，裡面裝了半缸溫水。浴缸的水龍頭上有精緻的字母浮雕，一個C和A的花體字。浴缸旁邊的木架上有個透明玻璃盤，盤中點著一根胖胖的黃色蠟燭，燭焰在暗淡的房間內搖曳。一條疊得整整齊齊的白色浴巾擱在蓋起來的馬桶蓋上，等著我洗完澡後用它來擦乾身體。門後的掛鉤上掛著一件短內衣——蕾絲的，非常小，而且是紅寶石顏色。我心想，我的天，誰會穿那個東西？

毛玻璃窗開了一條小縫，外頭的小販與街頭音樂家的樂音從這條小縫飄進我耳朵——那是手風琴嗎？好怪的聲音！

我把兩隻手臂往前伸，搖一搖，含笑欣賞戴在左手上的戒指。今天我比上一次（我第一次進入這個夢境時）更仔細地端詳它。婚戒是寬版的金環；除此之外，我還戴了一枚鑲在蝕刻黃金座子上的亮晶晶的鑽戒。我不怎麼懂鑽石，但這顆鑽石似乎挺大的，當然沒有大到很俗氣或很豪華，但一看就知道不便宜。

我的兩隻手看起來也比過去更美——沒有慣見的粗糙角質層，指甲上還塗了淺粉色的指甲油。這雙手也比真實世界中看起來更年輕、皺紋更少。

有人敲門，拉爾斯猶豫地探頭進來。「我只是察看一下，親愛的，」他說，「確認妳沒有在裡面睡著。」

我對他嫣然一笑，內心充滿愛意。「進來陪我。」

他笑著說：「我想我沒辦法坐進那個小浴缸。」他進入浴室，關上門，看看四周。「法國人造任何東西都是小小的，不是嗎？除了餐飲以外。」他拍拍他的肚子，「多麼豐盛的晚餐！我想不起上一次是在什麼時候吃得這麼好。」

「那些甜點少吃點。」我開玩笑地警告他。我不知道我到底在說什麼，以及我為什麼會這樣說，但這句話很自然地從我口中說出。

這時我才注意到拉爾斯看起來也比較年輕。他頭頂上的毛髮多一點，而且只有少數幾絲白頭髮。他身上穿著休閒褲、白襯衫，沒有打領帶，看起來瘦多了，輕鬆而自在。他微笑時，藍色的眼睛四周有皺摺，但沒有我印象中在其他夢境看到的那麼深。

「你看起來很帥，」我告訴他，「年輕而健康。」

他靠過來親我。「妳看起來也很美，」他故意把我從上看到下，看我在浴缸中裸露的身體，「身上的每一寸肌膚都美。」

我忽然想起那張掛在春田街臥室牆上的照片，立即恍然大悟。我們正在度蜜月，我們正在巴黎。「噢！」我說。

他又笑。「想到什麼了？要不要分享？」

我微笑。「沒什麼，」我看看四周，「不過，我告訴你，」我說，「將來有一天，我想要一間像這種綠色的浴室，我要我的浴室也有這樣的設備。這是我所見過最好看的浴室顏色。」

「這是一個好主意。」他先看看四周，然後又看著我，「或許比這間大一點，妳覺得呢？」

我在水中蠕動了一下。「或許大一點。」

「妳再不出來就要變成一顆梅子了。」

「你說得對，我一會兒就出去。」說著，我朝掛在門後那件內衣偷偷瞅一眼。

他對我溫柔一笑，「我先去倒兩杯睡前酒。」他出去時把門輕輕帶上。

我想起上次那個夢，那時我們在床上，我一直不敢閉上眼睛，生怕閉上眼睛我就會離開這個美麗的幻想世界，在自己家中醒來。我躺在這個浴缸中，浸浴在不只是水、還有快樂當中，那種幸福快樂的感覺跟上次一樣。我不想從這個夢中之夢醒來。

儘管如此，我顯然又打了個盹，至少睡了片刻。可是等我再睜開眼睛時，卻發現我在另一間綠色的浴室，丹佛那間浴室，那棟不存在的房子，我和那些不真實的人共住的房子。

我看看我的雙手，戒指還在——雖然沒那麼晶亮，但確實是同一枚鑽戒。我沮喪地發現手上的皺紋也還在。我再看看我的肚子，發現兩邊都有妊娠紋。我們一定回到了一九六二年。

又有人敲門，這次是另外一間浴室的門。我聽到拉爾斯的聲音。「妳還好嗎，凱瑟琳？」

「是的，」我回答，「我很好。」

「我可以進來嗎？」

「當然。」

拉爾斯進入浴室，他看起來就像我已習慣的那個中年拉爾斯。但他在我眼中依然瀟灑帥氣。他的頭頂也許禿了點，肚子大了點，但他那對熾熱的藍眼睛一點也沒變。而且我可以看出，當他望著我時，他看不到我的皺紋或妊娠紋，他只看到我，而我在他眼中依舊是美麗的。

「我愛你。」我脫口而出，「我真的愛你，愛你的一切。」

他微笑。「嘿，別昏頭了。」他從毛巾架拉下一條浴巾，放在梳妝臺邊緣，我洗完澡後比較容易拿到。「妳在裡面泡很久了，」他說，「妳會變成一顆梅子。」

我笑道：「你老是說你那個梅子笑話。」

他疑惑地望著我。

「你還記得我們的蜜月嗎？」我問，「記得巴黎那間綠色的浴室嗎？」

「當然記得，妳說妳想要一間綠色的浴室，和那間一樣，但是要比它大一點。」

「我的確說過。」我同意，「而且，你知道嗎，拉爾斯？我記得我說過這句話，我記得！」我知道我的口氣像個雀躍的孩子，但我忍不住。

拉爾斯哈哈笑。「我很高興妳又恢復原來的妳了，」他壓低聲音，「我真為妳擔心，凱瑟琳，」他說，「我們都為妳擔心。」

「為什麼？」我問，「你們為什麼擔心？」

「甜心，」他靠過來親吻我的頭頂，「放輕鬆洗澡，重要的是妳不要擔心。」

「我不擔心，我在戀愛中。」

他搖頭。「妳今天晚上真可愛，」他朝門口走去，「趕快洗好澡，我先去倒兩杯睡前酒。」

夢中之夢，一個小小的夢，卻是愉快的夢，一件從未發生的事，在一個從未發生的生活中。

當我在我自己的家、我自己的床上醒來時，我發現我的內心忐忑不安。

我愛上了一個幽靈。

8

不能再想了，我得把這些夢趕出清醒的心智，它們令人困惑、傷感，對我沒有好處。

幸好，我還有其他要關心的事。我強迫自己把拉爾斯趕出我的腦海（這讓我對自己稍稍感到滿意，彷彿我在努力消除臀部贅肉時，成功地多拒絕了一個甜點），將注意力轉向我與葛瑞格．韓森在前一天晚上的約定。

我們從《哈迪男孩》和碧芙莉．柯利瑞的童書開始閱讀，但他一開始就遇到困難。

「利用插圖來思考它的內容，」我建議他──我想他既然能注意到夕陽，或許有插圖會比較容易學習。但我說出這句話後，立即發現這個提議絲毫無效。假如葛瑞格讀的是圖畫書，譬如我第一次夢到我的另一個生活時，夢中的小米希閱讀的《瑪德琳的親愛小狗》這類兒童故事書，那麼我的建議也許會有效，但《哈迪男孩》系列和碧芙莉．柯利瑞的故事書，它們的主題也許能吸引葛瑞格，裡面的插圖卻很少，並不是每一頁都有。

我把這些進階書籍推到一旁，從書架上找出我的舊書《迪克與珍妮》。葛瑞格一看到封面立刻冷笑。

「那都是娃娃書，好無聊。」他說。

「你會讀嗎？」

葛瑞格聳聳肩。我翻開書，拍拍第一頁。他斜眼看上面的字。「史巴特有一個球，」

他唸道，「看史巴特追著球跑。」他抬頭看我，「看吧，我會讀。」

「葛瑞格，」我唰地一下闔上書本。「我怎麼覺得你以前讀過這本書？」

他臉紅。「也許讀過，也許沒讀過，但我仍然會讀。」他防衛地說。

「好吧。」我把書擱在我的長沙發邊桌上，「我再找找看有沒有其他書，」我看著他的眼睛，「如果我能找到你比較有興趣的書，你改天再過來好嗎？」

他聳聳肩，「也許。」

想到昨夜與葛瑞格的對話，今天早上我急著想去書店。就在我要離開公寓時，郵差送來我的郵件，我匆匆抓起母親寄來的明信片邊走邊讀。

親愛的凱蒂：

我們這裡的天氣變得很惡劣，我必須說熱帶風暴比陸地風暴可怕多了。海浪翻騰，海灘上堆滿從陸地上沖來的殘骸——昨天，暴風雨過後，我去海邊散步，在沙灘上發現一條女人的項鍊，一條非常簡單、樸素的珠鍊。我把它掛在海灘入口旁邊的灌木上，不過我懷疑會有人回來尋找。這種事不由得令人猜想海底還藏著其他什麼神秘的東西。

我這個做母親的竟然從樂園寫這種陰沉的思想寄給女兒！希望妳那邊的天氣會多一點陽光，親愛的。

愛妳的　母親

可憐的母親，她的語氣如此抑鬱不禁讓我感到難過。這一點也不像她。我一邊開店門，一邊決心今晚下班回家後要寫一封長信給她。

傅麗妲和我沒有太多可供兒童選擇的書，只有少數經典童書和出版社目錄中的新書，以及我們認為有趣和好賣的書。但我在童書那一區翻找時一邊想，我總可以找到能吸引葛瑞格，而且他也能看得懂的書吧。

出乎我意料，我找不出一本適合他的書。他有興趣的書籍對他來說都太難，而那些他看得懂的書他又興趣缺缺。

午餐時間，我走過幾個街區到珍珠街附近的丹佛公共圖書館德克爾分館，那裡也和我們書店一樣，有很多初級童書，假設初級閱讀者是五、六歲的兒童，我找到幾本蘇斯博士的著作，雖然知道他不會喜歡，但我總要從某個地方下手。

「這本沒有比昨天晚上那本好，」當天晚上葛瑞格讀了幾頁《綠色火腿和雞蛋》後開始抱怨，「很抱歉，米勒小姐，我知道妳想幫助我，可是……」他尷尬地低頭望著他的腳。

「葛瑞格，」我忽然想到一個點子，「如果你能閱讀，你會喜歡什麼題材的書？」

「棒球，」他毫不遲疑說，「我喜歡棒球的故事。」

我點頭。「我來想辦法。」

坊間當然沒有九歲兒童能閱讀的棒球故事書。我查閱我們的目錄；我去德克爾圖書館；我甚至去城裡的大圖書館。這是我最近幾個星期來第二次去這個圖書館，這次目的不同，但我依然沒有找到能吸引葛瑞格的故事書。

於是我決定為他寫故事。

我先問他幾個問題。「棒球是怎麼比賽的，葛瑞格？它有什麼規則？」

他翻白眼。「誰都知道棒球規則，米勒小姐。」

「那就假裝我不知道。假裝你在向一個沒聽過棒球的人解說。他也許是別個國家的人，不打棒球的國家。」

他一臉驚詫，「不是到處都在打棒球嗎？」

我含笑搖頭，「沒有。」

這是個溫暖的夜晚，我們坐在廊簷下，他坐在欄杆上，我坐在我的鋁製搖椅上。我的腿上擱著一本筆記簿，把他說的話寫在筆記簿上。

「職業棒球大聯盟有兩個聯盟，美國聯盟和國家聯盟，」他告訴我，「目前國家聯盟最好的球隊是舊金山巨人隊，他們是大賽的常勝軍。」

「大賽？」

他取笑我：「世界大賽，米勒小姐。」他抬頭，若有所思地說，「妳知道……這點很有趣，儘管他們沒有到世界各國去比賽，但他們稱它是世界大賽。」他聳聳肩，「我以前都沒想過。」

我微笑，「事實上，我也沒有。」

「總之，」他轉向我，繼續說道，「我最愛的球員是威利・梅斯，他是黑人，學校有些同學說不該喜歡他，因為他是黑人，但假如妳問我，我會說那是胡說八道。」他瞇著眼睛，「一個球員如果能擊中球，誰管他的皮膚是什麼顏色？我不會。妳應該看看威利的安打，他一揮棒就能把球打到燭臺球場外面——就是巨人隊的主場，在舊金山。」葛瑞格抬頭望著昏暗的天空，「我願意付出一切，不計一切，一次就好，坐在大聯盟的球場上看梅斯打出一支全壘打。」

「不計一切，」我一邊複述，一邊記筆記，「不是鬧著玩兒的？」

兩天後，我去敲韓森家的門，葛瑞格出來開門。

「抱歉，插圖畫得很簡單，」我將一疊裝訂好的手稿遞給他時說，「我不是畫家，不過我想你會喜歡這個故事。」我含笑說，「雖然畫得不好，但起碼有圖畫和故事對照。」我為葛瑞格手寫的這本書不同於我們一起閱讀的那些書（碧芙莉．柯利瑞的著作和《哈迪男孩》故事集），我在這本書的每一頁都畫了一點插圖。

葛瑞格翻了一下，說道：「這是在講棒球。」他看著那些插圖，也許（也許！）還看了那些字。

我點頭。

「這是在講威利．梅斯的故事。」他一頁一頁地翻。「我從報紙的體育版標題學會看懂他的名字。妳寫了一個威利．梅斯的故事……而且……而且……」他仔細看每一頁，「裡面還有我的名字，」他抬頭，「我在這個故事裡面做什麼？」

「這個嘛，」我微笑，「我想你讀了以後就會知道。」

「我從未看過一本我可以看得懂的棒球書，」葛瑞格眉開眼笑地說，「我也從未看過把威利・梅斯和我寫在一起的故事。」

我伸手從我的洋裝口袋掏出另一樣東西：一疊大約十二張的字卡。我在每一張字卡上打洞，然後用一根帶子將它們繫在一起。我在每一張卡上寫字：壘包、投手、打擊、捕手。並且在每個字旁邊畫圖（還是基本圖形），解說這個字的意思。「這些字卡可以幫助你閱讀這本書，」我對葛瑞格說，「假如你有看不懂的字，可以查這疊字卡，看是否能找到它。等到你每次讀到這些字都能認得它們時，閱讀就會更容易了，因為你不必停下來想這些你已經懂得的字。」

他接過我遞給他的字卡，闔上書本，將它們夾在腋下。「謝謝妳，米勒小姐，」他對我說，「我等不及要開始讀了。」

他這幾句話在我聽來有如悅耳的音樂。

教一個孩子閱讀除了充滿喜悅之外，還有一個好處：最近這個星期那些夢都消失了。那一個星期的每天晚上我都睡得很好，酣睡得如同一顆岩石，沒有作任何夢。

白天，我的精力旺盛。我在店裡忙進忙出，將所有書籍重新整理過，為櫥窗布置一點秋意：用紅、黃、棕色的美術紙剪出樹葉的形狀，頗具藝術感地（我自己認為）撒在窗臺上，又將暢銷書擺在陳列架上。我還寫了一幅標語：**寒冬將至！用一本好書來溫暖自己！**

傅麗妲對我翻白眼，說我很煩。「我比較喜歡妳和我一樣壞脾氣。」她說。

「我會考慮。」我回她。

葛瑞格一天之內就讀完那本書了。「我從開頭讀到結尾。」他得意地告訴我，「那些字卡真的很有用，現在我都會了。我讀完後又再讀一遍，然後讀給我媽聽，她……」他低下頭，有點膽怯，臉脹得通紅，「她說她為我感到驕傲。」

「我也是，」我說，「我也為你感到驕傲。」我把手輕輕放在他的肩膀上，「我再寫一本好嗎？」我問，「你會喜歡嗎？我也可以再多寫一些字卡，我們可以把它們集中在一起。」

「我喜歡，」葛瑞格說，「謝謝妳，米勒小姐，非常感謝。」他用一個大大的微笑報答我，然後興奮地從我們共用的前廊蹦蹦跳跳進入他的家，砰地一聲把門關上。

9

然後，度過一個多星期無夢的夜晚後，我的夢中幻象又出現了。

我們仍在屋外，拉爾斯和我。我的天，我們在這個虛幻的世界中忙著交際應酬。在我的真實生活中，我每個月大概會有兩、三個晚上外出，有時和我教書時期的老朋友一起去看電影，但那些朋友大多數都必須提早幾個星期約好時間，她們才能擺脫丈夫和兒女單獨出來聚會。傅麗妲和我現在有時會一起去餐廳吃飯，偶爾也去參加在較大的書店或城裡的百貨公司舉辦的簽書會。簽書會通常在那些地方舉行；我們的小書店無法吸引名作家，連沒有名氣的作家也不會光臨，就這件事而論。

但大部分夜晚我都在家，窩在沙發上看書或看電視，亞斯藍在旁邊陪我。想到這裡，我不禁懷疑我是否在潛意識中希望自己能多一點機會打扮得漂漂亮亮出去應酬，如同我的夢中生活那樣。

總而言之，我發現我在一個雞尾酒派對上，站在拉爾斯身邊。他穿西裝打領帶，我穿著一件絲綢質料的派對洋裝（珊瑚色調，是我在真實生活中也很喜歡的顏色），脖子上戴著一條心形項鍊，衣身寬下襬，腰上有個大蝴蝶結。它讓我想起不久前我在《生活》雜誌上看到的賈桂琳．甘迺迪身上穿的那件衣服。顯然我在這個世界選購服裝時，也在追隨第一夫人的時尚趨勢。我的腳上穿著一雙和衣服同色系的尖頭高跟鞋。

房間的一個角落有一座光可鑑人的高傳真音響櫃，音樂從那裡的擴音器飄出來。「金士頓三重唱」正唱著他們不需要靠酒精提神。顯然，看見他們的女人微笑，效果就跟喝了烈酒一樣。

我不確定我的夢中人物能說她也一樣，但我的手上端著一只喝了一半的馬丁尼酒杯。傅麗妲愛喝馬丁尼，我不一樣，我在真實生活中很少喝馬丁尼。但我仍然小啜一口，出乎意料是甜的，除了一般常用的琴酒和苦艾酒外，它裡頭想必又添加了什麼東西。我再啜一小口，心想我可以適應這種雞尾酒——當然，假如它是真實的。

拉爾斯與我和一個紅頭髮的女士站在一起，她穿著一件黑色的綢緞緊身洋裝，手上也跟我一樣拿著一杯馬丁尼。房間內擠滿成雙成對的夫妻，男士們都穿著西裝，女士們穿雞尾酒洋裝。我看看四周，想找出比爾和茱蒂，我在前幾次夢中一起共進晚餐那對夫妻。我在內心思忖：即便在夢中，能看到一張熟面孔也是好的。但我沒有看到他們。

我們在一間房子裡，但不是我們的房子。不過它和我們家一樣，也是現代的高級住宅，客廳很寬敞，一直延伸出去，與房屋的正面寬度一樣長。我轉頭看到餐廳是開放式的，和廚房連在一起，那裡有一扇滑動的玻璃門大概通往後院——無疑地，那邊一定也跟客廳一樣寬敞。

「凱瑟琳，妳穿這個顏色好看極了。」紅髮女士說，將我的注意力拉回到面前。

我微笑，小啜一口我的果汁雞尾酒，「謝謝妳……」我不知道她的名字，當然只能這樣說。這讓我感到困擾，我的母親常提醒我，記住，並且稱呼別人的名字十分重要。「如果妳記住人家的姓名，妳就會交到許多朋友，並接到許多社交邀請。」母親在我成長期間不斷地提醒我。我不知道她這句話對不對，因為我很擅長記名字，但在真實生活中，我幾乎沒有社交生活。我輕輕一笑，忽然覺得有點頭暈，我不知道我究竟喝了多少馬丁尼。

拉爾斯輕輕握著我的手肘不放。「珍，我常說凱瑟琳穿粉紅色很好看。」他的眉毛往上一挑，「今天晚上出門前我還這樣告訴她，但她堅稱她穿的是珊瑚色，不是粉紅色。」他無可奈何地聳聳肩，「男人哪會知道這種事？」

我開心地笑，「珍，」我說，一面牢牢記住這個名字，「妳說，這個比較像珊瑚色，還是桃紅色？售貨員說它是桃紅色，但……」我用另一隻沒有拿酒杯的手指著我的裙子，「我想它比較接近珊瑚色。」

「它是珊瑚色，」珍堅定地說，「桃紅色比較淡，不太適合這個季節，但它……」她把我從頭看到腳，「非常適合妳，親愛的。」她瞥一眼窗外的黑夜，「不過，妳在回家之前一定要穿暖一點。這種暴風雪！你們該不會是走過來的吧，你們兩個？」

「我們當然是走過來的，」拉爾斯回答，「只有一個路口。」

一名蓄鬍髭的男士過來，遞給珍一杯新倒的酒。「妳好像很渴的樣子，」他對她說，一面將她手上的空酒杯接過去。我注意到他們的手指接觸時多停留了幾秒。「啊，喬治，」珍從她的酒杯邊緣淘氣地看著那位男士，假睫毛後面一對綠色的大眼睛，「多麼體貼的男主人。」

我忽然想起他是誰了。他就是那位遛狗的男士。我在真實世界中，獨自一個人走到我們未來的家時在街上遇到的那個人。

這麼一個真實而活生生的人也會出現在夢中。我有點吃驚，又感到好笑，不由得哈哈大笑。每個人都在看我，面有不解。「我說了什麼好笑的話嗎？」珍問。

「不，當然不是，」我趕快回答，「我只是今晚心情很好。」我舉起我的酒杯，「能在這裡跟大家聚在一起真好！」

拉爾斯仍然握著我的手肘。「凱瑟琳，妳需要坐一下嗎？」

這時，我忽然很想上洗手間。這怎麼可能，我又不是醒著？我又笑，荒謬地想我會不會在真實世界中尿濕我的床。「不用，謝謝。」我對拉爾斯說，「我要去洗手間。」我掙脫拉爾斯的手，穿過人群朝屋子後面走去，心想，如果我一直睜開眼睛，一定能在這附近找到一間洗手間。

廚房內，一群女傭正在準備食物，並將它們擺在托盤上。令我驚訝的是，我看到我們的管家阿爾瑪也在裡面工作。和阿爾瑪一樣，其他女傭也都是墨西哥人。我發現，即使在想像中的醉酒狀態下，眼前這個畫面也讓我感到難過。這個世界，這個棕色皮膚的人服侍白人的地方——在我生活的真實世界中不是這樣的。我承認，在我自稱凱蒂的那個世界中，我個人認識的有色人種不多，但我相信我會平等對待每一個人。我們書店有時會有非白人顧客進來，我對待他們和對待白人沒有兩樣。這是我的家庭教育。我母親會說，這是一個良好的風度和身為一個高尚人類的問題，她是對的。我的父親和各色人種一起工作；我的母親在一所為不同膚色的婦女接生的醫院當志工。我大學畢業，我與教育圈的接觸也許比我的父母更多，但我的藍領出身使我成為現在的我。

我是指真實世界的我。

無論如何，我很高興能在派對上看到一張熟面孔。「阿爾瑪，」我接觸到她的目光時小聲喊她。她走到餐桌旁我站立的地方，一手撐著桌面。

「妳好嗎，安德森太太？妳開心嗎？」

我吃吃地笑，「我很好，我很開心！」

「沒有生氣？沒有問題，太太？」

我揮揮手，差點把桌上的一盤開胃菜打翻。阿爾瑪趕緊伸手接住。

「我只是有……點……窘，」我口齒不清地說，「我想不……我怎麼也……想不起來它在……在哪裡，」我看看四周，「我是指洗手間。妳知道在哪裡嗎？」

阿爾瑪微笑。她有一張和氣的臉，溫暖的笑容，以及大大的、雪白的牙齒。她和我一樣，笑起來眼睛四周有皺紋。我模糊地揣測，她是不是跟我一樣也有這種自覺。「沒問題，太太，跟我來。」

我隨著她進入走道，依稀看到牆上掛著幾張大抽象畫，畫的上方裝了燈座，小藝術燈將光線投射在畫布上。走道兩邊有幾扇表面光滑、沒有飾條的門扉，全都關著，我想是櫥櫃和臥室，它們做工精緻，都是深色調。阿爾瑪在右手邊第三個門上輕輕敲一下，沒人回應，於是她幫我把門打開。「洗手間，」她說，彷彿向我確認，「妳還好吧？」

「當然，親愛的，我很好。」我進去後把門關上。

上完廁所後，我洗手，並在臉上拍一點冷水，然後我打開我的皮包（小巧一個，閃亮的金色，上面鑲了一個水鑽釦），取出粉餅和口紅。我在我的鼻子上撲一點粉，發現我的雙頰緋紅，接著我又在我的嘴唇仔細補上和我的洋裝同色系的口紅。我注意到我今天的髮型和往常不同，格外好看。那些不聽話的鬈髮都被捲成大波浪，並用大量的髮膠固定得服服貼貼。我猜想我一定是今天下午去美容院做了頭髮，不由得在內心衷心感謝這位夢中的神，或任何一個把我放在這個瘋狂世界的人，感謝他在我晚上出來應酬時至少使我的頭髮變得這麼好看。

我離開洗手間，回到陰暗的走道，卻迎面碰上一個朝我走過來的人影。「拉爾斯？」我問。

「不是。」一個愉快的聲音說，「我是妳和藹可親的男主人，過來看妳有沒有需要幫忙。」他靠近我，我認出他是喬治，那位蓄鬍髭遛狗的男士。

「我很好，謝謝。」我說，但他擋住我的去路。

「凱瑟琳，」他低聲說，「妳今天晚上好美。」他的一隻手輕輕地摸我的臀部。

我嚇一跳，急忙後退擺脫他的接觸。「是嗎，我的丈夫也這麼說。」丈夫這兩個字從我口中說出，那種感覺很奇怪，彷彿我說的是外國語，但我看出它的力量，它讓我想起我高中上西班牙文課時應托雷茲老師的要求背書，於是我充滿自信地一口氣說出一句完整而正確的西班牙語。

喬治收回他的手臂。「噢，行了，」他說，「我這是在讚美妳，妳不必看得那麼嚴重。」

「喬治，」一個嚴厲的聲音來自他的背後。他往旁邊讓開，一名穿深色細條紋緊身洋裝的婦女迅速進入走道，「凱瑟琳，妳沒事吧？」

「當……然，是的，我沒事。」這位是女主人嗎？我的天，多麼尷尬的場面。

「喬治，你回去，」她說，「去陽臺的冰箱再多拿點冰塊來。」

他內疚地看她一眼，鬼鬼祟祟地離開了。

這位女士挽著我的手臂，「真丟臉，」她邊說邊搖頭。「我的丈夫喜歡看美女，可是妳想，在他自己的家……還有，妳又經歷過那件事，」她深深地看著我，面帶憂慮，「告訴我，親愛的，妳都如何處理？」

我如何處理？她是指喝醉酒嗎？我的天，這真是太丟人了。

「我……我沒事，」我說，「真的，也許喝點水就好了。」

她的表情緩和下來。「當然，我們去廚房，我給妳倒一杯冰水。」她挽著我的手臂回到客廳。「還有，凱瑟琳，」她靠過來對我說，「謝謝妳把阿爾瑪借給我，那個女孩真能幹！」

我不知道阿爾瑪的實際年齡，但我猜想她比我年長五到十歲，而且我猜想我比女主人至少也大上好幾歲，我不懂她為什麼會說阿爾瑪是「女孩」。但無論如何，我只含笑說：「不客氣。」

不久，派對結束了。女主人（我竟然還是不知道她的名字）把女士們的靴子和男士們的高筒橡膠鞋集中在一起。幾位女傭從臥室取出外套遞給他們；大部分人都只是默默地接過去。阿爾瑪將我的外套遞給我時，「啊，謝謝妳，阿爾瑪！多謝啦！」我對她說。我的聲音也許大了點，每個人都望著我，但我不在乎。

拉爾斯和我出門走在車道上時大雪紛飛。「小心點，」他握著我的手臂說，「也許我們應該開車來。」他牽著我走上街道，我們頂著大雪前進。從我們家走過來只有一小段路，我無法想像還有比開車來參加這個聚會更可笑的點子。

到了我們家門口，我先進去，拉爾斯在外面等。一個看起來像高中生的臨時保母從沙發站起來走向電視機。「嗨，安德森太太。」她關掉電視機說。我在她關掉電視前已瞥見保羅紐曼和瓊安伍華德在螢幕上熱烈擁抱。我猜想它應該是若干年前以福克納的小說改編而成的電影《夏日春情》。這一定是「週末電影院」時段播出的影片，一個我在真實生活中十分熟悉的節目。我每逢星期六晚上多半在家看NBC播放的電影。

「今晚的聚會還好嗎？」女孩問。

「還好。」我不明白拉爾斯為什麼不進來，也不知道我是否應該付錢給這個女孩，如果是，又該給她多少錢？我對這種事一點概念也沒有。

「妳呢？晚上還好嗎？」我問她。我瞥一眼門外的暴風雪，看見拉爾斯正迅速、有效地剷開車道上的積雪。

「一切都很好，沒問題。」她對我微笑，「他們都很乖。」她和氣地說。

但這句話不但沒有讓我感到安慰，反而使我懷疑別人是否認為他們不是乖孩子。果真如此，那又是為什麼？

「那，」我脫下外套，「謝謝妳了。」我發現拉爾斯已剷完積雪，站在門前的臺階上望著紛飛的大雪。他的肩膀急速地隨著他的心跳起伏，我不禁擔心起他的心臟，並再度猜想他為什麼不進來，然後我才想到他一定是等著走路或開車送臨時保母回家。

臨時保母打開玄關櫥櫃，取出一件棕色的女羊毛外套，外套背後用金線繡出「斯巴達」幾個字。外套的左前胸上別著幾枚不同的體育活動徽章（壘球、草地曲棍球、啦啦隊），右邊同樣用金線繡著「翠霞」。

「謝謝妳，翠霞。」我說，「喔，妳請安德森先生付妳錢好嗎？我皮包內的錢不夠。」說完，我暗自為自己的機智喝采。

翠霞扣好外套，穿上靴子，「好的，安德森太太，晚安。」

「晚安，不要凍著了。」我幫她開門，她走出去，拉爾斯拿著鏟子在水泥臺階上敲著，把雪敲下來。

「我十分鐘內就回來。」他說，靠過來在我臉上快速親了一下。我指著我的皮包搖頭，他會意地點頭。我為我們這種無聲的溝通感到驚奇；不知道的人也許會以為我們已有多年的默契。我目送他在雪中陪翠霞走回去。

我把外套掛進櫥櫃裡，脫下靴子，朝臥室走去。臥室內的光線很暗，只有梳妝臺上點著一盞小燈。令我驚訝的是，亞斯藍在我的床上打盹。看見牠讓我大大地鬆一口氣，彷彿我和一個失散多年的老友又團聚了。

「我可愛的貓咪。」我衝過去坐在牠旁邊，撫摸牠柔軟的黃毛。牠抬頭，用綠色的大眼睛看我，大聲地呼嚕。

我聽到拉爾斯進門的聲音時仍坐在床上。我沒有動，只是滿足地撫摸亞斯藍，聽著拉爾斯上樓進入夾層，輕輕打開一扇門後再關上，接著又做一次同樣的動作。接著他下樓，我聽見廚房有水聲，不一會兒停了。我看到走廊上的燈光一個接一個熄滅，直到整棟房屋只剩下梳妝臺上那盞小燈。拉爾斯進入臥房，發現我在等他。

「妳有沒有覺得好一點？」他問。他的手上拿著一杯水，走過來將那杯水遞給我。

「我想妳也許需要。」

「謝謝你。」我接過玻璃杯，喝一口水。即便這不是真實的，我仍為我的糊塗感到尷尬。「抱歉，我喝多了。」

他聳聳肩，「這是可以理解的，凱瑟琳。」

我不知如何回答，只好保持沉默。我看著他鬆開領帶，解開衣領的釦子，打開衣櫥，將他的西裝外套和領帶掛好。

他再回到臥室時，我正從梳妝臺上的鏡子望著自己。「拉爾斯。」我輕聲說。

他在我身邊坐下。「什麼事？」

我摸著身上的洋裝，仍然看著鏡中的我。在柔和的燈光下，這件衣服的顏色燦爛奪目，彷彿電影明星或芭蕾舞伶在開幕夜穿的華服。

「你知道我這件洋裝是在哪裡買的嗎？」我問。

他疑惑地看著我。「妳在梅依百貨買的，」他說，「妳的衣服大部分都是在那裡買的。」

我緩緩點頭。「那我的頭髮呢？」我問，伸手摸我頭上那些完美的大波浪。「誰幫我做頭髮？我去哪一間美容院？」

「凱瑟琳，」他微笑，面有不解，「妳當然是去百老匯美容院，就是琳妮工作的那間美髮院，自從我們認識之後都是她幫妳做頭髮。」

「琳妮。」我想了一下，「你的妹妹，對吧？」

「凱瑟琳，」他摟著我，「妳真的喝多了，不是嗎？」

我搖頭，笑笑。「大概是吧。」我說。我緊挨著他，抬起我的下巴接受他的親吻。

10

「百老匯美容院」不難找，難的是預約琳妮・賀槲的時間。我打電話去預約洗頭、吹頭時，一直在腦中對「摩登美髮院」的薇若妮卡道歉，因為我定期找她做頭髮至少有十幾年了。但接待員在電話中告訴我：「很抱歉，琳妮這個星期都滿檔了，要等到星期四以後才有空。」

「我可以留下電話號碼嗎？萬一有人臨時取消？」我問，「真的，我隨時都可以來。」我頓一下又說，「朋友強力介紹我找她。」

「我問一下，」電話那頭沒聲音了，我等了幾分鐘，「妳可以在星期二下午一點半過來嗎？如果快的話，我想她可以把妳擠進去。」

我微笑，舉起拳頭以示勝利。「可以。」我告訴那個女孩，然後給她我的名字。

在等待做頭髮那幾天，我出於好奇到城裡的梅依百貨走了一趟，並直奔淑女裝部門。我在每一個架上尋找，但都沒有看到那件珊瑚色的洋裝。「妳想找什麼衣服嗎？」一名女店員問我。

「我在找一件洋裝……一個朋友穿過，」我形容那件洋裝，特別強調是「珊瑚色，或者妳可能會說它是桃紅色」。

女店員想了一下，「我沒有印象，」她說，「妳確定妳的朋友是在這裡買的？」

「她是這麼說的。」

「什麼時候買的？」

她這一問我才想到我完全不知道時間。那天有暴風雪，因此肯定是冬天。但打從開始作這個夢之初，我就明白它不一定發生在一九六二年。它也顯然不是現在，十月的第一週。丹佛有時會在十月下雪，但不會下那麼大的雪，也不會像夢中那樣一個接一個暴風雪。我們的暴風雪，我們的下雪量最多的時候，通常在冬季快結束時，二月或三月。假如夢中的事發生在現在，那麼，它要麼是幾個月以後才會發生，否則就是去年冬天的事。

但同樣地，它也有可能是完全不同的時期。它是一個夢啊，看在老天分上！它有可能發生在任何時間，或根本就沒這回事。

「妳知道，」我徐徐說道，「現在仔細一想，也許她說的不是梅依百貨，或許是在其他地方買的。」

「我們也有漂亮的新款式，很適合參加節慶派對，第一批已經進貨了，近期內還會陸續進來。妳要不要看看別的……」

「不用了，」我搖頭，「今天不看了，謝謝。」我轉身朝著電梯的方向，「謝謝妳的招呼。」

「當然，請妳過幾個禮拜再來，那時候所有耶誕節與新年的新裝都會上市了。」

走進「百老匯美容院」時我很緊張，彷彿這是我的第一次約會。店裡的裝潢是紫紅色系，店面寬敞，我數一數共有八張椅子，上面坐的多數是婦女。後面牆上吊掛著一排頭罩型烘乾機，幾乎每一臺都在嗡嗡地響。一名美甲師正在為其中一位烘頭髮的婦女塗指甲油；其餘顧客忙著翻閱時裝雜誌或報紙娛樂版。

接待員問過我的名字，將我領到一張空椅子坐上後默默離開了。我坐在那裡看鏡中的自己，鏡子兩邊的燈光凸顯出我蒼白的皮膚。我捏捏臉頰，希望能為它增添一點色彩。我應該擦口紅才對。

我正在懊惱時，一名棕色頭髮的中年婦女出現在鏡中，從我背後走過來。我把腿放下稍稍轉過椅子，和她面對面。她跟我握手，「我是琳妮．賀榭，」她說，聲音帶點上揚的腔調——無疑是她年輕時代居住瑞典存留至今的口音。「妳是凱蒂吧？」

我點頭，只是嚥口水，沒有作答。近看她和拉爾斯長得很像。她也有一對和拉爾斯一樣的藍眼睛，一樣揶揄的笑容，一樣的圓頭鼻。見到她，我忍不住湧出淚水，我不敢相信我夢中的男人的親人竟活生生站在我眼前。

琳妮看我難過，柔聲說：「我猜猜看，這是妳多年來第一次換美髮師，」她的眉毛往上一挑，「我猜對了嗎？」

儘管內心有千言萬語，我只能微笑，「嗯……是的，是這樣。」

「放輕鬆。」她轉動我的椅子，讓我面向鏡子，然後用手指輕輕梳著我一頭蓬亂的髮髮。「髮型很容易固定，一旦如此就很難改變。妳會很難受。」她歪著頭，仔細端詳鏡中的我。「我猜，妳會想要這些不聽話的頭髮服貼一點，讓它看起來更高雅。」

我點頭。「麻煩妳，」我說，「這正是我要的。」

我深呼吸，試著保持冷靜，好好享受這個體驗。但即使是琳妮的一雙手，都讓我聯想到拉爾斯的手：強而有力、無所不能，彷彿妳把全部生命都交到他手上也不會有任何壞事發生。因此她仍在幫我洗頭時我已經快要愛上她了。

回到椅子上，她一邊幫我梳頭一邊沉思，然後在旁邊的一臺小推車上翻找髮捲。她專注地觀察我的頭髮，先挑出一種尺寸，接著另一種，又為其他部位找出更合適的小髮捲，較大的髮捲則用來捲頭頂上的頭髮。她從一個大罐子挖出一點綠色的髮膠抹在我的頭髮上，然後捲上髮捲並一一固定。

等她忙得差不多時，我試探性地開口。「琳妮，」我猶豫地說，「這個名字很好聽，而且很特別。」

她抬頭，對鏡中的我微笑。「那是瑞典名，」她解釋道，「我是從瑞典布羅斯附近的一個小鎮移民到這裡的，布羅斯不是個大城市，大多數美國人都沒聽過。我是在年輕時候來美國的。」

我闔上雙手，避免它們顫抖。「那很遠呢，」我說，「妳的家人……他們也都跟妳一起過來嗎？」

她點頭，將我的一綹髮絲用一個藍色的小髮捲捲好，再用髮夾固定。「我的父母和我的哥哥，」她咬著下唇，「但他們都過世了。」

「喔，我很遺憾，」我可以感覺到我在發抖，「妳一定很悲傷，他們都是……生病嗎？」

琳妮點頭。「我的父母在這裡過得不是很好，」她說，「我們先移民到愛荷華州，那裡有個遠親，但那時候正好遇上經濟大蕭條，很難找到工作，我母親的心臟又……她的心臟負荷不了，」她看看旁邊，然後又回頭注視我的頭髮，「我想我的父親多少也是如此。」

我很難想像。我怎麼也無法想像假如我失去我的父母親。或許是他們都還年輕（我的母親還不到六十歲），我怎樣也無法想像一旦失去他們我將如何活下去，即便這兩個月他們只是出遠門度假，我難以忍受的程度都遠超出我的預期。想到他們此刻遠在數千哩之外，我便意興闌珊起來，並且想到今天早晨收到母親寄來的明信片。

親愛的凱蒂：

我們離家好遠。昨天我問梅姨檀香山與丹佛距離多遠，她說有三千多哩。想想看，地球一周大約二萬五千哩；那麼我們與家的距離幾乎是地球圓周的八分之一了。

有時我早晨醒來，一邊看著東方的日出，一邊想妳。那個時間妳的早晨已經過了一半了，說不定正與傅麗妲在妳們可愛的小書店內喝咖啡呢。

妳知道我有多麼為妳感到驕傲嗎，親愛的凱蒂？

愛妳的　母親

今天早上在家讀這封信時，我衝動得差點立刻拿起電話打給她，管他什麼時差和長途電話費，我只想聽到母親的聲音。我真的拿起話筒並開始撥號——但我知道我這邊比他們早好幾個小時，這時候他們一定還在睡夢中。想到這裡，我只好很不情願地把話筒再放回去。

回到我與琳妮的交談，我有點擔心我的下一個問題，但我必須問。我做了一個深呼吸，問道：「那麼妳的哥哥呢？他怎麼了？」

琳妮搖頭。「仍然是心臟的問題。」她回答，「我非常難過……他還很年輕，才三十四歲。」

「我很遺憾，」我喃喃地說，「琳妮，我很遺憾。」

她往後退一步，搖搖頭，彷彿想讓頭腦清晰點。「聽我說，」她含笑說，「我違反了美容學校所教的前兩條守則。第一條守則是：不要和顧客談妳的私事，除非妳已跟她們很熟悉。第二條守則是：假如要談私事，只能談愉快的事。」

我也對她微笑。「很抱歉，我們違反了規定。」我說，「那就告訴我妳愉快的事情吧。」

她對著鏡中的我搖動一根手指頭。「噢，不，凱蒂．米勒，」她堅決地說，「除非妳先談妳自己。」

於是我告訴她我的事。我們談到我的父母，我告訴她他們現在正在旅行。她說能遠赴夏威夷那種帶有異國風情的地方，對他們來說不啻是天堂。想到母親在信中所說的一切，我微笑點頭。

琳妮說，她一直很想去旅行，但她要撫養兩個孩子，要買房子，要繳他們的帳單，她和她的丈夫這些年來最多只能偶爾開車去外地旅行。她有兩個孩子，喬和葛蘿莉雅，一個二十歲，一個十六歲。「喬現在在波德讀大學，」琳妮聳聳肩，「那邊還不錯，校園很漂亮，希望他能學到一點東西。」她搖頭，「至於葛蘿莉雅，我的天，學校、朋友、社團、男孩——那個女孩忙得不可開交，像隻無毛雞似地到處跑。」

我從鏡子困惑地望著她。

「我說錯話了嗎？」她聳聳肩，「妳知道，我移民到這個國家，雖然說了快三十年的英語，但是到現在仍無法正確的表達。」

我先是微笑，繼而笑出聲來。她也跟著我笑。我喜歡琳妮的笑聲，聽起來像女版的拉爾斯。

我告訴她書店的事，告訴她傅麗妲和我如何對先前的職業不再存有幻想而改行。「真好，」琳妮說，「能這樣跟著心走。告訴我，妳們都賣些什麼書？」

「各類書籍。」我伸手從口袋掏出「姊妹書店」的名片，「有小說、旅遊、歷史、詩歌、藝術。」

「古典文學呢？」琳妮問，從我手上接過名片，「我喜愛古典文學。」

「是嗎？」我含笑問，「妳最喜歡哪位作家？」

「喔，」琳妮揮一揮沒有拿名片的那隻手，「很難挑出一個最愛的，不過，也許是莎士比亞吧，我愛讀他的十四行詩和部分戲劇，雖然有些都是悲劇。我也欣賞亨利．詹姆斯，很喜歡他的《貴婦畫像》。近代的作家中，我想我最喜歡約翰．史坦貝克，我剛讀完他的《冬日愁情》。我知道許多讀者不喜歡他這本書，我能理解，它不是敘述一件快樂的事，但我認為他傳達出美國人失望的一面。」她皺眉，「也許美國人不喜歡閱讀這一類的事情。」她語意深長地說。

我點頭，我在去年《冬日愁情》出版時讀過這本書，當時也有相同印象。有些書評稱史坦貝克毫無隱瞞的道德觀使他的寫作事業走下坡，我讀過之後跟琳妮一樣產生懷疑：我們到底是反對作者的高尚情操；抑或他所說的都是事實，但這本書的主題讓我們看了不舒服？

「我靠閱讀學習英文，」琳妮告訴我，「這是最好的學習方式。」

「我們有很多莎士比亞、很多詹姆斯，以及史坦貝克的書，」我說，「還有其他許多妳會想看的書。萬一我們書店沒有，我們也可以幫妳訂購，妳應該找個時間過來看看。」我發現我的語氣帶點乞求，不禁暗中禱告，希望琳妮因為太專心她手上的工作而沒有注意到。

「我很榮幸帶妳參觀。」

她將名片小心翼翼地放在她的小推車上。「我會的，」她說，「我會帶葛蘿莉雅去，她也喜歡閱讀。」琳妮往後退一步，仔細看我滿頭的髮捲，點點頭，「好了，凱蒂，我想妳可以去烘乾了。」

回到「姊妹書店」，傅麗妲對我的新髮型大加讚賞。「好看極了，」她看著我說，

「老實說，凱蒂，這是妳最好看的一個髮型。」她從櫃臺底下拿出她的皮包，撈出一個粉盒，在她的鼻子上補了一些粉。「看妳這麼漂亮，我都忍不住要梳妝打扮了。」她笑著道歉。闔上粉盒後，她說：「我幾年前不就對妳說過，妳不要再去找那個薇若妮卡了，應該換一個新的美髮師？」

「妳是說過。」我凝視櫃臺上方鏡子裡的我，久久無法移開視線。我的模樣看起來跟夢中的我一樣，但比她清醒得多，身上的衣服也沒有那麼華麗。

「喔，我差點忘了告訴妳，」傅麗妲從櫃臺後面走出來，彎腰拾起一本從古典文學書架上跌落的書──喬叟的《坎特伯里故事集》，一本少見的巨著，按理說它應該會站得很穩，一定是被那本《巴斯太太》給擠下來了。

傅麗妲兩隻手忙著調整那些書。我想到琳妮，心想她喜歡莎士比亞，但不知她讀過喬叟沒有。我想著應該去書架上找一找，為她挑出幾本書──如果她喜歡古典文學就選喬叟，也許還可以選愛德蒙．史賓賽；如果她喜歡跨世紀文學作品，就選約瑟夫．康拉德和蕭伯納；我或許還可以挑幾位當代女作家，如凱瑟琳．安妮．波特和芙蘭娜莉．歐康納的作品，因為琳妮閱讀的都以男性作家的作品為主。

「韓森家的孩子今天來過了，」傅麗妲說，「就是住在妳家隔壁那個孩子。他說要再次向妳道謝，說他『反覆讀了好幾遍』，說他迫不及待希望能再多讀一些。」她後退一步，等著看那本喬叟的書還會不會掉下來，但它顯然站得很穩。傅麗妲轉向我：「他讀的是什麼書？」

11

「媽媽。」

我睜開眼看看四周，眼前一片模糊。

「媽媽，妳聽見了嗎？妳還好嗎？」

有人輕拍我的右手臂。我集中注意力，米希的臉進入我的視線。她注視著我，一臉惶惑不安。她的表情讓我想起有一次我在電視上看到一個演員飾演精神科醫生。在那部影片中，病人是名婦女，因為在人行道上摔跤頭部撞到石牆；她失去記憶，連自己的名字都忘了。我此刻想到的那一幕是醫生注視著這個病人，他的表情顯示他不但關切她的身體狀況，同時也為她深感遺憾。

米希此刻正是這種神情。她的草莓金鬈髮在兩側各綁了一根小辮子，上面繫著和她的格子洋裝同色系的紅色蝴蝶結，小小的眉頭糾結，使她看起來比她的年齡更成熟些——我忽然警覺，我還不知道她幾歲。我曾猜測這兩個孩子大約是五歲或六歲，但我不知道他們的實際年齡，也不知道他們的生日是哪一天。此外，我還認為他們可能是雙胞胎，截至目前我始終都這麼認為，但我無法肯定。這是多麼怪誕的想像力啊！我不斷夢見一個完全虛構的家庭，出自想像的我的家庭，卻不知道孩子們的年齡、生日，或他們的出生順序。

「我……我很好，甜心。」我看看四周，我的視覺逐漸清晰，這才發現我們在一家大百貨公司的鞋類部門。我通常都在百老匯大道上的蒙哥馬利沃德百貨公司，或者城區的梅依百貨公司購物——我在真實世界中去尋找那件珊瑚色洋裝的百貨公司。這裡看起來有點像梅依百貨公司，但是和我去過的梅依百貨不太一樣。從這些鮮豔的黃、紅、藍展示架，精心布置的漆皮皮鞋、網球鞋和橡膠鞋可以看出，我們是在一家童鞋專櫃。我在梅依百貨逛了這麼多年，從未進去過童鞋店，但我知道它的位置，它在二樓，在精品時裝與大衣部門旁邊。但我在這裡沒有看到那些時裝專櫃，顯然我們是在另一家百貨公司。

售貨員輕快地走過來，手上抱著幾個彩色繽紛的紙盒。他的名牌上寫著「理查」，上面還有熟悉的梅依百貨的藍色商標，上面畫了一個城區店的三角形屋頂線條代表連接符號。那麼這裡果然是梅依百貨了，但除非他們有重新裝潢，否則我不認為我們是在城裡。我懷疑我們到底在什麼地方，可是假如開口問，人家一定會覺得很可笑。

「我為每個孩子都找了幾種樣式，」理查告訴我，我這才看看左邊，發現米契坐在那裡，安靜地晃著只穿著襪子的一雙腳東張西望。「妳買學生鞋真是來對時候了，秋季的樣式都在大減價，春季的新樣式還沒進來，所以妳可以用很划算的價錢買到鞋子，夫人。」

我微笑。「誰也說不準這些孩子什麼時候腳又長大了，需要換一雙新鞋。」這句話如同我在這些夢中所說的許多話一樣，也應該被歸入「天曉得我怎麼會知道這種事」的疑問中。

「小女士先試穿……」理查打開盒子，取出一雙棕色的娃娃鞋。米希彷彿美麗迷人的灰姑娘試穿玻璃鞋般伸出一隻腳，售貨員將鞋子套在她腳上，再為她扣好鞋帶。米希有一雙嬌小可愛的腳，和我的腳很像。我的腳向來讓我感到自豪，它們是我最滿意的特點之一。從這雙優雅合適的鞋子判斷，我想像中的女兒應該也會很滿意。

理查從鞋面掐一掐米希的腳趾，我不懂他為什麼會有這個舉動；你買成人鞋時售貨員都不會這樣做，因此我猜想他一定是在檢查鞋子合不合腳。「穿起來感覺如何，甜心？」理查幫米希的另一隻腳也穿上鞋子時我問她。

「很好，」她說著，站起來，「很舒服。」

「走一走。」理查建議。

米希從童鞋店的這頭走到那頭。「如果喜歡的話，我也有這個樣式但是黑色的。」理查告訴我。

我搖頭。「不要，棕色的好。」

米希回來坐在我身邊。「這雙很好，」她說，「但我能不能也試穿別的樣式，以防萬一？」

我微笑。我買東西也是這樣，即使對試過的第一件東西感到滿意，我也要把挑選出來的樣式全部試過一遍，說不定還有其他更滿意的。

又繼續試了兩雙鞋後，米希還是決定要那雙棕色的娃娃鞋。跟我一樣，我心想，一邊點頭讚許。

米希的鞋子買好後，理查和我轉向米契。他試穿了幾雙綁帶鞋後都說不舒服。當他不安地看著理查一次又一次為他繫上鞋帶時，我望著他的眼睛。

「米契，」我一面梭巡面前展示的鞋子，說道，「買一雙便鞋好嗎？」我對他微笑，「套上去就行了，不必繫鞋帶。」

他明顯地鬆一口氣，「太好了，媽媽。」

看來父母的工作並沒有那麼困難，我告訴自己。如果必須經常做，我應該是可以勝任的，你只需要一點直覺，必要時再多留意一些小細節就行了。

鞋子挑好後，理查說：「櫃臺的貝蒂會幫妳結帳。」他站起來收拾地上的鞋盒，「孩子們真可愛，夫人，妳一定為他們感到驕傲。」

我微笑。「是啊。」

這是真的。我的確（極度不合理地）為這兩個想像中的小人兒感到驕傲。

我從皮包內掏出一本支票本，支票的左上角印有「拉爾斯・安德森」與「凱瑟琳・安德森太太」兩個名字。我為這兩雙鞋開支票給梅依百貨公司時才想到我不知道這一天是幾月幾日；於是我在線上胡亂寫了幾個數字。

我撕下支票交給櫃臺的女售貨員貝蒂。「妳不用妳的帳戶簽帳嗎，安德森太太？」

「我的帳戶？」

「是的——妳的簽帳帳戶。」

「喔，」我可以感覺到我的臉微微脹紅。「今天不用了。」她將收據遞給我時我對她微笑。

我將支票本放回皮包時，米契拉拉我的外套袖子。「我們今天乖嗎？」他問我。

「什麼?」

「我們乖嗎?米希和我,我們有很乖嗎?」

「你們當然乖。」我對他微笑,想到昨天晚上夢中那位臨時保母說的話:他們真的很乖。他們當然乖;這不是很明顯嗎?她到底在說什麼?

米契高興得跳起來。「耶!」他說,「那我們可以去了,對吧?」

我不知道他指什麼,只好困惑地搖頭。

「去藍鐘玩具店,」米希解釋,「妳忘了嗎,媽媽?妳答應我們,如果出來買鞋我們的表現很好,我們就可以去藍鐘玩具店……是這樣啊,妳看看。」

我有答應嗎?我答應帶他們去買玩具?他們出門像這樣乖乖聽話就能得到玩具嗎?我不知道這是什麼協議,真希望拉爾斯能來協助我渡過這片奇怪的水域。

「好吧,我是這樣說的,」我說,「你們帶路吧,孩子。」

我們搭電梯下去,到了一樓時,我的眼睛本能地尋找圖書部。城區的梅依百貨有個相當大的圖書部,經常邀請作家舉辦簽書會,傅麗妲和我有時也會參加,但我們無法請到全國或甚至地方知名的作家來我們的小書店;我們曾經發出邀請,但都無法吸引作家蒞臨宣傳,這點很令人洩氣。在許多方面,大百貨公司的圖書部(以及販售廉價平裝書的一般雜貨店)對我們的競爭性遠大於其他的小書店。

孩子們和我出了電梯後朝大門走去,這個門顯然通往購物商場的其他小型商店。我對這裡感到很陌生,在我的真實世界中,我還不曾逛過這裡。

就在我們走到門口時，米希指著淑女裝部門，「看，媽媽，那是妳的洋裝，」她說，「妳那天晚上穿的那件。」她微笑說，「事實上，那不是妳的洋裝啦，」她又解釋，「妳的在家裡的衣櫥裡，但那件和妳的一模一樣。」

「妳還記得我是什麼時候買的嗎？」我問米希。

「當然記得，」她回答，「就是感恩節之後，妳穿著它去參加爹地辦公室的耶誕派對，還有一天晚上妳也穿著它去參加尼爾遜家的派對。」

我邊想邊點頭。那件洋裝一定是城裡那個女售貨員提到的節慶新裝系列，假如它現在不是在出清存貨，那就意味著在這個夢中世界，一如我的揣測，我們已在未來。

如果真是這樣，那麼我們已超前多久呢，我猜想。我們依舊在一九六三年，只不過比現在早幾個月嗎？還是超前更多？

「我來考考你們，」我們走出大門時我對兩個孩子說。空氣寒冷，但陽光照在臉上暖洋洋的，「你們告訴我，現任美國總統是誰？」

米契和米希立刻發出珍珠般的笑聲。「我們當然答得出來，媽媽，」米契回答，「是甘迺迪總統。甘迺迪夫婦有個小女兒，他們還生了一個男的小娃娃。」

「而且，妳總是說妳這一生都要像甘迺迪夫人那麼時髦。」米希氣喘吁吁地一口氣說完，宛如從故障的水龍頭傾洩而出的流水。

我搖頭，明白用這種方式來問孩子委實很荒謬。問總統叫什麼名字並不能證明什麼，它也許是一九六三年——或一九六五年，或甚至一九六八年。雖然人人都關心古巴和那些惡劣的共產黨，但我毫不懷疑傑克・甘迺迪會在一九六四年當選連任。沒有人會懷疑。所以，它有可能是甘迺迪在任期間的任何一年。

我應該直接問米契和米希這是幾年幾月幾日才對，但問這種問題又顯得太不切實際，他們或許會認為我比他們更傻、更怪。

我們走在購物商場外的水泥步道上，音樂從頭上某個地方傳來；我想它是一首由皮特・席格所寫的關於花和女孩和軍人的歌，有幾位歌手都曾經唱過。這是一首輕快的抒情歌曲，儘管天氣有點冷，仍帶給人優閒漫步的心情——運氣好的話也許還可以買點東西，如同商人所希望的那樣。我在想傅麗妲和我是否應該考慮也在我們的書店播放一些柔和的背景音樂，那樣會使顧客更樂意進來看書，然後買書嗎？

孩子們急切地領著我走在寬闊的大道上。這裡每隔數呎就有一座米色的水泥花盆，裡面種著高大的杜松。婦女們望著璀璨的百貨玻璃櫥窗，主動地互相交談。兒童尖叫著在寬敞的步道上奔跑，沒多久就被他們的母親申斥後拉回來。我幾乎沒有看到男人在這裡走動，這裡是女人的世界。

傅麗妲說她要關閉珍珠街的書店遷移到這樣的購物中心，現在我明白她的意思了。我們的書店開在一個錯誤的地點，那個世界（她和我成長期間的電車世界）已經過去了。這裡是個新世界——這個光線明亮、乾淨整潔的購物中心和它光鮮亮麗的商店櫥窗，以及陽光明媚的步道。或許傅麗妲是對的。如果我們想繼續生存下去，也許應該選擇這裡。

「到了！」米契和米希張口結舌地望著一塊耀眼奪目的招牌說，招牌上用粗大的深藍色字母寫著「藍鐘玩具」。招牌下有一扇對開的大門，儘管天氣有點冷，門卻大開著，門內展示著許多令人難以抗拒的玩具。它們陳列在門口附近，彷彿具有生命般伸長了手臂要把孩子們拉進去。

「快點，媽媽！」米契和米希興匆匆地拖著我的手，我們走進玩具店。

「藍鐘玩具」是兒童的樂園。棋盤遊戲、洋娃娃、玩具槍，以及做各種打扮的服裝，從公主裝到西部牛仔裝，應有盡有。米契直接走向汽車玩具區，坐在一輛金屬堆貨車上在地毯上開來開去。米希夢遊似地走進芭比娃娃陳列區，仔細打量一排排專為這個時髦的塑膠娃娃設計的服裝。我從大門口就能看見他們兩個，因此我留在原地，仔細看店內小小的圖書區。這家玩具店只有這點書嗎？我在梅依百貨沒有看到圖書部門，也許設在較高的樓層。不知這個購物商場是否還有其他書店可以找到更多兒童與成人看的書。

我正想問店員這個問題時，忽然聽到背後有人大聲說：「凱瑟琳！想不到會在這裡遇見妳！」

我轉身，看見我在上一個夢中在一個大雪天參加的雞尾酒會的女主人，她今天沒有穿那件細條紋絲綢洋裝，而是穿了一件棕色的外套和一條酒紅色的絲質披肩，臉上戴著一副眼鏡，一條鏡鍊掛在她的脖子上，使她看起來顯得有點老氣。我在酒會見到她時，曾猜想她至少比我小十歲。她手上牽著一個小男孩，比幼兒大一些，但比我的孩子小。

「哈囉。」當然，我仍然不知道她的名字。我逮到米希的目光，暗示她過來。也許她可以解救我。

米希服從地快步走過來。「嗨，尼爾遜太太。」她彎腰跟小男孩打招呼，「嗨，肯尼，你好嗎？」她像個老奶奶似地，伸手捏一下小傢伙的臉蛋。我的天，這個女孩有個老靈魂，她讓我想起我自己小時候。我幾乎失去控制，真想緊緊摟著她，永遠都不放手。我強忍著彎下身來抱住她的腰，將臉埋進她的頭髮中的衝動。

望著她，我忽然有個強烈的念頭，我願意為這個孩子付出一切（這個世上的一切），使這個想像中的孩子成為真實。真正的孩子，而且是我的孩子。

但米希稱呼這位婦女尼爾遜太太，對我仍然沒有幫助。尼爾遜太太和我是鄰居，我們又都是成年人，此外，她的丈夫那天晚上在她家陰暗的走廊上還跟我擦身而過。我們當然都應該直呼對方的名字才對。但米希是個孩子，而且是個有禮貌的孩子，自然尊稱她的姓。這真是令人洩氣。

「買東西嗎？還是只是逛逛？」尼爾遜太太問我。米希期待地望著我，等待著我的答覆。

對這個問題我不需要想太久。那一瞬間我忽然不在乎拉爾斯會怎麼想，或者有什麼規定。他們是我的孩子，他們值得獎賞。

「買東西。」我堅定地說，「米希，去挑一件妳想要的芭比娃娃衣服，然後告訴米契他可以買一輛玩具車或玩具卡車，但不能超過三塊錢。」我不知道三塊錢能買到什麼樣的玩具卡車，但想來應該足夠買一個不錯的玩具。

「有什麼特別的場合嗎？」米希高興地跳著走開時，尼爾遜太太問，「該不會是他們的生日吧？」

啊，這麼說，他們的確是雙胞胎了，一如我的臆測。

我聳聳肩。「不是什麼特別場合，」我回答，「有時就是必須寵他們一下……對吧？」我說得有點心虛，我的決心被我的缺乏經驗沖走了，就像雨天的水溝中被沖走的大量垃圾一樣。也許我在這裡犯了一個巨大的錯誤。

尼爾遜太太挑起眉毛。「在這種情況下，我很同意。」她一手抓著我的手臂，「妳知道，凱瑟琳，」她繼續說道，並且壓低聲音，「我必須說，星期天下午，就是我們舉辦派對的第二天，我看到妳家的拉爾斯帶著孩子們去高爾夫球場，每個人身上都穿得厚厚的，拖著他們的雪橇，興高采烈，兩個鐘頭以後才回家。我知道肯尼還小……」她低頭慈愛地望著她的兒子；他想掙脫她的手，但她把他抓得牢牢的。「但即便如此，我也無法想像喬治會那樣照顧肯尼一整個下午。」她聳聳肩，「妳知道，在我們家，那是不可能的事。」

肯尼開始哭鬧，尼爾遜太太將他抱起來。「妳的拉爾斯是個好男人，」她告訴我，彷彿我不知道似地，「妳嫁了一個好丈夫，凱瑟琳，他們不是——」肯尼大聲號哭；他顯然想學那些較大的孩子在玩具店內跑來跑去一起玩。尼爾遜太太又放下他，「不是所有丈夫都像妳的丈夫那樣，」她說，「妳知道嗎，妳非常幸運。」

「幸運。」是的，我想我是幸運的，或者我算是幸運的，假如這是真實的。

「喔！」尼爾遜太太捂著她的嘴，「喔，我不是有意……」她脹紅了臉，「抱歉，我不應該這麼說。」

不應該？我聽起來是好意。

「我的意思是，經過……這一切之後，」她聳聳肩，我看得出她感覺她無法收回已說出口的話，但我不明白為什麼。「我的意思是拉爾斯是個好人，一個好父親，」她急急地說，「我知道我們都……我們每一個人，我們都有一些應該感恩的事，一些……一些……」

小肯尼救了她。他大哭大鬧，就算我們想繼續聊下去也不可能。「我最好帶他離開這裡，」尼爾遜太太說，抱起他，「這孩子需要提早吃飯和提早上床睡覺。」

「是的，」我點頭，「我明白。」

「我想妳會明白。瞧我，我只有這一個，我無法想像妳那幾年在家帶小小孩的日子是怎麼熬過來的！」尼爾遜太太舉起手指手輕輕動幾下，「再見，凱瑟琳，妳好好享受這一天。」我還沒來得及回答她就走了。

買好米契和米希挑選的玩具後（看得出他們都認為自己彷彿中了大獎，毫無理由就得到一個新玩具），我們又沿著水泥步道走向停車場。我看看四周，忽然明白我們在什麼地方了。這裡是丹佛東區科羅拉多大道的大學崗購物中心。這個購物中心已經營了十多年，但梅依百貨近幾年才在這裡開分店。我來過一、二次，但說實在的，搭巴士進城或步行到百老匯大道對我來說會更容易些。這個地方要自己開車來才比較方便。

也就是說，在這個世界中，我肯定是開車來的。「你們兩個還記得我們停車的地方嗎？」我問米契和米希。太陽被一片雲遮住了，冷風涼颼颼的，我彎腰幫米希扣好外套，又幫米契把頭上的羊毛帽拉緊。

「媽媽好笨喔。」他們快樂地甩著他們的玩具袋子，兩人在我的兩邊各牽著我的一隻手。我將鞋盒夾在腋下，由著他們將我帶到一輛車門有木質飾條的墨綠色雪佛蘭休旅車。

「我坐前面！」米契大聲說，打開前面的乘客座車門，高興地爬上棕色的膠皮座椅。米希嘟囔著不公平，我瞪她一眼，她才不情願地打開後座車門上車，然後打開她的玩具袋檢視她為她的芭比娃娃挑選的晚禮服。

我在我的皮包內找到汽車鑰匙，坐上駕駛座。那種感覺很怪異。自從和凱文分手後，我有許多年沒有開車了。我和凱文交往時，他不用車的時候偶爾會把車借給我開。我一邊祈禱我仍記得如何在換檔時同時踩離合器，一邊插入鑰匙啟動引擎。

剛開始我開得很順，車子在停車場內繞行，不料一陣恐慌突然襲來，我立刻重踩煞車，但我完全忘了離合器，於是車子熄火了。

「媽媽！」兩個孩子冷不防在這股動力之下往前衝，我本能地伸手防止米契撞到頭。

「你們都沒事吧？」我問他們，「對不起……我不是有意緊急煞車的，我只是……我只是……」

接下來我不知道該說什麼。他們倆等著，眼睛瞪得大大的，滿臉疑問。

「我只是……」我無力地說，「我忽然……想不起來……米可在哪裡？他為什麼沒有和我們在一起？」

米可？誰是米可？我在說什麼？

米希搖頭。「好笨喔，笨媽媽，」她說，身體往前傾，慈愛地拍拍我的肩膀，「妳真的忘了嗎？爹地今天提早從辦公室回家，這樣妳才能帶米契和我出來買鞋。」她收回手，往後靠向座椅，「沒事的，媽媽，」她輕聲安慰我，「米可在家很安全，他和爹地在一起。」

12

「天哪，真令人不安，」醒來後我告訴亞斯藍，「回來真好，這裡的一切才是合理的。」亞斯藍茫然地望著我，然後起身，原地轉了兩圈後又躺回棉被上，大聲呼嚕。

外面下著小雨。在丹佛，早晨下雨通常意味著這一整天都會有雨，更常見的現象是午後會有雷陣雨，尤其在夏天和初秋，但那種雨來得又快又猛——彷彿一桶一桶的水接連倒在屋頂上，有時短時間內就造成南普拉特河和附近地區淹水。這種一整天溫和的小雨在此地比較少見，正因為難得一見，我反而覺得這是一種樂趣。

我起身穿上我的棉袍，它比夢中那件藍色的鋪棉浴袍老舊一些，但它的色彩繽紛，亮紫色的底布印滿紫紅色的櫻花。走進浴室，我將昨夜睡覺包在頭上用來保護琳妮精心設計的髮型的大方巾解開。離上次洗頭、吹髮才不過幾天而已，但我打算再跟她約時間。毫無疑問，我一定會再去找她，我已經把我的美髮師改換成琳妮．安德森．賀榭了。

走到門外取郵件時發現今天沒有母親寄來的明信片，我有點傷心。我從門墊上拿起被雨淋濕的《落磯山新聞》，緩緩走回屋內。我已養成一拿到報紙就先看體育版的習慣。葛瑞格說對了；巨人隊果然奪得錦標，它昨天晚上封鎖洛杉磯道奇隊，一直到第九局以擊出四支安打得分獲勝。世界棒球錦標賽立刻接著開戰，巨人隊將迎戰紐約洋基隊。我很驚訝，我以為他們會先給球員一點時間休息，但我又懂什麼體育？過去這幾個星期我從葛瑞格那裡學到的棒球知識，比我過去那些年知道的多更多。

我走進廚房準備早餐，出神地想著我在世界棒球錦標賽期間能為葛瑞格寫些什麼故事。米契、米希（還有那個神秘的米可，無論他是誰）已被我拋到腦後。

到了書店門口，我先抖掉雨傘上的水。進入書店後，我脫掉我的雨衣和雨帽，將它們拿到後面房間掛起來。我對著洗手間水槽上的鏡子瞄一眼，再一次欣賞我的髮型。我拍掉深藍色的裙子邊緣上的一點水珠，為了這條裙子，我特地穿上我最愛的黃綠色毛衣和一條藍色與黃色相間的長珠鍊；亮麗的裝扮最能在潮濕的天氣提振精神。

傅麗妲在櫃臺後面喝咖啡、吸菸。我在她面前揮揮手，「真希望妳可以不要在店裡面吸菸。」

她吸一口菸，然後把煙吐出來。「早安。」

「說真的，」我給自己倒了一杯咖啡，故意把凳子拿到遠遠的吸不到菸味的地方，然後坐下。「這樣會把顧客趕走，傅麗妲。」

她笑出聲來。「從什麼時候開始？」

「一直都如此。」我不知道我為什麼找她的碴，我只覺得煩躁不安。

傅麗妲把報紙攤在面前的櫃臺上，看著徵人啟事。「找工作？」我問，很高興可以換話題。

她搖頭。「找靈感，」她看看四周，「我們得想辦法，凱蒂，我們這個月的房租是勉強繳了，十一月的租金卻還沒有著落。如果我們不繼續租下去，就得馬上通知布雷德利。」

她說得對。十月的租金是繳了，卻是好不容易才湊齊的。傅麗姐還說希望在這個月十五日之前能有一點現金收入，否則我們這個月的貸款只好延遲繳交。不過，我很高興至少把這個月的房租繳了，每次拖延房租我都覺得很對不起布雷德利。

儘管如此（雖然有時我們會拖延，有幾次甚至付不出來），我知道假如我們不繼續承租，布雷德利一定會很失望。珍珠街的生意越來越難做，店面租出去的機會自然減少許多。

「也許我們可以請他減少租金，」我說，「對布雷德利來說，這總比失去我們好一點，不是嗎？」

傅麗姐聳聳肩。「我不知道，」她沒好氣地說，「再說，這又有什麼用？」她環顧四周，「沒有生意，我們還能在這裡待多久？妳問問自己，凱蒂。」

我想到大學崗，我夢中的那個購物中心，但它是真實的，那個購物中心確實存在。「妳去過大學崗嗎？」我問傅麗姐，「南區的科羅拉多大道那個購物中心？」

「去過一次。」她說，捻熄她的香菸，「離這裡似乎很遠，」她若有所思，「但現在不管什麼都轉移到郊區了，不是嗎？」

我點頭。「梅依百貨在那裡開了一家分店，也許有圖書部，但我猜想購物中心裡面也許沒有其他書店。」

傅麗姐仔細地望著我。「妳會考慮嗎？」她問，「妳之前否決了搬到購物中心的提議，妳否決過很多次了，凱蒂，」她站在那裡看著外面的雨，「為什麼會改變心意？」

我聳聳肩。「一切都在改變，不是嗎？」我平靜地說，「世界在改變。」我站在傅麗妲身邊，感覺到她的體熱，也聞到她的煙味和香水味，這一切都是熟悉的。「我們必須跟上腳步，」我說，「否則就讓開，讓路給別人。」

那天下午，傅麗妲和我提早打烊去大學崗。我們必須轉兩趟巴士才能抵達，天仍在下雨，到了那裡我們倆都被雨淋濕了。下了巴士，我們環顧停車場，「這麼多車，」傅麗妲驚訝地搖頭說，「它們都是從哪來的呀？」

我指著西邊和南邊，那裡的新社區與建築有如花圃中突然冒出的蒲公英。「那邊，」我說，「妳沒親眼看到都不會相信。」

傅麗妲瞥我一眼。「妳看過了？」

我點頭，暗暗希望她不要繼續追問。雨停了，陽光開始從雲隙探出頭來。我們轉身沿著步道走。購物中心和我夢中所見一模一樣，大型水泥花盆，從上頭傳來的音樂，母親帶著孩子散步。我半期待看見自己也帶著米契和米希迎面走過來。

一座水泥花盆旁邊豎立了一座購物中心的商店指南，傅麗妲和我停下來看有沒有書店。結果沒有。「我們去看還有沒有空間。」傅麗妲小聲說。

我們走著，她忽然握住我的手。「凱蒂，」她說，「謝謝妳陪我一起做這件事。」

我聳聳肩。「我知道妳想要，」我輕輕捏一下她的手，「我們只是來看看，對吧？先別抱太大希望。」

傅麗妲緩緩點頭，但我看到她眼中閃耀的光芒。「只是看看，」她夢囈似地說，「我們只是看看。」

13

我在灰綠色的臥室中醒來，獨自一個人，身旁拉爾斯睡臥的地方是空的，被單凌亂地擱在一旁。我伸手去摸，還是溫熱的，想來他剛起床不久。我沒有收回我的手，依舊停留在那個地方，感覺上似乎又過了很長一段時間。

起身穿上睡袍後，我進入走廊再轉入客廳。我的左手邊是餐廳，它沒有隔間，與客廳連接在一起，和尼爾遜的家一樣，是現代流行的住宅樣式。客廳與餐廳都是淺金色牆壁與內凹式天花板，我注意到湖綠色的短毛地毯與前門同一色系，不由得暗暗讚賞。餐廳內有一張泛著光澤的橡木桌，四周圍繞六張椅子，椅墊是綠松石色的瘤狀纖維布面。餐桌一頭靠窗的地方有一張木製的小書桌，但和我教書時代教室內的學生書桌不一樣。空氣中有一股微酸的氣味，但我無法分辨那是什麼。

餐廳的後牆有幾扇深色的木質百葉門，其中兩扇與櫥櫃高度相當，底下突出一個櫃臺，另一扇門想來是通往廚房。櫥櫃的百葉門是關著的，但我可以看出一旦把門打開，餐廳和廚房就可以互通。我心想，這倒是十分方便，廚師在一個房間內把飯菜準備好就能從這裡上菜到另一個房間。

我聽到一個男人在百葉門後面愉快地吹口哨——和傅麗妲的口哨一樣荒腔走板。想到這裡，我不禁微笑。我走過房間，推開彈簧門，拉爾斯在那裡，神情愉快，湛藍的眼珠炯炯發亮。我快步走向他，抱住他，身體緊緊貼著他。「嗨，美女，」他輕聲說，「今天早上有好一點嗎？」

「很好。」我歪著頭接受他的親吻。那是一個深情的吻，讓我久久不想結束的吻。我看得出拉爾斯也不想放開；良久之後他才不情願地離開我的唇。

「哇，」他喘一口氣說，「多麼熱情的歡迎。」

「我想你，」我回答，「我想……想……感受你，」我用力抱他一下，「想感受你有多麼真實。」

他笑著說：「我是真實的。」他轉身從流理臺上舉起一個橄欖綠的滲濾式咖啡壺。「咖啡好了，來一杯嗎，親愛的？」

「好的，謝謝。」他倒咖啡時，我看了一下廚房。流理臺是橘色的塑料面板；爐臺與冰箱都是米白色。晨光從水槽上方的窗戶透進來；窗臺上有個大玻璃罐，裡面裝了半罐硬幣。窗簾與壁紙是一套的，灰褐色的底布上印滿水果切片，有香蕉、蘋果、柑橘、萊姆，令人看了心曠神怡。櫥櫃是深棕色的，樣式非常簡單，木頭上沒有任何裝飾，只有光滑的銅把手。我第一個想到的是這樣比較容易保持清潔。我在我的華盛頓街雙併公寓老是在擦拭廚房櫥櫃的飾板，而且無論我多麼用力擦也無法清除積在上面的陳年老垢。

我又緩緩穿過彈簧門，經過餐廳，進入客廳。我的視線被面向馬路的觀景窗吸引，我走過去望著屋外。這是個明亮的冬天早晨。為什麼這裡是冬天，但在真實世界卻是秋天呢？我無法適應。潔淨的白雪襯托著光禿的深色樹枝，天空是一片驚人的湛藍，還有遠方的山脈，以及長形的住宅，它們讓我忍不住深吸一口氣，享受這種清新的感覺。

「妳的咖啡。」拉爾斯走到我背後，遞給我一杯溫熱的咖啡。我用雙手捧著它。「看到什麼新鮮有趣的嗎？」

我搖頭，啜一口咖啡。「但是很漂亮。」

他伸手摟著我的腰，「確實，我就愛這遠景。」

我笑著說：「鄰居的房屋？」

他搖頭。「它的潛力，」他說，「它的未來。」

他捏一下我的肩頭，又折回廚房。

我正在猜想為什麼是拉爾斯在準備早餐而不是我（這不都是妻子的工作嗎？），忽然有人撲向我。

「媽媽媽媽媽媽媽媽媽媽媽！」我試圖拿穩我的馬克杯，但熱咖啡還是噴灑出去，幸好沒有濺在撲向我的人身上，但卻濺在觀景窗和地毯上。

我轉身看見一個戴著眼鏡、滿臉笑容的小男孩，但他的笑容有點怪，我驚詫地發現：他雖然面帶笑容，但他的眼睛並沒有直視我。他的視線透過厚厚的鏡片看著旁邊——沙發、咖啡桌，或者地板。

似看非看。

「天哪！」我對他大吼，「你是怎麼搞的？」

男孩立刻發出一種完全不像人類的聲音，那是一種動物在痛苦中的尖叫——彷彿被陷阱捕捉到，即將被掠食者吞噬，充分知曉了他的命運。我曾經在餐廳或其他地方見過一些哭鬧的孩子，但是在我自己的生命中，我不曾聽過一個孩子像這樣尖叫。我連連後退，吃驚地瞪著他。

拉爾斯從廚房衝出來，米契和米希也同時衝下樓梯進入客廳。

拉爾斯抓住尖叫的孩子的肩膀，抓得很緊，但我注意到他沒有抱著他，也沒有靠近他，而是與他保持一個手臂的距離。他沒有任何舉動，只是輕聲重複著：「去河邊，去河邊，去河邊，去河邊……」

我往後退，呆若木雞。米契走過來，站在我身邊。「他一向都如此嗎？」我對米契小聲說。

他點頭，我們倆持續瞪著他。終於，彷彿過了很久，但也可能只是幾分鐘，尖叫聲逐漸轉為嗚咽，不久就停止了。

拉爾斯徐徐放開那個孩子的肩膀。「米契，」他轉向其他兩個孩子說，「你和米希帶米可上樓好嗎？」他抿著嘴說，「再過幾分鐘就可以吃早餐了。」

米希和米契一邊一個，像個小小的愛心家長般夾著第三個孩子，護送他離開客廳。他們的頭髮顏色一樣，三顆腦袋也一樣高。我看著他們安靜地走上樓梯。

拉爾斯瞇著藍色眼睛默默地凝視著我；在這個世界中，我頭一次看到他的眼中有怒氣。那雙瞪著我看的眼睛眨也不眨一下，我恍然大悟，拉爾斯的憤怒不是針對那個剛剛離開的孩子。

他是針對我。

「凱瑟琳，」他終於開口，「妳是怎麼回事？」

14

同樣地，在我還沒來得及反應之前，它結束了。我又回到我的公寓。

我醒來時四周黑漆漆的，寂靜無聲。我看一眼床頭發出綠色螢光的鬧鐘，清晨四點。亞斯藍在我身邊打著呼嚕酣睡著。

我翻身，把被單拉一拉，告訴自己再繼續睡。「不過是個無聊的夢，」我對亞斯藍喃喃地說，「這些都只是夢境，沒有任何意義。」

可它們如此真實。我感覺我真的在那個世界體驗到這一切。我明確知道那件鋪棉睡袍裹在我身上那種溫暖舒適的感覺；我可以想起拉爾斯親吻我時的觸感，他的嘴唇貼在我唇上的溫熱與柔和；還有窗外地上的積雪——我打從我的心眼看見這一切，我的口中仍留存咖啡的味道。

我仍可以看到那三個孩子。

兩個可愛的，一個可怕的。

我在黑暗中搖頭。太不公平了，我告訴自己。妳不明白那個孩子為何會有那種舉動。真的，他有問題。那個孩子的腦袋有問題。妳看著他就知道，從他的一雙眼睛不接觸妳的目光，從他似乎歪向一邊，彷彿他沒辦法直立。

還有那個尖叫。我從未聽過那樣的尖叫聲。

但那個孩子跟拉爾斯、米契和米希一樣，是我想像出來的。這一切都只是我的腦子在捉弄我。假如我之前有過一絲絲懷疑，就絕不會有今天了。

因為，有哪一個母親會完全不記得她自己的孩子？假如我忘了米可的存在（假如我真的是一個母親，而且那個世界是真實的），那我還算是個母親嗎？

我完全沒有想到要質疑米可是不是我的孩子。我知道（自從開始作這個夢之後，我一直都知道），在這個想像的世界中，米契和米希是我的孩子。現在我知道米可也是我的孩子了。我不知道我是怎麼知道這些事的，但我就是知道。在那個世界，那個不存在的世界中，那三個孩子都是我的孩子，拉爾斯和我的孩子，而且他們都同年。他們是三胞胎，這點我很確定。

我伸手輕撫亞斯藍溫暖的毛皮，感受到牠堅實的重量。我藉著牠單純的真實性來安定我自己。

我必須拋開那另一個世界。我必須以睡眠來結束它。

我閉上眼睛，陷入深沉而漆黑的睡夢中。

稍後在書店內，午餐時間傅麗妲出去辦事，我翻閱報紙。我快速瀏覽了一下共產黨接管古巴的最新消息後（一個參院小組委員會裁定，國務院至少應該有一位官員知道這個消息，並應該早早向他的上級示警），便改看體育新聞。好消息：繼暴風雨導致賽程延後四天後，世界棒球錦標賽的第六場賽事昨天晚上終於在舊金山進行。巨人隊獲勝，三場比賽打成平手名列第三。我一邊詳閱比賽詳情一邊想，葛瑞格一定高興死了。我開始構思我打算為他寫的這本書的內容，我要以這場比賽為主軸，寫舊金山的球迷（當然包括葛瑞格）如何在耐心靜候數天後終於傳來好消息。

一會兒後，我放下報紙，一時心血來潮，我拿起電話撥了梅姨家的號碼，打長途電話到檀香山。傅麗妲要是知道我在店裡打私人長途電話定會殺了我，但我不在乎。

「這真是我的榮幸。」母親聽到我的聲音後說。

我輕笑，「沒事，」我回答，「我只是想妳，媽，很想見到妳。」

「我也很想見到妳，」她說，「這趟旅行很愉快，真的——但我發現我是個戀家的人，」她停頓一下，「我想家，我想妳。」

掛在門上的鈴鐺響了，一名顧客進門，一位頭戴藍色帽子、身穿套裝的婦女，和我在拉爾斯書房看到的照片上的我相似的裝扮。我的天，這年頭人人都想成為賈桂琳·甘迺迪，不是嗎？

婦人牽著一個小女孩的手，小女孩也許比我夢中的孩子稍微大一點。她的金色頭髮梳成辮子，身上穿著一件粉紅色的洋裝，洋裝外面是一件同色的開襟羊毛衫，羊毛衫前面縫了一排珍珠釦子。她先是看旁邊，接著望著地上。

我含笑對那位顧客揮手示意，她點頭。她手上牽著那個女孩開始瀏覽架上的書籍。我回到電話上。「你們的假期快結束了，」我對母親說，「聽起來似乎你們已準備回家了。」

她發出笑聲。我喜歡母親的笑聲，那是世上最愉悅的聲音。它有快速的抑揚頓挫，就像不同的教堂鐘聲同時間齊鳴一樣。

「是的，我準備回家了。」她說，「不過，在這裡住過一段時間之後，我不會說我期待冬天的到來。妳父親也是。但我們都怕暴風雨，或者應該說接二連三的暴風雨。我很高興我們要打道回府了。」我聽到電話那頭有窸窣聲，彷彿她將話筒移到另一隻耳朵。「妳有幫我澆花嗎？」

我的母親不是園藝高手，但她種了幾盆室內植物（一盆吊蘭，一盆常春藤，和一盆蔓綠絨），我在她回來之前要負責照顧它們。「一個禮拜兩次，」我告訴她，「它們都長得很茂盛。」

「乖女兒，凱蒂。」

這時我聽到碰撞聲，接著那名婦女和小孩站立的書架那邊傳來哭號聲。「媽，我得走了。有顧客。」掛電話前，我又說，「我在數日子了，媽，我好想妳。」

掛斷電話後，我朝書架的方向走去。那個孩子仍在號哭，高亢的哭聲讓我想起昨夜夢中聽到的尖叫。小女孩坐在地上，兩腿以怪異的方式交叉，彷彿那是一雙青蛙腿而不是一個小女孩的腿。她的身軀左右搖擺，面前大約有十幾本書散落在地上，正是我數天前在走道盡頭的開放式書架上用來布置成金字塔（現在看才覺得它著實有些怪異）的那些書，其中有幾本是九月底如期上市的《寂靜的春天》，另外幾本是最近很熱門的驚悚小說《五月裡的七天》，故事敘述小說中的總統與蘇聯簽署削減核子武器協定後軍方密謀發動政變。這兩本書目前都是暢銷書，我這樣布置的目的是想讓顧客更容易找到它們，當然也希望他們能買書。

當時並沒有考慮到這樣的擺設可能不安全。

那名婦女背對著我，彎腰對孩子說：「沒關係，不要哭，請妳不要再哭了。」

孩子反而哭得更大聲。

我站在那裡不敢動，不知道該不該介入。那名婦女顯然察覺到我的出現，她微微側身，不安地看我一眼。「我很抱歉。」她在女孩的哭聲中大聲說，開始彎腰撿拾地上的書本，這個舉動令小女孩更大聲號哭，同時緊緊抓住她母親的手臂。婦女撿起來的書本又再度散落在地毯上。

「不用擔心那些書，」我說，「我可以幫什麼忙嗎？」

婦人搖頭。「她——它們——她是不小心撞到的，我想她是被那個聲音驚嚇到。」她噘著嘴，雙手環抱孩子，片刻之後女孩似乎逐漸安定下來，閉著眼睛，頭倚靠在她母親的肩膀上。

「我不該進來的，」那個母親幾乎是自言自語地說，「我只是想今天天氣不錯，她可以出來享受一下好天氣。而且我想……我只是想，臨時起意……我想找一本書，凱瑟琳·安妮·波特的一本新書，人家推薦的。我想……很快……」她的聲音越來越小。

「妳說的一定是《愚人船》，」我回答，「我讀過。很好的一本書，每一篇書評都說很好。我櫃臺上就有一本，」我朝櫃臺的方向一指，「我可以幫妳包起來……我來查一下價格……」

婦人搖頭。「我想我最好還是回去，」她說，「也許改天再來。」她將有點太大的孩子抱起來，女孩像個布娃娃似地癱在她懷裡，兩條腿夾住她母親的腰。「很抱歉把書打翻了。」那個母親邊走邊回頭說。

我趕上去幫她開門。女孩玩弄著母親的頭髮，口中仍細聲哼著。「她……我知道這樣問有點冒昧，但妳的女兒……」我沒有繼續說下去，因為我不知道該怎麼說。

婦人瞪我一眼。「她是自閉兒。」她說，然後邁開大步走出去，不再回頭。

自閉兒。

我想我聽過這個名詞。我知道這是一種精神異常症狀，但我不確定它指的是什麼樣的異常。

幸好，我很容易就可以查出來。

我朝著陳列心理學書籍的書架走去時店裡面寂靜無聲。這一區的書籍不多；我們是全方位的書店，但規模很小，所以我們只賣一些基本的非小說類書籍。這些書也許能吸引一般讀者。我們可以訂購任何書籍，也經常幫顧客訂購書籍，但陳列在架上的主要是為吸引顧客瀏覽（女性讀者，或休閒的知性讀者），沒有太多深入研究的專業書籍。

我細看那些心理學書籍。這一區和小說區不一樣，小說區是依作者姓名排列。傅麗妲和我將我們書店的非小說書籍先以類別區分，譬如心理學，然後再按書名分別排列在架上。這些年來我們知道顧客比較可能以書名而不以作者姓名尋找他們想要的書籍，因為一般讀者大眾比較不熟悉許多非小說類作者的名字。

我選了一本《現代心理學導論》，翻到索引，找出我要找的條目，發現裡面有幾段解說的文字。

自閉症，又稱嬰兒精神分裂症，是一種嬰兒與幼兒時期社交與溝通技能受限而擴大的精神異常現象。許多文獻指出，患者同時會展現極度約束、過度節律的行為。一般在呼叫自閉的嬰兒與幼兒的名字時，他們通常不會有反應。這種嬰兒與幼兒很少微笑或與人眼神接觸；他們也不會模仿其他兒童或成人。自閉兒長大後似乎無法理解基本的社交暗示與規範。他們常覺得很難與他人分享和輪流。他們通常不了解、也不喜歡想像的遊戲。自閉兒經常在沒有明確原因的情況下產生情緒性的情感爆發。

一點也沒錯，聽起來就像米可，也像今天來書店的那個小女孩。

但接下來那段文字卻使我當場愣住，並感到心寒。

自閉症的起因不明，但自閉症往往被認為因父母親的情感疏遠所引起，尤其是母親那一方。

15

「媽媽。」

我嚇一跳，恢復神智。

「媽媽。」這次語氣更固執。

我轉頭看他，是那個可怕的小男孩，米可。我嘗試接觸他的眼光，但他不肯直視我。不過我仍然看得出鏡片後面那對眼睛是藍色的，跟拉爾斯、米契和米希的一樣。看來在這個夢中世界，沒有一個孩子遺傳到我的淡褐色眼睛。我不知道是鏡片厚的緣故，或米可的眼睛顏色不像其他人的那麼飽和——總之，在那副眼鏡後面，他的眼珠似乎是混濁模糊的，沒有聚焦。

他搖我的肩膀。細長的手指掐進我的肉裡，彷彿一把小刀在挖我的肉。

我伸手揉我的肩膀。「啊，米可，痛。」

他不理會我。「媽媽，我叫妳，妳沒有回答。」

「抱歉。」我說，其實我一點也不感到抱歉。

我看看四周。我們坐在運動場邊的長凳上，左邊有一座小湖。我轉頭找西邊的山脈——在丹佛，這是從周邊風景辨認方位的最佳方法。小湖在我們的北邊，東邊與西邊有住宅區的街道和成排的房屋。南邊是一塊空地，空地上有一些殘雪，再過去又有另一座小湖。我差點認不出南面的小湖邊圍繞在網球場四周的金屬圍籬。遠處有一座紅磚鐘塔矗立在樹林中。

我明白我們在華盛頓公園。那座鐘塔屬於南高中，我在二十多年前畢業的那所中學，它就位於公園南邊的馬路對面；學生時代，我們都步行穿越馬路到公園上體育課，繞著操場跑幾圈，或到網球場練習發球。

從這裡到春田街我想像中與拉爾斯和孩子們共有的家大概有五、六哩路，但從公園到約克街我爸媽的家只隔幾個街區。掛在春田街家中走廊的那張照片（我的父母和嬰兒時期的我一起野餐時拍的那張照片）就是在這裡拍的。我有許多年沒有來這裡了，但我小時候在華盛頓公園度過許多快樂的時光，在運動場上遊戲，在湖裡游水。它叫史密斯湖；我們小時候，鄰居的小孩和我會說一些史密斯湖中的水怪故事來恐嚇彼此。「別走太遠喔，」我們會這樣揶揄對方，「否則獨眼怪會把你抓走。」

這幾年公園和運動場變化很大，鞦韆看起來很新，市政府也在前幾年把游泳場地關閉了；這座湖太小，又有太多人使用，導致湖水混濁不堪。現在想來，我的朋友和我當年宣稱混濁的湖水中住著一頭怪獸也許是真的。

運動場上只有米可和我兩個人。湖面半結凍，空氣冰冷，天空是暗灰色的，雪還沒有開始下，仍掛在雲中。我用鼻子嗅著，像一條看門狗在嗅有沒有人入侵。

我們在這裡做什麼？另外兩個孩子在哪裡？

「米可，」我說，「米契和米希在哪裡？」

他翻白眼——不是對我，因為他不看我。他朝著一架距離我們數呎的鞦韆翻白眼。「妳明知道他們在哪裡，媽媽，在他們白天一定要去的地方。」

「那是什麼地方？」

他咧嘴笑；他一定以為我在跟他開玩笑，「我是說真的，」我懇求他，「那是什麼地方？」

「媽媽！」他哈哈大笑。我很驚訝，我發現那是愉快的笑聲。他的笑聲像悅耳的鈴聲；我立刻想到我母親的笑聲。「笨媽媽，他們現在當然在學校。」

「喔。」我把戴著小羊皮手套的雙手放在身體兩側，擱在綠色的長凳上，「那你呢？」我問，「你為什麼沒有在學校？」

他又大笑，笨拙地從長凳跳下來。「妳真的瘋了，」他說，「妳明知道我不上學，媽媽。」

喔。

他離開我身邊，走向鞦韆。他爬上鞦韆，靜靜坐著。他顯然不懂得如何盪鞦韆。「推我，媽媽。」

我從長凳站起來走向他。我在他背後推他，兩手輕輕推他的背。我不確定他想盪多高，但我繼續推，一次比一次用力一點。他高興地嘻嘻笑，等我找到一個他似乎很享受的節奏時，我不再使力，只是繼續維持一個不變的節奏。

「咿——」鞦韆划過空中時，米可高興得大叫。

我仔細打量他。他穿著一條綠色的燈芯絨長褲，格子羊毛外套，和一頂蓋住耳朵的深藍色粗毛線帽。我模糊地猜想，這會不會是我母親幫他織的帽子。他的鏡片很厚，角質框眼鏡一絲不苟地架在他的鼻梁上，我有一種感覺，他不戴眼鏡無法走太遠。

他比米契和米希瘦。米契和米希粗壯的身材顯然來自我和拉爾斯。米可很瘦；我可以從他的長褲看出他有兩條瘦骨嶙峋的腿，從他的外套袖子可以看出他突出的手肘關節。我揣測，他是天生這種身材，還是挑食的結果？他的頭髮顏色與特徵和米契相似；他們果真是一對同卵雙胞胎。我不知道懷三胞胎的機率有多少，或他們兩個是否是典型的雙胞胎。這些都是我在真實世界中不曾想過的問題。

我閉上眼睛，手指輕輕放在我的肚皮上，試著想像三個胎兒同時存在我體內的感覺。我無法想像。這讓我想起高中時候的戲劇課。戲劇指導帕茲老師總是叫我們要「感覺你的角色，成為你的角色」。傅麗妲很喜歡這句話。她用心體會，激情地扮演悲劇中的馬克白夫人，或《摘星夢難圓》中的女演員泰莉．藍道。但我太了解自己，無論我在舞臺上扮演什麼角色，在那精美的戲服和厚重的油彩底下，我依然是那個平凡的凱蒂。

這正是我現在的感覺。我想像我是一個懷三胞胎的人，彷彿那是一個我不得不扮演的角色，但我騙不了任何人，他們都知道根本沒有胎兒，我的裙子底下藏的是枕頭。我把我的手從我的肚皮上移開，繼續推鞦韆。

這時，我忽然有個靈感。「喂，米可。」

他沒有回頭。「什麼？」

「媽媽笨笨的時候……」我知道我這樣做有點冒險，所以我猶豫了一下。我不知道我在這裡是否能單獨處理突發狀況。但我還是深吸一口氣，繼續說下去。「媽媽在問那些笨笨的問題時……你喜歡嗎？」

他的肩膀微微動了一下。「我不知道。」他木然地說。

「我可以……我可以再問你一些笨笨的問題嗎？」

他又聳肩。「我不知道。」

我想我們都很高興彼此沒有面對面。

「我們來試試看，」我說，「這樣吧，米可，你現在幾歲？」

他沉默不語。我屏住呼吸等待，暗暗禱告他不會發脾氣。

「米可，你有聽到我說的話嗎？」

「我正在想！」他大聲說，「妳沒看到我正在想嗎，媽媽？」

鞦韆盪過來了，我縮回我的手，錯過一次沒有推他。「抱歉。」我說。

我們倆沉默了幾分鐘。我又繼續推他，然後米可說：「妳知道現在幾點嗎？」

我看看我的手上有沒有手錶，果然有。那是一支高雅的黑絲絨錶帶鑽錶。「現在是十點三十分。」

「十點三十分整？」

我笑道：「好吧，現在是十點三十二分。」

「那，」他說，「我現在就是六歲，三個月，十四天，十二小時，又十八分。米契是六歲，三個月，十四天，十二小時，又十五分。米希是六歲，三個月，十四天，十二小時，又八分。我是老大！」他得意地說。

我默默無語。

他微微轉頭，所以他是看著西邊，而不是他前方的東南邊。「媽媽？妳還有其他問題嗎？」

「有，」我說，「今天是幾月幾日？」

「今天是二月二十七日，星期三。」

「哪一年？」

他吃吃地笑，「一九六三年，媽媽。」

一九六三年，那麼我們只有比現在超前幾個月而已。

我換個話題。「我們今天早上還做了什麼事？我的意思是，除了來公園玩以外。」

他的雙肩僵著不動。「媽媽，今天是星期三。」

我等他繼續說下去。

「今天是星期三。」他重複，這次語氣有點不悅。

「記住，米可，這是遊戲。」我說，「那我再問你：我們星期三都做什麼？」

「喔！」他又笑了，「我們去買東西，媽媽。」

啊哈。「媽媽有寫購物單嗎？」我問。

「當然有。」他回答，「所有的媽媽都會寫購物單。」

我想也是。順便一提，三十八歲的未婚女性不會寫購物單。當她們發現食品櫃和冰箱空空如也時，她們會匆匆走進食品商場，看到什麼就買什麼，無須事先計畫，買了就帶回家。

「我們家是誰煮飯？」我問，「阿爾瑪，還是我？」

「有時是妳，有時是阿爾瑪。」米可說。

「阿爾瑪……她天天來我們家嗎？」

他哈哈大笑，彷彿我問了一個非常可笑的問題。「當然沒有，」他說，「她一個星期來三次。星期一、星期三，和星期四。她早上九點來，下午煮好晚餐立刻回去，不過她有時星期四不來改星期五來，假如妳和爹地出去，她就等到晚上才離開。不過妳不會出去……」他停頓一下，「妳會等到我上床睡覺後才出去。」

嗯，有意思。但我決定最好還是換個話題。「所以早上爹地上班以前……或米契和米希上學以前，阿爾瑪不會來。」我想了一下，「媽媽做早餐嗎？」我無法想像我能為五個人準備營養豐富的早餐。在真實世界中，我只會替自己弄個蛋、吐司和果汁就匆匆趕著上班。在這個世界，我大概只會給他們吃甜麥圈。

不料米可點頭。「妳做早餐，」他說，「週末例外。週末是爹地做早餐。」我看不到他的臉，但我可以感覺到他的臉蛋發亮，像陽光有時從雲隙透出來照在臉上一般。「星期六做瑞典薄餅，星期日做格子鬆餅。」

「是嗎？」我一邊微笑，一邊想像：拉爾斯腰上繫著圍裙，鬆餅糊倒在烤盤上，等它烤成金黃色時熟練地翻面。上回我們在家那次一定是週末，我第一次看到米可時拉爾斯在廚房那一次。

這讓我又想到一個問題。「米可，」我平靜地說，「你很愛爹地，是吧？」

米可快樂地嘆口氣。「是的，」他回答，「噢，是的。」

那我呢？我很想問。你愛我嗎，米可？

但我不能問那種問題，我怕我會承受不了答案。

「再問一個笨笨的問題，」我看看四周，「我們常來這個公園嗎，米可？」

他的身體往前傾，接觸冰冷的空氣。「我們以前不常來，」他告訴我，「但最近常來。」

我閉著眼睛專心推。我在等這個夢結束，因為這些夢似乎總在像這樣的關鍵時刻結束。但這回沒有。我張開眼睛，我們仍在公園內，我仍然可以感覺到冰冷的空氣從我的外套滲進來，我仍推著鞦韆上的瘦小的米可。

「媽媽，十一點了嗎？」米可問。

我看錶，「差不多了。」

「我們十一點買東西。」他說。

「噢，對喔。好吧，那你下來，我們上車。」

他跳到我面前，帶我走向停車場和那輛雪佛蘭休旅車。他迅速爬進去，我轉動引擎。

我瞥一眼米可，說：「我們應該……你想我們應該去外公、外婆家嗎？我們都到這附近了。」

他沒有看我——我也沒期望他會看我。「如果妳想去的話。」他喃喃地說，兩眼注視著地板。

我小心地把車開出停車場。我最近一次開車也是和這次一樣在夢中。在短暫的時間內載著米契和米希，然後我忽然想到米可在哪裡，於是一個緊急煞車結束了那個夢。今天這個夢沒有結束，我繼續開車。父親在幾年前教我的道路駕駛經驗又回來了，比我想像中還容易。跟騎腳踏車一樣吧，我心想。想到這裡我忍不住微笑，因為在真實世界中我會騎腳踏車。事實上，我經常騎，不走路或不搭巴士的時候我都騎腳踏車。我心想，不知道我在這個世界有沒有腳踏車。

我向東行，然後向南拐進約克街。過了幾個街口，我在約克街西側我父母的小磚房前把車停下來。

屋子靜悄悄的，窗簾拉上，有人清除了屋前人行道上的積雪，但通往人行道的四級水泥臺階和前廊的地板上仍覆蓋著冰雪，看來有一段時日了。我早已習慣這屋子的平靜氛圍，自從我的父母出門度長假，我過來幫植物澆水時它就是這個樣子，但現在我不是應該已完成這個工作了嗎？

我原本打算把車停在外面，進去看看我的父母。但車子從門前經過，想到他們熟悉的聲音，我一樣感到愉快。我吸吸鼻子，期待聞到屋裡慣有的特殊香氣——我一直很難斷定那是什麼氣味，最多只能詮釋為介於奶油烤南瓜與乾燥的薰衣草之間的氣味。我也期待父親看到米可和我走上臺階時兩眼發亮的表情。我又想到母親擁抱的觸感：堅實而溫暖，柔軟的羊毛貼在我的臉頰上——她在家時經常搭在肩上的那條黃色手工披肩，因為父親為了省錢，總是把爐火的溫度調得比較低。

我的父母和米可相處愉快嗎？他們知道如何說正確的話、做正確的事、不去激怒他嗎？我當然不知道，但我覺得他們會，我有這個信心。我不知道為什麼我會知道，但我確信米可愛我的父母，他跟他們相處會有安全感，如同他與拉爾斯相處時一樣。

我忽然想起一件事，夢中的一個情節。

那是盛夏的季節，猛烈的陽光，溫熱的空氣，枝葉繁茂。我牽著三個孩子踏上父母家門前的臺階，拉爾斯在後面，正從我的車子的駕駛座出來。拉爾斯和我都穿著白色的網球裝，肩上扛著裝網球拍的袋子。

前門猛然打開時我們都開心地笑著，父親出來，他一個箭步上前，彎身將三個孩子同時抱在懷裡。他們也都緊緊地摟著他。

包括米可。

「啊，我的小親親，」父親說，幾乎喘不過氣來，於是放開他們。「我上一次看到你們是什麼時候？好像是很久以前的事了。」

米希咯咯笑，「上個週末，外公。」

「才上個週末而已？」他用誇張的表情看著她，「不可能，米希，一定是去年，或者是前年。」

米可哈哈大笑，我發現他直視我的父親，直直看著他的眼睛，「外公，」他一本正經地說，「你真愛說笑。」

母親也出來了，她瞥一眼拉爾斯和我，然後看她的手錶。「你們兩個快走吧，」她說，「別耽誤了比賽。」她一手在米可肩上，另一手在米契肩上，輕巧地將他們兩個帶進屋子。父親牽著米希的手。

「我們沒問題，」母親安慰我，「跟以前一樣，親愛的……我們不會有問題。」

我點頭。「我知道。」

拉爾斯和我跟他們一一吻別，然後我們手牽手，朝公園的方向走去。我幸福地嘆一口氣，輕鬆、自在。「要是沒有他們，我們怎麼辦？」我說，回頭看一眼父母的房子，「要是沒有我父母，我們該怎麼辦？」

他點頭，將我的手握得更緊。

想到這裡，我忍不住微笑。但我發現我一點也不想進去我父母的家。今天不想進去。我不知道為什麼，只是忽然覺得怎麼也不想進去。

「我改變主意，我們去買東西好了。」我對米可說，放開踩煞車的腳，把車開出路邊。他沒有抬頭看，也沒有回答。

我左轉把車開上路易斯安那大道，再開到大學大道時我停下來等紅綠燈。「米可，你很會回答問題，我們再來看看你會不會這個：從這裡去商場怎麼走最快？」

他指點我去上回我帶米契和米希買鞋的大學崗購物中心附近的一家「喜互惠」連鎖超市，那裡離春田街的家也不遠。我們開進停車場，我打開皮包找購物清單，果然有。我在那張紙的右邊詳細列出一週的晚餐菜單，在每一天的日期底下畫線，然後在線底下寫出那天的主菜和配菜。紙的左邊分成蔬果、乳製品和肉類三大項，並寫出準備這些晚餐和早餐、午餐所需的麵包、花生醬和蛋的數量。我一面讚歎自己的組織能力，一面帶米可進入超市。

一切都順利進行，我們穿過那些走道，但就在一個轉角處我聽到有人叫我：「凱瑟琳，是妳嗎？」

想當然耳，我以前從未見過這名叫我的婦女——不管是在真實世界或在之前的任何一個夢境中。她一頭烏黑的頭髮往後梳成辮子，在她纖細的頸子後面挽成一個很大的髮髻。她穿著一件深藍色的風衣，風衣領子鑲著一圈黑色的毛皮。她的嘴唇和指甲都塗著醒目的猩紅色。

「我就知道是妳，很高興見到妳。」她對米可微笑，「你好嗎？」

他看著地板，含糊地回應。

婦人看著我，「我很抱歉，」她故意誇張的耳語，「我不是有意——」

「我有聽到！」米可大聲吼道，「我有聽到，我有聽到，我——有——聽到——**妳說的話！**」

他脾氣爆發時仍持續看著地上。走道上的購物車都停下來；人人都往我們這邊張望。

「不要緊，」我說，蹲下來與他保持同樣的高度，「河水，河水，米可……」

「妳講的不對！」他轉身就跑，衝出走道，在轉角的地方撞翻一堆正在促銷的早餐麥片，又繼續往大門的方向跑去。

「啊，我的天，我——」話沒說完，我拋下購物車，也跟著衝出商場。

米可衝過停車場時經過的車輛紛紛緊急煞車。我以為他會跑向我們的休旅車，但他卻朝相反方向跑去。我沒料到他的速度快得驚人；我還以為他太瘦弱，行動笨拙，缺乏運動細胞，不料他的一雙腿似乎充滿生命力。我嚇得趕緊上車朝他的方向追過去，一邊祈禱他千萬別在我趕上之前被汽車撞到。我攔下他，他差點撞上雪佛蘭的前保險桿。我下車，抓住他的手臂，將他拖上車。他不斷尖叫，我在內心禱告這個噩夢趕快結束。我用安全帶將他扣住，希望他不會解開。然後我鎖上乘客座車門，快步繞過車子，迅速坐上駕駛座後，我用力關上車門，將車子駛出停車場。

這一刻我的腦筋相當清楚，我直奔春田街的家，雖然路程很短，但這卻是我這輩子最可怕的一段時間——不管是真實的，或想像的。他那高八度的尖叫；我連自己腦子裡的聲音都聽不到，等到我們把車開進車道時，我已頭痛不堪。這個噩夢即將結束，我心想，我很快就會醒了。

但我沒有。我熄了汽車引擎，等著看米可會怎麼做。他持續尖叫，沒有說一句話，只有持續從他的肺部發出高頻率的尖叫聲。我不知道我該設法把他帶進屋子，或者讓他留在原地直到他冷靜下來。

正想著，前門開了，阿爾瑪出現，正在穿外套。我打開車窗，探頭出去。「安德森太太，」阿爾瑪說，「妳沒事吧？」

我感到淚水湧上我的眼眶。「我沒事，」我說，「我很好。」我瞥一眼米可，「請妳告訴我怎樣才能讓他停止。」我哀求阿爾瑪。

她聳聳肩。「太太，我不知道，」她直截了當說，「妳叫我不要靠近這孩子。」

我有嗎？為什麼？

「那麼，」我打開車門，下車和她站在一起，「假如他是妳的孩子，妳會怎麼做？」

她聳肩。「我想我會和安德森先生一樣。」

「妳是指河流那首歌？我試過，但他不喜歡。」

「妳有……」她環抱雙手，「抱他嗎？」

「我不敢碰他。」

「安德森先生……太太，我知道妳不喜歡這樣做，但安德森先生會抱他。」

我是真的不喜歡。

她搖頭。「太太，我在裡面燙衣服。請問，我可以進去了嗎？」

我點頭。「可以，阿爾瑪，去吧。」

「妳要我打電話給安德森先生嗎？」

我想了一下。我要她打電話給拉爾斯嗎？儘管這是想像的，但我要對他承認我沒辦法處理這件事嗎？

「不用了，」我緩緩說道，「不用了，謝謝妳，阿爾瑪。」

她走進屋內。

我拖著沉重的腳步，搖搖晃晃繞到米可那一邊。我用汽車鑰匙打開門鎖，但開門之前，我先敲車窗，「米可，甜心，你聽得到嗎？」

他在盛怒之下突然用他的兩隻小拳頭猛捶車窗，我真怕他會把玻璃敲破。他也許瘦小，卻不表示他力氣不大。我打開車門靠近他。

他繼續用拳頭捶打，但此刻他捶打的不是車窗而是我。我趕緊後退，一面揉我的手臂。我只要靠近他，他就攻擊我，這教我如何抱他？

我只好又繞到駕駛座那邊，趁他找到機會再度捶打我之前，迅速解開他的安全帶釦。

「你要哭鬧，就留在這裡哭鬧，」我告訴他，「不過安全帶已經解開了，門也開了，你想進來就進來吧。」

說完，我兀自進入屋內，前門開著，留下他一個人在背後哭鬧。

阿爾瑪在客廳燙衣服，電視機開著，正在播放電視劇《指路明燈》。我進去時她抬頭看我，我們倆都沒說話。

我走到拉爾斯的書房，繞到小酒吧，給自己倒了一大杯威士忌，拿到廚房加了一點水和冰塊，用我在餐盤架上找到的一支奶油刮刀攪拌一下，然後我從阿爾瑪身邊走過，站在觀景窗前，看米可會有什麼舉動。

有好一陣子情況沒有任何改變。隔著厚玻璃，我可以聽到模糊的哭叫聲，也許左鄰右舍都聽到了，但我不在乎。

「妳想他會哭鬧多久？」我問阿爾瑪，一面小口啜著威士忌。

阿爾瑪聳聳肩，垂下視線。「我們聽過更久的，太太。」

是的，阿爾瑪，我相信。

我緊緊抿著嘴唇。威士忌開始產生作用。我深吸一口氣。「我試過接觸他，」我說，仍然看著外面，「但他打我。」

阿爾瑪點頭，沒有回答。

我轉向她。「他不會跑走吧？」

「截至目前還沒有。大概不會吧？」

「不會。」我把剩下的最後一口威士忌乾了。「好吧，」我說，「我無計可施，現在該打電話給我先生了。」

16

我沒有機會打電話給拉爾斯，因為這個夢終究還是結束了。

「那個夢真詭異。」我對亞斯藍說。牠打呵欠，露出參差不齊的黃板牙，站起來伸了個大懶腰後又繼續躺在我的床上。你又長又瘦，我常這樣對牠說——一隻黃斑戰鬥機器。這是我們之間的笑話，因為牠根本不是什麼又長又瘦的戰鬥機器。我的老邁、矮胖的亞斯藍連隻蒼蠅都不會抓。

所以我回來了，回到這個舒適、安靜的地方，和我的貓開著貼心的玩笑。回到這個真實的世界。

我對自己微笑，心想其實這裡也不錯。

幾個小時之後，我在書店一邊撢著書架頂層的灰塵一邊哼著歌。「妳今天心情很好。」傅麗妲說。她在櫃臺盤點存貨。

「我一直睡不好——不過我想我昨天晚上終於補足了睡眠。」這個念頭讓我覺得好笑；事實上，我根本沒睡好。任何人作我那種瘋狂的夢絕不可能睡得好。這一連串想法讓我忍不住笑出來。傅麗妲含笑搖頭，繼續做她的盤點工作。

在我的提議之下，我們裝了一臺留聲機，是我從南百老匯大道一家當鋪買來的。我們各自從家裡帶來許多唱片，現在我們每天都播放柔和的背景音樂。此刻播放的是艾拉．費茲潔拉的一首老歌，歌詞是說假如談戀愛能成為唯一的職業該有多好。

我一邊偏著頭撢灰，一邊聆聽歌詞。我心想，艾拉這首歌的歌詞聽起來雖然不錯——但事實上，在現實生活中，仍然視情況而論，不是嗎？

我轉頭望著傅麗妲。她旁邊的櫃臺上有個木架子，架上是一本《愚人船》，就是前幾天上門的那位婦女想買的那本書，牽著一個自閉症女孩的婦女。我仔細寫了一張小小的廣告詞放在那本書前面：**強力推薦！暢銷書！**

書的作者是身兼記者的短篇小說家凱瑟琳．安妮．波特，我在今年稍早讀過這本書。我的看法是，它的敘述看似和那艘船一樣，有時偏離航道，但我猜想那是故意的，而且它絲毫沒有偏離書中人物的內心掙扎。相反地，波特深入探討一群人在一個狹窄的空間內對彼此反而會有更多的了解。

《愚人船》中有一幕是這樣的。裡面有個角色說：「請不要對我談你自己；我不想聽，我不想認識你；我不想知道你。」確切的文字當然不是這樣，但大致上是這個意思。它讓我想起我夢中的家庭，不管我要不要，我都正在認識他們。

據說，一九三〇年代某個時候，凱瑟琳．安妮．波特確實在一艘類似她的小說所描述的船上；她顯然很少和其他乘客攀談，只是詳細記錄他們的談話。她將這些筆記沉澱多年之後才寫出《愚人船》。我一直很喜歡波特的文章，也許是因為她在丹佛住過一段時間，所以對她有種親切感。我還聽說她在一九一八年，西班牙流感大流行那一年，差點死在丹佛。

我思考這件事。假如波特死於一九一八年，那麼她就不會寫出《愚人船》了。這麼一來，那位婦女就不會來我們書店找這本書，我也就不會尷尬地問她的女兒生什麼病，更不會知道我夢中的孩子到底生什麼病，至少不是從這裡知道。

多麼奇怪啊，許多事件會在短短的時間內如此輕易的轉變，不是嗎？同樣地，假如拉爾斯和我那天晚上在電話中聊久一點，假如我從電話中聽到他心臟病突發，假如我因此救了他，那麼眼前這些事就都不會發生了。這個世界的一切就都不是真實的，相反地，我與他和孩子們的世界才是真實的。

我搖搖頭，從木梯上下來，走到櫃臺拿起報紙翻到體育版。我必須知道昨晚世界錦標賽的決賽結果如何。「討厭——他們輸了！」我說。

傅麗妲抬起頭來。「誰輸了？」

「巨人隊，他們在第七場比賽輸了。現在我要如何幫葛瑞格寫故事？」

她搖頭。「妳在說什麼？」

「算了。」我對她皺眉，然後走到門口。我需要呼吸一點新鮮空氣。

我走出去掃門前的臺階。這是個美好的秋日，我很高興我能回到這個真實世界享受它。我不知道這些夢為什麼會發生在未來；米可已經告訴我確切的年月日，我知道它與現在只有差幾個月。這一點也不合理，但它既然不是真實的，又為何應該合理？

「晚上要不要一起出去吃飯？」回到屋內時我問傅麗妲。

「為什麼？」

我聳聳肩。「不為什麼。我們很久沒有『約會』了，妹子。」

傅麗姐和我大部分時候都以「妹子」互相稱呼，所以我們的書店才會取名為「姊妹書店」，這是我們當初在討論開書店時就不約而同想到的名字。我們在中學時代因為希望我們是真的姊妹才這樣稱呼彼此。她是家中四個孩子中的老大，也是唯一的女兒；我是家中的獨生女，但我的母親後來接連失去三個男胎，因此我們的成長背景相同。我們小時候最想要的就是有個妹妹。

傅麗姐和我是在一九三八年的九月認識的，我們是南區高中的新生，那天是開學的第一天。那時候的南區高中算是新學校，建校只有十多年，油氈地板還亮晶晶的，窗明几淨，每一塊磚都清晰可見，是一座漂亮的紅磚建築，還沒有風霜歲月的痕跡。開學第一天，我們這些新生混在舊生當中，他們熟門熟路的樣子彷彿他們是在這裡出生的。那些舊生見了面會自動打招呼，歡天喜地叫嚷著互相擁抱，很高興隔了一個暑假之後又團聚了。有些還笑著回憶暑假一起相處的短暫時光，「還記得七月四日嗎？我們還會有那麼快樂的時光嗎？」

新生的我們非常羨慕那些舊生。雖然有些人是在我們那個簡陋的初中校園就認識了，卻還是有格格不入的感覺，彼此的對話尷尬而簡短。「暑假過得好嗎？」「妳知道一〇六教室在哪裡嗎？」當一群人湧進大堂時，我們都驚詫得不知該坐在哪個位置，也不確定我們的選擇將會面臨什麼樣的命運。如果可以選擇的話。

傅麗姐就在這種缺乏安全感與陌生的氛圍中慢慢走進來，頭抬得高高的，棕色的長髮從高聳的額頭往後梳，用一個龜甲髮箍固定。她穿著一條灰褐色的直裙和一件象牙色的無袖上衣，露出已長出曬斑的古銅色肩頭。她的深色眼睛炯炯有神，帶著些許神秘與魔力。當她走進大堂時，不但新生注視她，連高年級的男生也對她行注目禮。我的眼光一直停留在她身上，直到她走進一間教室後消失蹤影。

幸運的是，我發現我跟她在同一間教室。踏進教室時，我奇蹟似地發現她右邊的位子是空的。不知哪來的勇氣，我大膽地在那個位子上坐下，然後伸出我的手。

「我叫凱蒂．米勒，」我說，「很高興認識妳。」

她點頭。她的手溫暖而有力。「傅麗妲．格林，我也很高興認識妳。」

我們核對了一下課表，那是學校在一週前寄給我們的。我們發現我們幾乎每堂課都一樣。「呵，鬆一口氣了。」傅麗妲說。她靠向我，故意小聲說：「我還有點擔心我會孤單一個人呢——妳會嗎？」

會啊，我當然也有相同的憂慮，但我很驚訝她如此率直承認。回過神後，我對她點頭微笑。「那我們就一起吧？」

她對我笑，「就這麼說定了，凱蒂．米勒。」

一段時間之後，關於傅麗妲，我應該知道的一切我都知道了。她來自一個富裕的家庭；她的外祖父在一八八〇年代因鐵路的興建而發財，她父親的家族則擁有一家龐大的建築公司。她的家庭在丹佛還是個年輕的城市、仍在積極建設中時就移居此地打下了基礎，從那以後一直都屬於上層階級。

傅麗妲曾在私立學校讀到八年級，但她的父親認為她有必要轉到公立學校接受教育，和各種階層的人打成一片。他的理論是，他的孩子雖然先天上占有優勢，但他們應該與其他不同背景的人互動，藉此塑造他們的人格。傅麗妲在我們學校就讀高中期間，她和她的父母及弟弟們一起住在丹佛的鄉村俱樂部，距離我居住的新興的默特山區以北一、二哩的一個豪華住宅區，那是一幢很大的三層樓磚造洋房。我第一次去傅麗妲家時，不自覺地稱之為「大廈」，惹得她咯咯笑。「妳真可愛，凱蒂．米勒。」她親切地抓著我的手臂說。

經過這麼多年，我依然記得她當時抓著我的手臂的感覺，那是一種獨占以及喜悅的感覺。雖然她擁有一切，她是個富家女，儘管難以想像，但傅麗妲．格林竟然想成為我的朋友。

幾個月之後我才鼓起勇氣問她這件事。究竟是什麼特別因素使傅麗妲希望我成為她最親近、最要好的朋友——以她的條件，她大可以從學校的新生當中找出一個女孩，甚至找一個上流社會的女孩成為她的好朋友？

傅麗妲聽了這個質疑後大笑。「妳是妳，凱蒂，」她只說，「我從第一眼見到妳就知道妳是個忠實的人，妳可以信賴，妳會站在我這邊。」

那是十一月一個難得的晴天。我問她這個問題時我們站在學校教室與教室之間的草地上。傅麗妲誇張地揮動她瘦長的手臂，彷彿要把所有學生都納入其中。大部分學生都和我們一樣，群集在教室外面享受溫暖的陽光。「我從其他任何人身上都看不到那種誠懇，至少第一眼沒看出來。」她聳聳肩，「所以，當其他人都讓我感到失望時，我沒有理由再讓自己失望。」

這教我如何不愛一個對我有如此高度評價的人？我長這麼大，除了我的父母之外，沒有人曾經這樣讚美我。

至於傅麗妲，她又怎能不愛一個對她如此忠實的人？她說得對，我無論如何也不會背叛她。

多麼神奇呀，我往書店櫃臺她的方向走去時一邊想——經過這麼多年，除了家人之外，我們仍然彼此相親相愛，這是多麼神奇的一件事。

我們是姊妹。

但我突然想到一件令人不安的事：在那些夢中，我都不知道傅麗妲在哪裡。在上一個夢中，我和米可在一起那次，那個週末的早晨我顯然不是在書店。這表示我不去書店上班了嗎？在那個世界中，我們仍擁有書店嗎？

想到這裡，我不禁打了個寒顫。我無法想像我沒有書店的日子，我沒有和傅麗妲朝夕相處的日子。

「『落磯漢堡』？吃漢堡可以嗎？還是『C. J.小館』？我知道那裡有點遠，但我喜歡墨西哥食物，妳不也喜歡嗎？」當她如數家珍似地說出一連串餐廳名稱時，我心想，謝天謝地，幸好另一個世界只不過是我的幻想。

「C. J.小館」雖然有個小酒吧，但它不是一間酒館，它是聖達菲大道上的一家墨西哥餐廳。我們必須轉三趟巴士才能抵達，但如同傅麗妲所說，仍然值得長途跋涉。你在丹佛不可能不愛上墨西哥食物，而「C.J.小館」有城裡最好吃的青椒鑲肉。

傅麗妲和我在用餐時都很愉快。我永遠都樂意和她在一起，不必去想那另一個世界。至於傅麗妲，她似乎也很輕鬆自在。我知道她為書店的事操心，看到她這麼興致勃勃我也感到安慰。

我們談到我們在大學崗購物中心看到的那個空店面。傅麗妲幾天前打電話給管理部的經理，約了時間讓我們去看它的內部裝潢。「其實也沒有那麼不合理，」她告訴我，「不錯，它的租金是比我們現在高出許多，但妳算一算……我核計過，在腦子裡想過，也在紙上算過，我想幾個月之後我們就能轉虧為盈了。」

「可是在那之前呢？」我問，「我們要從什麼地方籌到這筆錢？」

她小口啜著葡萄酒。「我不能找我的父母要錢，我們必須再找另一家銀行貸款。」我還沒來得及抗議，她又繼續說道，「我知道我父親幫我們上一個貸款背書，我知道如果沒有他的簽字我們無法再向銀行貸款，還有，不錯——我們目前的貸款尚未還清。這些我都知道。」她放下酒杯，「但是，如果我們能說服銀行我們的經營方向是正確的，這一步對我們是有利的……」她聳聳肩，「妳不覺得他們寧可對我們放寬一點，也不會沒收我們的抵押品嗎？」

我拿起酒杯喝一大口酒。這聽起來有點可怕，彷彿這是關鍵時刻，好像真的在冒極大的風險，比起八年前我們開始經營這家小書店時的風險大得多。

傅麗姐現出憧憬的表情。「我們有可能擴大規模，妳知道。」她靠近我說，「這也許只是個開端，像這樣的購物中心有可能遍及各處。那些賺錢的商店——他們都有個公式，妳知道，一種風格，人們走進去時會對它抱以期待。」她又聳肩，「現在的圖書業還沒有這種風氣，至少還沒有在丹佛出現，但那是可以改變的，對吧？誰說書籍連鎖店不可能成功？如果漢堡店和五金店能成功，為何書店不能？」

為何不能？她說得對，非常有理。我不否認。

但——我感覺這是她的演出，不是我的。彷彿不管有沒有我，她都能做。她可以和往常一樣信心十足；她可以憑著這股信心朝著她想為自己書寫的任何成功故事前進。

「妳是真的想過，是嗎？」我問。

傅麗姐聳肩。「我想了好幾年了，凱蒂。」

我不知道如何回答。我咬一口我的青椒鑲肉，把米飯撥到盤子邊緣。

傅麗姐望著我的背後。「不要回頭，」她小聲說，「但我要告訴妳我看到誰獨自一個人坐在吧檯。」

「誰？」

她揚起眉梢。「凱文。」

凱文？我的天，我有十多年沒見到他了。「他看起來怎樣？」我問傅麗姐。

她用眼角打量他。良久之後她才說：「疲憊，而且有老態。」她含笑說，「他看起來有點老，凱蒂，妳應該感到高興。」

我笑著說：「我看起來也老啦。」

傅麗妲乾了她的葡萄酒，然後點燃一支菸。「妳換了個漂亮的新髮型，一點也不顯老。」

我摸摸我的頭髮。琳妮的手藝很好，髮型可以維持很久，但我已經約好下週再去找她。這是真的，最近幾天我照鏡子，看到一個許久不見的、更清新迷人的凱蒂。但其中有多少是來自新髮型？又有多少是來自夜晚入睡之後我瘋狂愛戀的那個完美的夢中丈夫？

「我想凱文看到我了，」傅麗妲說，「還有妳。他站起來了。」她壓低聲音，「深呼吸吧，妹子，他朝這邊過來了。」

她抬頭看他，現出微笑，我於是有藉口轉頭。我假裝驚訝，但我相信他不會上當。

「嘿，我就想是妳們兩個。」凱文在餐桌旁彎著上身說。他和以前一樣又高又瘦，一樣斜肩，體格仍然像個青春期少年。我會知道是因為我已習慣拉爾斯寬闊的背部和肩膀，以及他可以和我匹配的粗壯的身材。凱文和我在外型上始終格格不入。我們跳舞時他太高，我的頭頂幾乎只及他的鎖骨，而且我每次都覺得我必須伸長了脖子抬頭看他。他老是要我盡量穿極高的高跟鞋，好讓我們的身高可以更拉近一點。這反而使事態更嚴重，一個晚上下來我的一雙腳痛死了。他同時也認為我太胖，雖然他很喜歡我的大胸脯，卻還是常敦促我要減肥。

和拉爾斯不同的是，凱文這些年的髮型依然沒變。他的頭髮很多，黑而鬈，現在也還是。他的眼睛也和以前一樣是暖棕色，但顯得有點呆滯，看得出他飲酒過量。

傅麗妲指一指我們中間那張空椅子，然後將她手上的菸放到她旁邊的菸灰缸捻熄。

「坐吧，凱文。」

他拉出椅子坐下。我對傅麗妲投以質疑的眼光。她低頭看她擱在面前交握的雙手，右手小指在她的左手無名指上做一個極細微的動作。我偷偷瞄一眼凱文的左手，發現上面沒有戒指。

啊哈。難不成她隔著房間大老遠就看到了？抑或她只是猜測，因為他在這種時間一個人在外面喝酒？有家室的男人，幸福的已婚男人，無論如何是不會在夜晚這種時分獨自孤單的坐在酒吧內。他們會在家陪伴他們的妻子、他們的孩子，大部分情況下還有他們家的狗。

「好久不見了，」凱文說。他帶著他的酒杯。他將杯內的酒喝乾後向侍者招手再點一杯。「妳們兩個女生要再陪我喝一杯嗎？」

這句話讓我感到驚訝。他一直都很小氣。倒不是我們約會時他不肯付帳，而是我總覺得他會帶我到最便宜的地方，盡可能在我身上花最少的錢。即便我的生日或耶誕節，他送的禮物也只是一瓶小小的香水，或者一條減價的圍巾或帽子。他總是說他省錢是為了我們的將來。結果證明完全不是那回事，不是嗎？

傅麗妲對他的提議點頭。侍者為凱文送上一杯威士忌和一瓶葡萄酒，並為我們斟滿酒杯。「記在我的帳上。」凱文直言不諱地說。侍者對傅麗妲和我笑笑，然後離開。

「妳們過得怎樣？」凱文往後靠，我差點以為他會向後翻過去。我的天，他喝了多少酒？妳會想，週末夜，在一間酒吧——他現在又是個醫生；這點我沒有忘記。妳會想，一個有飲酒習慣的醫生，他是不是應該更謹慎一點。

「我們很好，」傅麗妲回答，「我們在南珍珠街開了一家書店。」

凱文點頭。他從外套口袋掏出一包寶馬香菸，點了一根。傅麗妲立刻也從桌上的一包沙龍菸挑了一支點上。他對她伸出他的打火機，她靠過去接受他遞來的火。我默默地注視他們，試著放鬆我發燙的臉頰和緊皺的眉頭。

「我有聽說妳們開書店的事，」凱文說，喀地一聲關上他的打火機。「這表示妳們會停止老化。」

說得跟真的一樣。我凝視他，啜一小口葡萄酒。我無法解釋為何我會對他有種敵意，那是很久以前的事了。再說現在看他，我會真的想和這個男人結婚嗎？

不，當然不會。我想和那個不存在的男人結婚。

我強迫自己軟化，給凱文一個微笑。「那你呢？你過得怎樣？」

他望著我良久，彷彿在琢磨如何回答。「噢，」他終於說道，「我想我還可以，工作還不錯，在聖若瑟醫院的內科。」他聳聳肩，「還有，我現在又是孤家寡人了，也許妳們早已聽說過。」

我搖頭。「沒有，我沒聽說。」

「喔，」他用他的手指攪拌他的威士忌，這是他的習慣，我仍記得。「有些事是天不從人願的，」他冷笑，「不過我有兩個好孩子，想看她們的照片嗎？」

說真的，我不想。但傅麗妲和氣地說：「當然想。」凱文掏出他的皮夾打開，兩個小女孩從學生照中對我們微笑，較小的那個缺了兩顆門牙。「這個是貝琪，十歲。」凱文指著較大的，「這個是南西，八歲。」

「可愛。」傅麗妲迅速看一眼後往後靠，用力吸一口菸，謹慎地望著我。

「是的，很可愛。」我附和，「我想你一定為她們感到驕傲，凱文。」

他點頭。「但我很少見到她們，她們的母親把她們看得很緊，沒錯，她們好像過得還不錯。」他聳肩，捻熄他的香菸，「她們有一個繼父，他是個好人。比我更適合當她們的父親，真的。」

天哪，真是老套，像一部二流電影。你作錯選擇了，是吧，老兄？瞧你的下場，一個人在酒吧喝悶酒，然後和你大學時代的女友不期而遇，這個女友顯然比你當年娶的那個悍婦更欣賞你。

這個念頭讓我覺得好笑，我差點笑出來。我嚇一跳，趕緊捂著我的嘴，希望凱文沒有發現。

但他畢竟發現了，沉著臉問：「什麼事那麼好笑，凱蒂？」

我搖頭。「沒有，當然沒有。我很遺憾你的婚姻沒有成功。」

他喝一大口威士忌。「是的，」他冷冷地說，「我相信。」他站起來，拿起酒杯一飲而盡，「我不該過來的。」他氣憤地說，「我不知道我為什麼過來，很抱歉打擾妳們的晚餐。」他重重放下他的酒杯，轉身走回酒吧。我們默默地看著他結帳，拿起他的大衣和帽子，大步走出門外，沒有再回頭。

「哎呀，看在老天分上，」傅麗妲輕聲說。我點頭。我們一起注視著他消失的那個門。

「可憐的傢伙，」過了一會兒傅麗妲說。她舉起酒杯望著我，「不過，這樣妳覺得好多了吧。」

「老實說，」我告訴她，「沒有。」我把我的臉埋在手心，「傅麗妲，我累了，」我說，「我喝太多酒，我得回家了。」

她點頭。「我也是，妹子，我也是。」

17

我在家。爬上床後，我把被單拉好，然後把亞斯藍拉過來讓牠窩在我胸前。我關掉床頭燈，做了一個深呼吸，享受一個人的清靜。

我相信那些夢不會再回來了，我都看到了，不是嗎？我已經看到米可是怎樣的孩子，我已看到我必須對抗什麼——如果那個夢中生活是我的真實世界的話。

「我明白了。」我在黑暗中大聲說。說這麼大聲乎很愚蠢，但我要確認我的潛意識明白。我要確認它知道我明白了。

世上沒有所謂十全十美的人生。這個世界沒有，那個世界也沒有。

我真的沒有想到我會再度在那邊醒來，那個有拉爾斯、三個孩子，和我的另一個人生的屋子。

但我又在那裡了。這次我們好像在吃午餐，大家圍坐在餐桌旁。通往廚房的百頁門開著，我瞥一眼討喜的水果壁紙，陽光從向南的窗戶透進來。全家都和我一起坐在餐桌旁：拉爾斯、米希、米契和米可。

我望著餐桌另一頭，迎上拉爾斯的目光。

「那另一個世界怎麼樣？」他問。

「什麼？」我的猛然回答把自己嚇了一跳，也把其他人都嚇一跳。孩子們瞪著我，手上拿著咬了一半的三明治。拉爾斯好奇地望著我。

「抱歉。」他說，「妳剛才似乎遠在一百萬哩之外，在另一個世界。」

「喔，」我微笑，「大概是吧。」

孩子們繼續吃他們的三明治。從沾在他們臉上的紫色殘餘看來，似乎是花生醬和葡萄果醬。每個孩子的餐盤上都有幾根胡蘿蔔棒和馬鈴薯碎片；顯然他們都是先吃薯片，再吃三明治和蔬菜。米契和米希吃得很秀氣，用他們的手指拿著三明治，像小熊舔手上的蜂蜜那樣。米可完全沒有吃他的三明治。相反地，他把三明治撕開，捏成一個個小球擺在他的餐盤周圍。我將我的視線從他身上移開，希望我的臉上沒有露出不悅的表情，一面又痛恨我對自己的孩子有這種感覺，雖然是想像的。

我低頭看自己的餐盤，然後瞄一眼拉爾斯的餐盤，他和我都吃主廚沙拉。這是我做的嗎？它看起來很精緻，有精心擺盤的瑞士起司片、水煮蛋、醃橄欖，以及從熟食店買來的火腿與火雞肉鋪在捲心萵苣上面。在真實生活中，我不曾做過這麼好看的生菜沙拉當午餐。傅麗妲和我通常會吃從街上的商店買來的三明治，或者自己做花生醬與果醬三明治，像孩子們今天吃的那樣，然後用紙袋裝著帶去書店。

「那麼，今天下午的行程是什麼？」拉爾斯問。他將他的叉子放在空沙拉餐盤上，用一張藍花紙巾擦嘴。

「名人保齡球館，爹地！」米契大聲說，米希也熱烈點頭贊成。

我知道米可照例面無表情。

我聽過「名人保齡球館」，但不曾去過。它在科羅拉多大道上，和大學崗購物中心在同一條路上，但要往北再多走幾哩路。它在前幾年開幕，我想它的正式名稱是「名人運動中心」，除了有保齡球外，那裡還有游泳池、大型電動玩具和其他娛樂設施。我相信如果你有孩子，或者喜歡保齡球，那裡會很好玩，但因我的真實生活中都沒有這些東西，所以我還沒有機會去逛「名人運動中心」。再說，和購物中心一樣，如果你沒有車，想去也很不容易。

「說不定會看到米老鼠，」米希說。我記得《丹佛郵報》曾報導那個地方屬於華德．迪士尼所有，所以迪士尼的卡通角色經常會出現。

拉爾斯偏著頭若有所思，「那裡一定人很多，也許要等很久才能等到一個球道。」

「我們會耐心等，」米希說，「而況，在等的時候還有很多好玩的。」

「何況，」我糾正她，「米希，不是『而況』，是『何況』。」

她低下頭說：「抱歉，媽媽。」

拉爾斯微笑，「媽媽是老師。」一雙眼睛從長桌另一頭炯炯有神地望著我，「一日為師，終生為師，對吧，凱瑟琳？」

我揚起眉梢，「那是很久以前的事了。」

他舉起他的玻璃杯喝一口水。「上輩子的事。」

我沒有回應，而是站起來收拾餐桌。我站起來時，米可兩隻手在面前揮舞，結果打翻了他的牛奶。

「米可！」我厲聲說。他立刻垮下臉，我看得出他又要開始尖叫了。

我趕快掩住我的嘴。「不要緊，」我改用柔和的語氣對他說，「有時難免，擦乾淨就好了。」拉爾斯迅速走過來，兩手扶著米可的肩膀，試圖在他發作前讓他冷靜下來。

我穿過彈簧門進入廚房，就在我從水槽拿起一塊洗碗布時，拉爾斯出現在我背後，雙手摟著我的腰。「那邊還好吧？」我問。

「是的，他還好，我及時趕去。」

我點頭，內心鬆了一口氣。拉爾斯用鼻子磨蹭我的脖子。「妳對我們今天下午的計畫好像不怎麼熱心。」

我聳肩。

「甜心，」他把我轉過去面對他，「我帶他們去就好了，妳今天休息，去做妳想做的事。」

我感覺我的臉登時一亮。「真的？你確定？」

他笑道：「當然。妳需要休息，親愛的，妳累了一整個禮拜了。」

我咬著下唇，「這倒是真的，」我回答，「而且我還有些事……我必須去辦點事。那，好吧……謝謝你，拉爾斯。」

「妳儘管去忙不要急，」他說，「開那輛凱迪拉克去逛逛街，去找琳妮做頭髮。」

儘管我極度想見到這個世界的琳妮，好和另一個世界的琳妮比對一下，但逛街和做頭髮都不是我現在最想做的事，只有一家店是我現在想逛的。

假如這家店存在的話。

我想問拉爾斯今天是幾月幾日，但如果開口問，我一定會覺得很愚蠢。既然他白天在家，今天肯定是週末。我希望今天是星期六，不是星期日。如果是星期六，「姊妹書店」應該會營業。若干年前，傅麗妲和我決定星期六也開店營業，這樣當然會減少週末假期，但從生意上考量則比較有利。近來已有許多婦女外出工作，我們不但希望滿足家庭主婦，也想滿足那些上班的女性。因此，「姊妹書店」現在每週的營業日是星期二到星期六。星期日照例休息，我們那條街上的店鋪都是如此。我們星期一也不營業，把它當作是自己的星期六假期。

和家人道別後，我走到車庫，坐上拉爾斯的車，小心倒出車庫。

這輛凱迪拉克是一部夢幻轎車，似乎具備所有你想像不到的便利：緊實但有彈性的諾加海德仿皮革座椅，發動引擎後短短幾分鐘內就能讓我感受到溫暖的暖氣系統，以及自動變速器。我只要把排檔移到R倒車出去，再移到D就可以往前開了。它的方向盤也非常靈敏；我要左轉進入達特茅斯大道時，方向盤輕輕一轉車子就滑過去了，這一定就是我父親曾以無比渴望的語氣提起過的動力方向盤。我那孜孜矻矻工作的父親有十幾年沒有開過新車了，我一面想一面微笑，如果在這個夢中世界，拉爾斯讓他開這輛凱迪拉克，父親一定快樂得有如置身天堂。

我打開收音機，轉到ＫＩＭＮ頻道，它正在播放珮西．克萊恩的新歌，就是拉爾斯和我與他的客戶共進晚餐那天晚上聽到的那首歌。我跟著它輕輕地哼著。

車子靈巧地滑行在大學大道上。我左轉進入伊凡斯大道繼續往西，這裡的一切都和往常一樣，有丹佛大學附近的小酒館、藥房、加油站，及相同的校園建築。我有點驚訝；這個世界並沒有因為我的人生改變了而翻轉。

到了珍珠街，我右轉，然後繼續往北。路上的車輛不多。這是個晴朗的天氣——天空沒有雪，我想氣象預報也沒有說會下雪，至少這一區不會下。在我左手邊的遠山因為才剛下過雪而顯得格外明亮，我從這裡都能看到它在陽光的照射下閃閃發光。

到了我們那個街區時我減慢速度。看到眼前的景況我有些訝異，但沒有太吃驚：「姊妹書店」不見了。同一棟建築右側的「勃內特父子公司」和律師事務所都還在，但傅麗妲和我這邊的門窗都用木板遮起來，門上貼了一張手寫的「出租」告示，底下還有布雷德利的電話號碼。這張告示已經褪色，看起來很舊，彷彿已經張貼很久了，至少有幾個月，或者幾年。

我把車子停在馬路對面，走向我以前的書店。

我不知道我該怎麼辦。前門的玻璃沒有釘上木板，因此我透過玻璃往內覷。裡面是空的。我們的書架，我們的櫃臺，所有的一切全都不見了。地板光禿禿的，我們在舊貨商店買的幾張二手的土耳其地毯也都不見了。貼在牆上宣傳新書和電影的海報，也消失了。後門開著，裡面太暗看不清楚，但我知道那裡也肯定什麼都沒有。

我往建物旁邊那扇門走去，門內的樓梯通往書店樓上布雷德利居住的公寓，他的門牌號碼上也貼著「出租」字樣，這表示他仍擁有這棟建築。他仍住在樓上嗎？我小心翼翼地上樓，敲他的房門。

整整五分鐘沒有人來應門，就在我想轉身離開時門終於緩緩打開了。布雷德利在這個世界看起來比在另一個世界更老。他彎腰駝背，眼鏡後面那對慈祥的褐色眼睛深陷在蒼白的眼窩內。他花了一點時間才認出我是誰。

「啊，真沒想到，」他終於說道，「是凱蒂小姐。」

聽到有人叫出我的名字，在這個不真實的世界叫出我的真名，這幾乎讓我感動落淚。我用力眨了幾下眼睛忍住淚水。「布雷德利，」我的聲音有點沙啞，「很高興看到你。」

他把門拉開一點，「我怎麼有這個榮幸？」

我聳肩。「我……我到這附近……就想……」我垂下視線，看看旁邊，然後再看著他，「就想過來看一下。」

「啊，請進。」他把門完全拉開，「我正在泡茶，妳要不要喝一杯？」

「太好了，謝謝你，布雷德利。」

他在廚房忙時，我環顧四周，發現他的公寓沒有改變讓我鬆了一口氣。那張有破洞的灰色舊沙發依舊在，窗邊仍是那張粗花呢面料的扶手椅，但比我印象中更靠近窗戶一些，和以前一樣老舊的木頭餐桌也還是那四張餐椅。他總是說，這樣的空間已足夠他自己和他的三個孫子坐在一起。

布雷德利從廚房出來，兩手顫巍巍地各端著一個茶杯。我上前一步接過其中一杯茶時觸碰到他的手，他的手因為寒冷的冬天與老邁而顯得粗糙。

「請坐。」他說，指著餐桌。

我坐下，布雷德利放下他的茶杯，也拉出一張椅子坐在我對面。「妳好嗎？」他坐下後問。「還有妳那位好丈夫，以及孩子們——他們都好嗎？」

我微笑，啜一口茶。「我們都很好，布雷德利，都很好。」我放下茶杯。「是這樣的，我有一點兒不明白，也許你可以幫忙。我不知道發生了什麼，為什麼我們的書店不見了。」我低頭望著地板，「還有，傅麗妲在哪裡，」說完我抬頭，「我不知道傅麗妲在什麼地方。」

我不敢相信我說出這句話——但說真的，我在乎什麼？反正這個夢很快就會結束了，我又會回到我那個舒適的公寓，因此最好把我心裡的話說出來。

布雷德利注視我良久。「妳不知道傅麗妲在什麼地方？」

我搖頭。

「發生了什麼嗎，凱蒂？什麼事使妳……把事情都忘了？」

「我不知道！」我脫口而出，「我想我是在作夢，布雷德利——這是一個夢，對吧？這不是真實的，這只是我的腦子想像出來的，我只是接受它。可是有些部分……有些部分……」我搖頭，不知該怎麼說，「這個世界的一些事情都很合理，而且也很美好，」我繼續說下去，「拉爾斯，我的丈夫，他很好，真的很好，我不曾見過像他這麼好的人。我愛他，全心全意愛他。」我說出這句話時，感覺我的臉上因為幸福快樂而發熱。我在想像我美好的夢中丈夫時，臉上禁不住現出微笑。「還有那幾個孩子——其中兩個，米契和米希，他們都很可愛。米可是……米可是……」

布雷德利點頭，見我接不下去，他便柔聲說：「沒關係，凱蒂，我知道米可是什麼情況。」

這個認知，來自這位慈祥老者體貼的理解，是目前為止我在這個夢中世界的所有經驗中，最令我感到安慰的一件事。當然，除了拉爾斯的全心奉獻之外。我感激得真想擁抱布雷德利。我不得不把雙手放在身體兩側，以防我真的去擁抱他。「謝謝你，」我平靜地對他說，「謝謝你的……」我不知道該怎麼說，只好說：「茶。」

布雷德利微笑。「隨時歡迎。」

「你的生活還過得去嗎……少了……樓下的房客？」

他聳肩。「我還過得去。這棟房子很早以前就付清了，現在每年只要繳付稅金和水電瓦斯，這些費用勃內特的租金和隔壁公寓的房租都還夠應付。我的幾個兒子都希望我把房子賣掉，但我喜歡這裡，我不想被趕出去，而且我不想——」他笑著說，「呵，我愛我那幾個孫子，但我不想和他們住在一起。」

我回以微笑，然後我傾身握住他那雙粗糙的手。「傅麗妲在哪裡？」我柔聲問他，「告訴我，傅麗妲在什麼地方，我們的書店又在哪裡？」

布雷德利緊握一下我的手後放開。他站起來，拿起他的空杯子。「她搬走了，」他說，「她要更大、更好的東西，凱蒂。」他搖頭，望著窗外，「我無法告訴妳確切的地點，因為我不知道。」他繼續說道，「她把這裡結束掉，到科羅拉多大道那個新的購物中心另起爐灶。」他回頭看我，「但我想──這只是我從別人那裡聽來的，因為她再也沒回來過，我想那只是個開端。」

我離開布雷德利的公寓，坐上凱迪拉克。發動引擎時，我對這棟安靜的老建築再看一眼，但那裡已經沒有什麼可看的了，於是我轉頭，入檔，將車子開出路邊。

我在路口轉彎，往南開往華盛頓街，經過幾個街口後，我在我以前住的雙併公寓對面停車。這裡也一樣，到處都靜悄悄的。在我的真實世界中那些掛在前面窗戶的亮麗的紫色窗簾不見了，被有雛菊印花的淺藍色窗簾取代。我覺得它太花，不像我會作的選擇。

公寓的另一邊，韓森家的窗簾拉上了。我懷疑他們是否還住在這裡。在真實世界中，昨晚我和傅麗妲吃過飯回家時天已黑了，所以我沒見到葛瑞格，無法就巨人隊輸了世界錦標賽最後一場決賽這件事和他溝通。我懷疑我現在能用什麼來激起他的興趣。也許美式足球？但願如此。想到這裡，我不禁笑自己。我一點也不在乎美式足球，但假如葛瑞格有興趣，我也會對它產生興趣。

我心想，在這個世界中，不知葛瑞格的閱讀能力如何。我很好奇是否另有別人在協助他，因為在這個世界中，我沒有住在這裡，所以無法幫助他。

戰後兩年，凱文和我曾經看過一場電影，片名叫《美好人生》，講一個耶誕節的故事。詹姆斯．史都華飾演一個打算在耶誕夜自殺的人，後來他得到一個機會去看假如他沒有出生，這個世界將會變成什麼樣子。我們看完電影離開戲院時，凱文說他覺得這是一部濫情的電影，情節顯而易見，角色太過牽強，說它正是典型耶誕節的濫情故事，唯一的目的就是：撈錢。

是的，我承認，但你也必須承認它令你思考。「它會讓你暫時停下來，想一想你現在的生活。」我說，「以及這些年來你所愛的人。」

凱文搖頭翻白眼。「那種電影都是演給女人看的，」他說，「妳們女人就是太浪漫了，凱蒂。」

現在想起這段對話，想起這部電影，我不由得微笑。我想起昨晚在「C. J.小館」見到凱文，心想，經過這麼多年，不知他現在是否仍有這種感覺，是否還會再看那部電影。

而我呢？我又怎麼想？我有如同我希望的那樣去影響別人嗎？在真實世界中，我在幫助葛瑞格，而且我非常喜歡做這件事。

事實上，此刻其他任何事都比不上看到葛瑞格學會識字，看到文學世界展現在他面前那樣令我感到快慰。包括「姊妹書店」，包括傅麗妲，我甚至沒有想到我的父母就快回來了。

我再看一眼那棟雙併公寓，然後驅車離開。經過墨里斯先生家時，我減慢車速，轉頭去看我那位九十多歲的鄰居是否坐在他的搖椅上。但是沒有。於是我加快車速，兩眼和凱迪拉克長長的引擎蓋一樣朝著前方，匆匆離開華盛頓街和那個舊社區。

到了購物中心，我直接走向傅麗妲看上的那間空店面。不過，我當然不認為它在這個世界是空的。

那間店面不但是一家書店，而且還是真實世界中的兩倍大。傅麗妲一定把隔壁那間店面也頂下來了。店面的上方掛著一個大招牌：「格林書籍新聞社」。

是的，這間書店是她一個人的，不是我們合夥的。這間書店屬於傅麗妲．格林一個人，而非形同姊妹的我們兩個人。她把書店的名字改了一點也不奇怪。

我盡可能不引起他人的注意，從玻璃窗外觀看裡面的擺設。店內十分忙碌；許多顧客在十幾排書架間瀏覽書籍、雜誌、報紙和各式各樣的讀物。右邊有個年輕的男店員正在幫顧客從書架的上層取書。旁邊小說區，有兩名中年婦女頭靠在一起，相互比較小說的封面，顯然拿不定主意哪一本比較好。其中一人手上的書封面上印著粗體字和一顆猶太大衛之星。我瞇著眼睛再靠近些，依稀辨認出書名是《國王的人馬》。那名婦女翻閱了前面幾頁後和她的朋友交談，後者聳肩，接過她手上的書也看了幾頁，又對她的同伴說了幾句話後便將這本書夾在她的腋下，顯然有意將它買下。這兩名婦女肩並肩、頭湊在一起討論書籍內容的樣子，讓我想起傅麗妲和我，真實生活中的傅麗妲和我。看著她們讓我很傷心。我咬著下唇把頭別開。

我往結帳櫃臺望過去，心臟在胸腔內快速跳動。我以為我會看到傅麗妲，看到她甩著頭髮，信心十足地做她想做的事。但是沒有。傅麗妲不在那裡，至少我看得到的地方都沒見到她的影子。坐在櫃臺後面高凳子上的是個年輕女孩，低著頭在閱讀擺在她面前櫃臺上的東西。

我深吸一口氣走進去。走向櫃臺那個女孩時，我換上一個希望是精神奕奕的微笑面對她。

「有什麼我可以幫忙的嗎？」她問。

儘管提起了勇氣，我還是有些茫然。「我……我想找……」我無助地環顧四周，彷彿可以從明亮的書店內部找到答案。然後我轉身面對她，聳聳肩。「我想我隨便看看好了。」

她微笑，揮手。「請便，夫人，有任何問題再告訴我。」說完，她轉向在我後面排隊等待的下一位顧客。

我走到前面的書架，那兩名婦女已經離開了，這裡只有我一個人。書架上排滿暢銷書、浪漫小說、彩色封面書籍。我一眼看到傳聞將在一九六三年初出版的傑洛姆．大衛．沙林傑文集。在這間嶄新的書店中，傅麗妲幾乎陳列了一整排沙林傑的新書，醒目的芥末色封面標題簡單，沒有多作其他藝術設計。這裡還有許多本在我的真實世界中銷售量勢如破竹的軍事驚悚小說《五月裡的七天》。我還看到一個書架上有另一本核子戰爭主題的小說《失效安全》。在真實世界中，傅麗妲和我已預訂了二十本這本書，這幾天應該就會寄來了，顯然，《失效安全》在我想像中的一九六三年也創下紀錄。我覺得很有趣，心想，回到真實世界後我也許應該再追加我們的訂購量。

我抽出一本剛才那兩位婦女在討論，最後其中一人買下它的《國王的人馬》，它的作者是瓊安．葛林柏。書架上陳列了十幾本這本書。它的左側有個小畫架，上面擺著一張小海報，上面寫著：**新出版！本地作家！**海報上有一張年輕婦女的照片，神情略顯嚴肅。同時附有一篇《丹佛郵報》在一九六三年二月十七日刊登的《國王的人馬》書評。我從未聽過這本小說，也沒聽過瓊安．葛林柏這位作家，但我在心中記下她的名字，打算回到真實世界後再多找一些她的資料。我在心中暗自微笑；能以如此鮮活、細緻的方式預知未來（儘管是想像的未來）是多麼有趣的一件事！如果我在這些夢中能更放鬆一點，像我最初那樣順應它們，或許能從中享受到更多樂趣。

一幅大型的亨利．馬諦斯剪紙藝術複製品（它明豔的黑、藍、綠、黃色彩吸引了我的目光）懸掛在兩座高大的書架中間。我立刻認出來；我甚至知道這件作品的名稱：《國王的哀愁》。馬諦斯在一九五二年創作這件作品，這個時期的他已接近生命末期，剪紙取代了油畫。我不知道我為什麼會知道它；我以前沒見過它，但它掛在這裡再恰當不過，正是傅麗妲喜歡的那種東西。

然後我又猛然想起，我以前曾經見過它。巴黎一家畫廊的櫥窗展示著一張《國王的哀愁》石版畫。那時我和拉爾斯正在巴黎度蜜月。我記得我和我的新婚丈夫站在街上，我挽著他的手臂，我們一起默默地凝視它，被這件作品簡單的線條、豐富的色彩及中間的黑色所構成的美而折服。「它會一直跟著妳，」拉爾斯輕聲說，「閉上妳的眼睛，凱瑟琳，妳仍然可以在妳的腦海中看到它，妳仍然可以看到那些色彩。」

我閉上眼睛，緊握他的手臂。「傅麗妲會喜歡這件作品，」我說，睜開眼睛，「我們回家後，我一定要告訴她。」

是的，我記得這件事。

我瞥一眼櫃臺，女店員已幫先前排隊等候的顧客結完帳。我走過去。「這家書店真可愛。」我說，「妳在這裡工作多久了？」

她聳肩。「幾個月。這是個很好的工作環境，尤其是如果妳是個愛書人。」她又微笑；她笑起來很好看，一口潔白的牙齒。「我有個在大熊谷的格林書店上班的朋友告訴我的，建議我應該來應徵，我就來了，很幸運地獲得這份工作。」

「在……」我搖頭，有點困惑。

「大熊谷，」女孩耐心地說，「妳知道，就是在湖木的那個購物中心。」

我皺眉。「很抱歉，我沒聽過。」

女孩用好奇的眼光看我。「噢，那是我們六家分店的其中之一。」

「妳們六家分店？」

「『格林書籍新聞社』有六家分店。」她解釋。

我一時沒能意會。「抱歉，妳說……」

「我們有六間分店，」她說，遞給我一張廣告宣傳。「這一間是最早開的。」

我看一眼宣傳單，上面列出大學崗這家書店，外加丹佛市中心也有一家；女孩剛才提到的大熊谷；另一家在丹佛北郊的松頓；還有兩家開在科羅拉多泉。其他幾家分店的照片顯示它們都是位在購物中心或忙碌的商業街道上的新店面。

傳單上當然沒有珍珠街那間又小又暗、早已關門的書店照片。

「這個地方變得非——常熱鬧了，」女孩嘆口氣說，「格林小姐上個星期寫了一封信給所有讀者，宣布春天會在波德再開一家分店。她說我們的規模會越來越大。」

「格林小姐……妳是指傅麗妲．格林？」

「是的，就是她。妳認識她嗎，夫人？」

「以前認識，」我徐徐說道，「很久以前。」我挺一挺腰，捏著那張廣告單。「請問，我可以在什麼地方找到格林小姐？她在這幾間分店的其中一間上班嗎？」

女孩笑著說：「當然沒有。她在市區有一間很大的辦公室。一間——怎麼說來著？總公司吧。它和市中心那間格林書店在同一個街區。我去過，去那裡參加公司的耶誕派對。」她羞赧地笑笑，「我覺得自己很像教堂的老鼠，她們一個個都打扮得非常光鮮亮麗。」

我又做一次深呼吸，繼續問。「妳知道……這也許是個愚蠢的問題，但妳知道……格林小姐以前有個事業夥伴，一位米勒小姐，凱蒂．米勒……」

女孩換上不屑的表情。「人人都知道米勒小姐。」

「哦，」我吸一口氣，「哦，是嗎？他們知道她什麼？」

她看看四周。「我不應該和顧客聊這些八卦的，但是沒關係。」她的上身往前傾，「米勒小姐和格林小姐在幾年前大吵一架。米勒小姐……她那時候已經結婚了，冠了夫姓變成安德森太太。老實說，整個事件我並不清楚，但我想大概和……和她結婚，有了家庭什麼的有關。」她壓低嗓子，「總之，她們以前合開一家小書店，但是沒有賺到錢，負債累累，她們就是為此吵架。安德森太太說走就走，把爛攤子丟給格林小姐去收拾。」她聳聳肩，

「格林小姐收拾爛攤子，然後把它經營得有聲有色，如同妳眼前所見。但我聽說格林小姐一直都不肯原諒她的老夥伴。」她低頭望著她的書，顯然對自己太多嘴而感到尷尬，但她立刻又抬頭看我，「但是我不知道安德森太太，或者妳說的米勒小姐，後來怎樣了。」

我坐在凱迪拉克的駕駛座上，雙手捧著臉。剛才參觀傅麗妲的書店時內心的想法，以及我認為這些夢是沒有意義的，認為它們的存在純粹只是一種趣味與娛樂，這些概念此刻全部瓦解，如同一片落下的樹葉被埋在冬季的第一場大雪底下。

傅麗妲，傅麗妲，我做了什麼？我到底做了什麼？

我們之間究竟發生了什麼事？

18

我猛然驚醒，臥房內一片漆黑，鬧鐘指著兩點四十五分。亞斯藍當然在，恬靜地打著呼嚕，非常幸福。有時我真希望我是亞斯藍。

我從床上起來，披上我的紫色睡袍，穿上拖鞋，跌跌撞撞地摸黑走到客廳。走到書桌旁，我打開檯燈坐下，拿起話筒撥了傅麗妲的電話號碼。

她在鈴聲響了七下之後接電話。傅麗妲一向睡得很沉。「蛤……」她說，像呻吟又像打招呼。

「麗麗，」我急忙說，「麗麗，很抱歉這麼晚——」

「凱蒂？出了什麼事？妳還好嗎？」她的語氣立刻轉成警戒，我感到一陣溫暖。明白她一聽到我的聲音，就能從睡意朦朧中立刻轉為高度關切——這讓我感到安慰，全身都放鬆了。

「很抱歉，」我又道歉，「我沒事，我只是……」我將話筒湊到嘴邊小聲說，「我作了一個噩夢。」這句話聽起來很愚蠢，因此我又說：「一個很可怕的夢。」說完，我忍不住微笑。我的夢當然不是那種典型的噩夢，它沒有怪獸、沒有蒙面槍手，沒有龍捲風在我的頭上呼嘯。

「喔，」傅麗妲鬆了一口氣，我聽到她活動的聲音。我可以想像她窩在臥室內的一堆毛毯中——窗簾是拉上的，床頭燈打開了。我又聽見她開打火機的聲音，然後用力吸一口菸。「妳要說給我聽嗎？」

我要說給她聽嗎？多麼有趣的問題。我不知道我要不要告訴她。一方面，能消除我的煩惱是件好事，尤其是對傅麗妲這種人，她會聆聽，然後給你務實的建議，你的煩惱就到此結束。但另一方面，這個夢不僅荒謬而且愚蠢，因此我很猶豫，不知道該不該說，即使對方是我一輩子信任的傅麗妲。

「凱蒂？妳還在嗎？妳夢到古巴的紛爭嗎？總統在新聞上說的，有關俄羅斯飛彈的事？妳是擔心這個嗎？」她嘆一口氣，我幾乎可以感覺到她咬牙切齒，「因為，親愛的，這整個事件實在太可怕了。」

我的嘴彎出一個假笑，就是那種實際上一點也不好笑的微笑。「其實，」我告訴傅麗妲，「我一點也不擔心那個。」

我無法對她解釋為什麼我不擔心古巴。其他每個人都被嚇得心驚膽跳，但我對這件事一直很冷靜。我不知道是什麼原因，但我確信這件事會平靜下來——而且很快。

「妳不是擔心那個？」傅麗妲驚訝地說，「那妳擔心什麼？」她停頓一下後說，「妳沒事吧，妹子？」

我凝望面前漆黑的街道。我開不了口，真希望這些夢能自行消失。也許它們還有更多事要告訴我，一旦這些事過去，夢就會結束了。

「我沒事，」我終於說，「我只是……我想聽妳的聲音，我必須知道我回來了，我很安全。」

「妳有鎖門吧？」傅麗姐問，吐出一口煙。

我笑了；鎖門也無法摒除我內心的世界。「有，」我告訴她，「亞斯藍和我像蟲子一樣藏得好好的。」

「那，回床上再好好睡個覺吧，明天早上見。」

「好，」我說，覺得自己像個得到母親撫慰的孩子。「傅麗姐……」

「什麼事，妹子？」

「謝謝妳，」我小聲說，「明早見。」

19

我回到床上閉上眼睛，等著入睡。我希望它會是個漆黑的、一片空無、什麼也沒有的睡眠，但它不是。進入夢中的意識後，我又回去了，回到另一個世界。

現在我對於回到那個夢中生活不再感到震驚了，我驚訝的是我仍坐在購物中心停車場那輛凱迪拉克轎車上。這似乎是同一天，甚至同一時間。太陽低垂在西邊的天空上，我身上穿的仍是那件駝色的外套和同色手套，車子也停在同樣的停車格上，彷彿時間停駐了，沒有消逝。不過，在這一切無論好壞都是想像的世界中，時間應該是沒有理由消逝的。

我啟動引擎，車子駛離停車場，回到春田街。拉爾斯和三個孩子已經回來了；休旅車停在車道上。我進屋子，抖掉寒氣，將我的外套掛在玄關衣櫃內，然後把我的帽子、手套和手提包都放在衣櫃吊桿上的層架內

「媽媽！」米契和米希跑過來抱住我的腰，我彎身和他們同一個高度回應他們的熱情。我很驚訝我如此用力擁抱他們，將我的鼻子探入他們淺黃色的頭髮中，用力吸一口他們潔淨的髮香。我在真實生活中不會這樣擁抱兒童。在此之前，我不知道那種感覺會是如此美妙。我的生活中真正接觸過的孩子沒幾個，當然葛瑞格是一個，但我們只是指導者與學生的關係，沒有深情的身體接觸。我偶爾也會見到傅麗妲的外甥和外甥女，布雷德利的孫子也常到書店，但他們都不是會讓我用這種熱情擁抱的孩子，假如我突然有這種舉動，無疑地雙方

都會感到不自在。

但這兩個——他們顯然不僅渴望，而且期待和我有這種連結。這個念頭使我的心加速跳動。

我終於放開他們，問：「你們玩得愉快嗎，親愛的？」

「好好玩喔，」米希說，「第一局比賽我贏了，爹地贏了第二局。」

「我有一次全倒！」米契說，高興得跳上跳下。「媽媽，我一次就把所有的球瓶都擊倒了。」

「好極了，」我說，接著又問，「爹地和米可在哪裡？」

「在樓上，」米希說，「爹地在幫米可洗澡。」

這在大白天似乎有點奇怪。我上樓到夾層，敲浴室的門。「是我。」

「進來吧。」拉爾斯說，他正在用兩個塑膠杯舀水緩緩地、規律地倒在米可單薄、裸露的背上。我可以清楚看到米可脊椎上那一顆顆圓圓的小骨頭，彷彿埋在皮膚底下的一串珠子。米可閉著眼睛，面帶微笑，口中哼著。我用詢問的眼光看拉爾斯。「他剛才鬧脾氣，」拉爾斯低聲說，「所以我們就回家了。妳知道溫水能幫助他安定下來。」

我點頭，不是因為我知道這個可以使米可冷靜下來的策略，而是它很合理。當我感到不安時，我也覺得泡溫水澡很有效。那種溫熱感，溫水輕柔地淋在身上的舒緩的感覺，是其他任何東西都比不上的。

「妳玩得愉快嗎？」拉爾斯問。

「是的……」我在馬桶蓋上坐下，環顧四周。這間浴室雖然比我和拉爾斯共用的浴室小一點，但梳妝臺上方同樣有正面是斜面的櫥櫃，只不過這裡漆成白色。牆壁是天藍色的，上面有一整排游魚貼花，魚兒快樂地吐著氣泡。這裡的浴缸、水槽和馬桶，都是藍綠色，地上是一塵不染的白瓷磚。

我望著米可背上細緩的水流，「我去了書店，」我終於鼓起勇氣說，「傅麗妲和我……我們的書店。」

拉爾斯注視我。「妳去了？」他的語氣平平，我看不出他對這個消息有什麼看法。

「書店關了，」我從馬桶上方的鏡子看到自己的臉，我的眼神空洞。「她把珍珠街的書店關了。她現在有另外六家分店，而且她把店名改成『格林書籍新聞社』。我去了購物中心那間書店，她不在那裡，而且……」我沒有繼續說下去，我想他一定會覺得我很奇怪。

拉爾斯定定地望著我，終於說道：「凱瑟琳，那都是很久以前的事了。」他的視線又回到米可身上，「妳知道這件事的，妳還記得，對吧？」

我搖頭。「我不記得，很抱歉，拉爾斯，我還是不……我不……」我咬著下唇，望著鏡中的自己臉上陰鬱的表情。「我就是想不起來許多……細節。」

「噢，」他的聲音平平，但語氣柔和，「這是可以理解的，親愛的。」

「喔，拉爾斯。」我忽然覺得自己快崩潰了，淚水如潰堤般紛紛滑下我的臉頰。

拉爾斯站起來，走到我身邊，一隻手在我的肩膀上輕輕揉著，「不要緊，親愛的，」他小聲說，「不要緊，我知道妳很難過，雖然已經事隔多年。」

「我到底做了什麼？」我問他，我知道他會認為這是一句反問的話，但我不是那個意思。

「妳做了妳該做的事，」拉爾斯依舊是平靜的語氣，「妳為妳的家庭、為了妳的孩子，妳做了妳應該做的事……」他抬起我的下巴，讓我看著他，「我知道妳捨棄了一切……為了我們……為了他。」他的聲音小得幾乎像耳語，並且轉頭望著浴缸。米可仍在哼著，安靜地玩著兩個杯子。「我知道妳的犧牲，不要懷疑，絕對不要懷疑，凱瑟琳……我內心多麼感激妳。」

我回到我們的臥室躺下，如果我睡著了，醒來時就會回到那個屬於我的地方，那裡的一切都合情合理，不像這裡這麼矛盾。

但我無法入睡。我閉上眼睛，但就是沒辦法睡覺。

相反地，令我驚訝的是，我的記憶恢復了。

它就像我躺在那個綠色的浴缸那一次，或者和拉爾斯的客戶與他的太太一起在餐廳吃飯那天晚上，剎那間，我清晰地想起許多事。

我記得那次是去婦產科做例行檢查。我甚至記得那天是一九五六年七月六日，當時距離我懷孕的第二個妊娠期還有幾個星期，拉爾斯和我正期待一個耶誕寶寶降臨。我對醫生表示我的肚子很大，我感到疲倦，彷彿我快要生了，但實際上我才懷孕幾個月而已。

「我們再來檢查心跳好了，」席爾佛醫生說，「我知道我們先前檢查過，而且妳幾個星期前來檢查時我們也有檢查過，不過現在應該再檢查看看。」他將聽診器放在我的肚子上，仔細聽，然後移動，再仔細聽，又再移動，這樣連續五分鐘，他一句話也沒說。最後他站起來。「我馬上回來，安德森太太。」他對我說，「我去請安萊特醫生也過來聽聽看。」

我躺在那裡，汗如雨下，腦袋空空的。沒有心跳，我心想，他聽不到心跳，他擔心寶寶死了，他去找另一位醫生來確認。

兩位醫生一起進入診間，安萊特醫生也用他的聽診器在我的肚子上左聽右聽。他們互相對望，點頭，然後背對著我討論。我忍不住開始哭泣；我要怎麼告訴拉爾斯寶寶已經死了？我心想。他一定會很傷心。

兩位醫生同時轉身。席爾佛醫師雙手握著我的手，兩眼注視著我說：「安德森太太，請妳不要哭，這是好消息，我要第一個恭喜妳，安萊特醫生和我都確認妳懷了雙胞胎！」

我從醫生的辦公室飄飄然地回到家，一顆心雀躍不已。雙胞胎！我們居然有這麼好的運氣，在人生遲到的階段認識了彼此——因為我們都已放棄找到一個好伴侶的希望。如果不是我們在電話中講了很久，我聽到他發生緊急狀況而救了他，我們幾乎就見不到面了。我們找到如此合適的對象，這麼快就陷入熱戀，又很快的結婚，迅速成家立業。現在又來一對雙胞胎，這真是再完美不過了。

我深信我懷的是一個男孩和一個女孩。

當時我仍在姊妹書店上班，但我打電話對傅麗妲說產檢讓我感到疲倦，我要直接回家休息。我沒有告訴她雙胞胎的事，雖然我很想告訴她，但第一個聽到這個好消息的人應該是拉爾斯，不是傅麗妲。

回到家後，我在我們小公寓的廚房內調了白蛋糕麵糊，分成兩碗，一碗滴幾滴紅色的食用色素，讓它成為粉紅色；另一碗染成淺藍色，然後把麵糊倒進兩個烤盤內烘烤，等烤好放涼後，我把兩個蛋糕疊起來，上面澆上大量的白色糖霜。

然後我準備晚餐：新鮮的青蔬沙拉、麵包粉與菠菜鑲豬排，以及馬鈴薯泥。飯後，我端出蛋糕。「你來切蛋糕，」我對拉爾斯說，「它會告訴你我們即將生的是男孩或女孩。」

拉爾斯詫異地看著我。「我以為妳今天是去看醫生，不是去算命。」但他仍舊笑著拿起刀子。我仔細看著他切出一小塊，然後用困惑的眼光望著我。

「恭喜，爸爸，」我說，「我們有一對雙胞胎！」

他笑著搖頭。「太奇妙了，」他把我拉過去坐在他的腿上，我的大肚子頂在我倆中間。「請問，我美麗的太太，妳又怎麼確定它不是兩個男孩，或兩個女孩？」

我微笑。「我就是知道，在這裡。」我拍拍我的心臟，然後將我的手放在他的胸口，輕聲說，「還有這裡。」

我真希望我能想起傅麗妲聽到我懷雙胞胎的消息後的反應，相信它一定能為我們現在的境況提供許多解釋，但我不記得她說什麼了。我只記得在這個大消息之前，我們以為我只懷一個寶寶時，我計畫帶著我的嬰兒一起去書店上班。我記得傅麗妲也認為這樣很好。我都在心裡盤算好了：把搖籃放在書店的角落，寶寶可以安靜地睡覺，傅麗妲和我可以照顧店裡。「等他或她比較好動一些時，我就請個保母。」我向傅麗妲保證，「沒有問題，這裡的一切都會維持原樣。」

她點頭。「很好，」她捏捏我的手，「不要離開我，妹子，不要拋棄我。」

「到時候，我會幫妳找個人，」她主動提議，「找我爸媽熟的人……妳要找一個合格的，凱蒂，一個能幹的、妳信得過的人，我會幫妳，我要妳安心地知道妳在做什麼。」

我高興地點頭。「太好了，傅麗妲，謝謝妳。」

是的，這段對話，我記得很清楚。

告知我懷了雙胞胎後，席爾佛醫生又提醒我工作不能太累，他勸我只上上午半天班就好。我向傅麗妲保證，我會盡快恢復上全天班。現在知道有兩個寶寶，似乎不太適合帶去書店了，不過我們會提早請個保母幫忙。

由於作了這個承諾，當我懷孕二十八週醫生要我臥床休息時，傅麗妲並沒有太沮喪。它不是極嚴格的臥床規定，雖然我不能離開我們住的公寓，但早晨我可以下床坐在客廳的沙發上。我可以偶爾從這個房間走到那個房間，伸展我的兩條腿，我也獲准假如一個人在家，我可以自己做午飯。

但我很少一個人在家。我的母親幾乎天天都來照料我，幫我準備餐飲，陪伴我。我記得我幾乎每天都向她道謝，而且我特別記得她的反應：「不必謝我，甜心，哪個母親不是這樣做？妳以為我這些年都在等待什麼？我終於可以當外婆了！」

拉爾斯每天傍晚下班回來都帶著親吻、笑容，以及鮮花給我。他也常帶小說或平裝版的填字遊戲書回來，讓我打發時間。他一天打十幾通電話問我好不好，「我只是想聽妳的聲音。」他會在電話中這樣告訴我。

亞斯藍，親愛的亞斯藍，牠始終陪著我，滿足地在我身邊打呼嚕。「如果亞斯藍一直都這樣，」我對拉爾斯和我母親開玩笑說，「我會永遠懷著寶寶坐在這沙發上。」

傅麗妲有來探望被禁錮在沙發上的我嗎？我不記得了——但她當然會來看我，至於多常？我不知道。

我查閱為寶寶命名的書籍，拉爾斯和我每天晚上都在討論這件事，我認定我會生一男一女，所以只找了一個女孩名和一個男孩名，不肯多挑一個。經過討論後，我們同意為他們取名為米契爾．喬恩與米莉莎．克蕾兒，米契的中間名是來自拉爾斯父親的名字，而米莉莎的中間名是來自我母親的名字，他們的小名我們就叫米契和米希。

儘管很努力保護他們，但我還是只懷了三十四週——剛好滿七個半月。十一月十二日那天晚上，我躺在沙發上和拉爾斯一起看電視，忽然覺得下體湧出一股溫熱的液體，接著我開始陣痛。

「拉爾斯，寶寶……我想他們來報到了。」我喘息說。

「不可能！」他說。我聽出向來平靜的他語氣有些慌張，「太早了。」

我聳聳肩。我甚至笑著說：「你告訴他們。」

在醫院，我們被告知我必須剖腹生產。「他們沒辦法自然生產。」席爾佛醫生嚴肅地告訴拉爾斯和我。

我試著理性地告訴自己，醫生不是在責備我——但他的口氣聽起來就像在責備。

我記得我要進手術室之前拉爾斯一直握著我的手，直到我被推走時他才慢慢鬆手。我還記得那位麻醉師，一個面貌慈祥的老人，「從十開始倒數，親愛的。」他對我說。我數到六，後來就不記得了。

醒來後，我在一間普通病房，我的肚子痛得不得了，我眨眨眼，轉頭又閉上眼睛。我再睜眼時看見拉爾斯坐在我身邊。我虛弱地小聲問：「寶寶——他們都好嗎？」

他無力地笑笑。「他們都很好，在加護病房，因為他們的肺很小，呼吸需要一點幫助，不過他們都很好，醫生也認為他們都沒事。」

「我說對了吧？一男一女？」

他搖頭。「差一點。」

「差一點？什麼意思？」

「一個女孩，親愛的，一個男孩，還有……一個男孩。」

我一時說不出話來。我還不確定我明白他的意思，然後我開始理解了。「你是說它是……三胞胎？」

「過去是，現在也是。是的，三胞胎。醫生認為其中有一個躲在另外兩個後面，所以他們才只聽到兩個心跳。」拉爾斯長長吐出一口氣，握著我的手，「所以我們米契和米希都有了，現在我們要為另外那個小子取什麼名字？」

我躺在我們的綠色臥房內回憶這些往事，彷彿昨天才發生似地。彷彿它們是真的發生。

我想到米可，想到他如何一直都是「另外那個小子」。意外的一個。完全沒有預料到的一個。而來了之後，自然也沒有料到他會是這樣的結果。

20

醒來後，我在家裡（如果能稱之為家的話），這間牆壁漆成充滿希望的明黃色，以及帶著虛假的寧靜感的公寓。

它是虛假的嗎？我一邊想著，一邊從床上起身。一小部分的我開始懷疑何者為真，何者是假。我與拉爾斯及孩子們共享的世界是如此真實，我開始認為它幾乎不可能是幻想了。

我搖頭把這個念頭甩開，為自己煮了一杯醒腦咖啡。這是星期一的早晨，昨天，謝天謝地，蘇聯終於同意將他們的飛彈撤出古巴，美國全國上下都鬆了一口氣。我當然也跟著歡欣鼓舞。我走到傅麗妲家，我們從她的電視機看新聞重播，並肩坐在她的沙發上喝沒有鮮奶油的蜂蜜紅茶。傅麗妲家向來就沒有鮮奶油，可惡。

「感謝主，」傅麗妲說，菸一根接一根地抽，一口茶都沒喝。「感謝主。」

儘管我和全國民眾一樣鬆一口氣，但如同我上週半夜裡對傅麗妲所說的，我始終不擔心古巴情勢。也許是第三次世界大戰這種事太難以想像，而且，就算戰爭爆發我們也莫可奈何。或者是這陣子我的心被我的夢中生活攪得一團亂，使我無心思考更大的問題。無論什麼原因，我始終不認為這個威脅像人人所認為的那樣嚴重與迫在眉睫。結果證明我的看法是對的。

我一面喝咖啡，一面思考這一連串事件。我記得我在半夜裡打電話給傅麗妲；我記得她在電話中安慰我。我也記得昨天聽到古巴的消息後，我去傅麗妲家看電視轉播。但中間這些日子呢？我不記得我做了什麼，或我跟誰說過話，或我想了些什麼。

我有點恐慌，急忙把剩下的咖啡一口喝光。這怎麼可能？我搜尋我的記憶，但毫無所獲。我在垃圾桶翻找上週的報紙，卻只找到昨天的《丹佛郵報》，縐巴巴地揉成一團躺在一層麵包屑和一張「好時」巧克力棒的包裝紙底下。我也不記得我吃過巧克力棒，這是什麼時候發生的？我在什麼地方，我做了什麼事，我在哪裡買的巧克力棒？記得這些細節對我來說非常重要，但我的腦子卻是一片空白。

我必須集中精神。我一邊想著一邊走出去取我的郵件。母親寄來一張明信片——很明顯地，那是在昨天古巴危機解除之前寫的。

親愛的凱蒂：

我想妳現在一定已聽到古巴部署飛彈的消息了吧？真可怕，不是嗎？我必須說，我們在這裡過著與世隔絕的生活，而且我很擔心妳，甜心。我不認為那個狂人卡斯楚會把飛彈發射到夏威夷，但是美國本土——即便妳距離東岸有數千哩遠，謝天謝地——儘管如此，妳父親和我依然憂心忡忡。

爹地正在詢問有沒有班機可以讓妳飛過來跟我們待在一起，這樣的話，我們下週就不回去了。妳考慮一下，親愛的。

愛妳的　母親

我搖頭。我愛我母親，我也愛她如此關心我，但老實說，她真以為我可以就這樣站起來離開嗎？坐上飛機遠離傅麗妲、書店、亞斯藍、我的整個人生？古巴事件落幕了，這是件好事，但它卻成為一個仍有爭議的論點。

幸好，今天是我的休假日，我打算去我父母住的房子，打開門窗讓它通通風。我要好好地撣一撣灰，如果有時間的話我也希望把他們院子裡的樹葉掃乾淨。我想在他們返家時一切都已整理妥當。古巴危機解除了，不需要改變計畫了。我的父母將在星期三晚上離開檀香山，星期四回到這裡。

我穿上一條舊短褲和一件破舊的藍色牛仔上衣，用一條手巾把頭髮紮起來，從我住的公寓遮棚後面推出我的腳踏車。這是個涼爽多雲的天氣，我騎上唐寧街橋越過河谷公路後向右轉，進入路易斯安那大道，沿著前幾次夢中我和米可在一起的華盛頓公園的南面走。

我經過我的母校南區高中，它的鐘樓巍然矗立在建築物與樹梢上頭，每一面大鐘都指著八點。學生們嗡嗡地魚貫走入學校。他們對於這麼早上學似乎都有點悶悶不樂——至少，在我的記憶中，中學時代的每個人、每件事都縈繞著對未來歡鬧的期待。

我騎著腳踏車，一邊沉思一邊從學生旁邊經過。我在這裡求學時有著典型的少年煩惱，總覺得學校就像酷刑室，是專為加深我的痛苦而設計的。沒有一件事如我的意。我總是告訴自己，我比狄更斯筆下的任何角色更乖僻、更受壓迫。沒有男生會注意我，我也不像班上其他許多女同學那樣擁有一群聒噪的閨密，連我的老師都不知道我是誰。我記得有一次特別尷尬，我們班的代數老師帕克小姐把我的名字誤認為我們那個年級最不受歡迎的女生梅文娜·瓊斯，而梅文娜當時甚至沒有在教室內。梅文娜非常邋遢，體型肥胖，又戴個眼鏡；種種打擊又加上一個梅文娜之名，而這個可憐的女孩注定沒有人緣。更不幸的是，梅文娜跟我一樣，也有一頭草莓金的鬈髮，難怪老師連看著我都會誤以為我是梅文娜。但帕克老師立即發現她所犯的錯誤，「喔！妳不是梅文娜，我是說凱蒂……抱歉，凱蒂，妳可以回答九十八頁的第十二題嗎？請妳到前面來，在黑板上寫出妳的答案。」我紅著臉，尷尬的上臺作答，帕克老師臉上帶著歉意的微笑，我順從地點頭，但班上同學都在偷笑，傷害已然造成。

要不是傅麗妲，那幾年我真的無法忍受。我想到當年的傅麗妲，她的信心如何影響了我，一如童話故事中那些魔法仙粉撒在膽小怯懦的女孩身上那樣。我確信我與傅麗妲的友誼，是唯一使我，至少有一點點，與梅文娜·瓊斯的世界隔離的東西。

我還記得有一次，我在我的健康課本的心理學部分讀到一段話，說一個人只要有一個好朋友，他就不會不正常。我讀完這一段後滿足地嘆口氣。我有傅麗妲，只要我一直跟她在一起，我就不會有問題。

想起那些日子不禁讓我悵惘。但願我能倒回那個時代，告訴十五歲的自己，課本上那段話一點也沒錯。一切都會很好。我會快樂的成長，總有一天我會擁有我想要的一切。

可是我有嗎？現在我對這個「一切」不再那麼有把握了。不錯，我很滿意，我曾經有過心碎，有過失落，但我目前擁有的——書店、傅麗妲、我的父母、亞斯藍、這種單純的生活，感覺上是足夠了。

但另一個生活呢？那裡又如何？

我搖搖頭，右腳用力踩下腳踏車踏板，加速前進。我要趕快到我父母家，趕快打掃乾淨。我必須專注在眼前這個切實的真實世界。我必須停止這一切無謂的猜疑。

進入屋內，裡面的一切都給人一種封閉、沉重、滯悶的感覺。這種鬱悶的氣氛讓我感到不安，我把所有門窗與窗簾都打開。

窗戶看起來很髒，於是我在一桶溫水中添加一些醋與檸檬汁，找出一條抹布開始擦拭。深秋的天氣寒涼而潮濕，我的努力看不出什麼效果，但我仍然繼續工作。一陣微風，夾著從水桶散發出來的檸檬香，給屋內帶來甜蜜的芬芳，彷彿一個剛洗過澡的嬰兒。想到這裡我忍不住微笑。我又怎麼知道嬰兒剛洗過澡後是什麼氣味？我這輩子從未幫嬰兒洗過澡。

我繼續打掃，忽見傅麗妲在街上朝這邊走過來。她沒有通知一聲就來了，但我並不感到驚訝，她知道我今天要過來打掃，而且就算是書店公休日，我們也還是常找時間見面。她走近時我從窗口叫她；她揮手，加快腳步從街上的人行道拐進屋前的步道。我放下工作迎接她。

「好嗎，妹子？」我緊緊摟一下她的肩頭。

「很好。」她說，也緊緊摟著我，一會兒後才放開。「我正在欣賞天上的雲，熱過之後，天氣改變未嘗不是件好事。」她又接著說，「瞧，我買了世上最完美的蘋果。」她從她的灰色大皮包內撈出兩個紅中帶綠的蘋果，「妳看過這麼神聖、美麗的東西嗎？」

我搖頭。「真漂亮。」她遞一個給我，我們並肩坐在沙發上享受這美麗的蘋果。

「準備盛大歡迎歸來了？」傅麗妲問。

我微笑。「可憐吧？」我問，「我都三十八歲了，我爸媽度假回來我還這麼興奮。」

她聳肩。「我不覺得可憐，我覺得這樣很好，真的。」

傅麗妲不像我，她跟她的父母不太親近。這倒不是說她與她的父母鬧翻，而是她與他們有太大的差異。傅麗妲的母親瑪姬始終不理解傅麗妲想成為職業婦女的衝勁，她對於傅麗妲始終不肯和丹佛社交界的名流之子「門當戶對」婚配而感到失望。過去這些年來有許多人想跟傅麗妲約會，傅麗妲的父母也歡迎他們其中任何一個進入他們的家庭。「這是不對的，」瑪姬不止一次說過，「一個像妳這麼漂亮的女孩，一個擁有一切的女孩，卻把青春浪費在那樣一間小小的書店。」瑪姬沒有直接明說，但你可以看出她認為我做這種事是對的。

至於傅麗妲的父親羅對他的幾個兒子與他們的家庭，特別是那幾個孫子，比對傅麗妲經營書店的興趣多更多。羅在大學是美式足球隊的隊員，甚至是丹佛第一支職業美式足球隊熊隊的第二線球員，後來離開職業球隊成為企業家。每當家庭聚會時，你多半會看到他在院子裡跟他的孫子一起玩球。傅麗妲的生活重心大部分放在書店、書籍和我身上，在他看來是毫無道理可言。傅麗妲不止一次把體育、釣魚或打獵的相關書籍帶回去給他，嘗試引導他將這兩個世界合而為一；但他都只是禮貌地謝謝她，很快就將這些書丟在一旁。傅麗妲告訴我，她後來發現這些書都被塞在她父母房間的書架上，上面積了一層灰。

儘管如此，他們家有錢。沒有傅麗妲父母的錢，傅麗妲和我就不會有今天。

「姊妹書店」剛開張時，我的父母給了我們一點錢，但表態的意義大於實際的財務支援，因為他們的存款很少。是傅麗妲的父母出了一大筆錢，我們才真正開創事業。我還記得我們簽約的那一天，我坐在傅麗妲旁邊，她的父親坐在她的另一邊，負責辦理貸款的銀行員坐在他的辦公桌居高臨下看著我們。「所以，羅，你準備為這兩個女孩承擔風險，」銀行員說，「你確定這是個好主意嗎？」他開玩笑地含笑說道，但你可以看出他只是半開玩笑。我確信他一點也不認為這是個好主意。

「我太太跟你的看法一樣，」羅粗聲回答，「但還是簽吧。」

我們每個月都老老實實繳交貸款，雖然有時因為現金不夠而晚了一點。我們也盡可能還錢給我們的父母，傅麗妲的父母和我的父母。後來我們就再也沒有向他們伸手借錢了。我的父母沒有多餘的錢，而傅麗妲——她父母的錢讓她感到不自在。如果可以重新來過的話，她寧可自力救濟。「就這一次。」我還記得當我們簽完字離開銀行時，她的父親在我們後面跟銀行員握手，傅麗妲當時就悄聲說，「就這一次，凱蒂，不會再有下一次了。」

幾年前，有一次我們書店的財務吃緊。那時連公共巴士也停駛了，書店的生意一落千丈，我們債臺高築。我記得我問過傅麗妲是否願意再去向她的父母告貸，但她搖頭。「我們自己想辦法，」她斷然說道，「我們必須自己想辦法。」

也許是偶然，或命運的安排，我不知道，但不久之後我的外公過世了，遺留給他的孫子輩一人一千美元，包括我在內。這筆錢使「姊妹書店」得以喘一口氣。我們及時繳了貸款，並且還清我們積欠布雷德利的兩個月房租。我們重新盤點存貨，在地方上的報紙刊登廣告，再加上一點小運氣，我們附近新開了一家三明治店，下一條街也多了一家便利餐廳，這些店面帶來新的人潮，有些人成為常客，我們這才幸運地得以繼續營業。

我繼承的一點遺產也使傅麗妲得以不必向她的父母伸手要錢。她很感激，我知道。「只要不向他們借債，」她對我說，「任何協助都行。」她從書店的櫃臺上緊緊握住我的手，「謝謝妳，凱蒂。」她說。

此刻，在我父母的家，我若有所思地啃著我的蘋果。然後我問傅麗妲：「妳記得我昨天有吃巧克力棒嗎？還是前天？」

她搖頭。「妳在說什麼？」

「一條『好時』巧克力棒。」我聽到自己急迫的語氣很白癡，很不合邏輯。「一條『好時』牛奶巧克力棒。我有在妳面前吃嗎，昨天或前天？」

傅麗妲咬一口蘋果，笑著說：「我真的不記得有這回事。」

「那妳記得什麼？」我追問，「妳記得前兩天的事嗎？」我環顧我熟悉的母親的客廳——已塌陷但舒適的絲絨椅子、刮痕累累但收拾得井井有條的邊桌、陳舊的地毯，「因為我什麼也不記得。」

傅麗妲聳肩。「昨天妳來我家，我們一整天都在看電視。妳還記得，不是嗎？」她笑著說，「拜託，請妳告訴我，妳記得這個國家已不再面臨飛彈的威脅了。」

我點頭。「這我記得，但其他的都不記得了。我們星期六，或星期五做了什麼事？還有在那之前幾天？自從那天晚上遇見凱文後，以後發生的事我都想不起來了。」

傅麗妲轉頭望著我。「妳沒事吧，妹子？」她柔聲問。

我又有股衝動，很想把一切都告訴她，有關那些夢、有關我混亂的記憶那一切。但我說不出口。我聳聳肩。「當然沒事。我們談點別的吧。」

傅麗妲看看四周。「這地方維持得很好。」

我發出呻吟。「我忙了好幾個鐘頭了。」

她搖頭。「不，它看起來真的很好，他們一定會很高興。」接著她又笑著說，「妳知道他們不會在乎這個，不是嗎？」

我知道，但取悅父母是另一回事，即便妳已成長，即便妳自己都快步入中年，但那種感覺是不會消失的，至少我不會。

傅麗妲咀嚼最後一口蘋果。「我走了，」她說，站起來，「我要去逛街，潘尼百貨公司在減價，我要去買一件冬天的外套。」

我點頭。「真希望我也能去。祝妳逛街愉快。」

她摟一摟我。「妳也是，妹子。」

傅麗妲走後，我加緊工作，到了下午，屋內終於打掃得一塵不染。我看看四周，臉上帶著滿意的微笑。我完成了一件事，他們一定會很高興。

我想起春田街那棟有夾層的房子，雖然有阿爾瑪的協助，但不知那另一個我是如何打理一整棟房屋。接著一想，我啞然失笑了。

想像中的房屋當然容易整理，不是嗎？

雖然我決意不去想夢中那個世界，但我又再度被吸引到南丘社區。

我告訴自己這不過是找件事做，用來打發一個寒涼但還不到冷冽的黃昏。我騎腳踏車離開我父母的家，但因累得不想運動，所以我搭巴士在耶魯大道下車，往南走之後再繼續往東走。

我慢慢地走在社區的街道上，想像住在這裡的每一戶人家。我想像他們的生活，他們的家庭，他們的孩子。那邊那間屋子，車道兩邊種著一叢叢刺柏那一戶，他們家一定有青少年，因為他們的車庫門上掛著一個籃球框，還有一排腳踏車躺在前門的草地上，這些腳踏車都不是給小小孩騎的。這一戶有棕色百葉窗的人家，我想他們家的車一定是新買的，紅色的車身、白色的車頂，像新車展示間內的轎車一樣閃亮耀眼。男主人站在車子旁邊，像撫摸一個初生嬰兒般愛憐地輕撫著車身。

我雖然不認識他們，但這些人都有名有姓。他們有他們的歷史，他們也許是在一如我生長的默特山那種老社區長大的。他們讀中學，或許還讀了大學；他們認識了他們的丈夫和妻子；他們有了孩子。他們認為這個新社區會是個適合全家生活的一個舒適、愉快、安全的地方。

在這個想像的世界中，拉爾斯和我一定也是這麼想。

假如這個想像的世界是真實的，這些人就是我的朋友和鄰居了。我從尼爾遜的屋子前面走過，沒道理地為我至少認識一戶人家而感到高興，雖然在這個世界中他們並不認識我。喬治在院子裡耙落葉，尼爾遜太太（我依然不知道她的名字）剛從前門出來，手上挽著手提包，汽車鑰匙叮噹作響，他們家的小獵犬對著我衝過來狂吠。

「巴斯特，」喬治喊牠，小獵犬奔回去主人身邊，「抱歉，夫人。」喬治說。

我經過時，喬治和他的太太都對我揮手致意，那是一種對陌生人的揮手方式，不是對待鄰居那種。

接近我未來的房屋那塊空地時我搖搖頭，然後加快腳步。

我必須擺脫這種無聊的幻想。我告訴自己。

我很高興我的父母快回來了，我確實需要將這個注意力分散。

21

我站在街道上，就是我在真實生活中站立的地方，同樣的地點。但它不再是真實生活了，現在房屋就在我面前，我正注視著它，我的家人在旁邊。這是個溫暖的天氣，但應該還是在冬季。路上沒有積雪，草地上卻到處可見融雪形成的小水窪。從雪地上的影子看來，我判斷現在可能是下午。

但這次我是怎麼進入這個夢中生活的？我不記得我乘坐巴士回到我自己的舊社區，我也不記得我煮了晚飯、看了書、看了電視，或指導葛瑞格，這些我平時晚上在家做的事。我不記得我關了前門的電燈，餵了亞斯藍，換了睡衣上床睡覺。我不記得我閉上眼睛，當然也不記得我睡著了，但這些事我肯定都做了。

或者我做了什麼。

米契和米希搖搖晃晃地騎在腳踏車上——兩輪的，米契的腳踏車是綠色的，米希的是粉紅色。拉爾斯走在他們倆旁邊，一下子指點這個，一下子指導那個。我猜想輔助輪一定是最近才拆下，因為兩個孩子都頻頻摔倒。

米希倒下去，用手肘撐著身子。「啊！」

我正要採取動作，拉爾斯已彎身扶她起來。他拿著她的手臂溫柔地前後彎了幾下，確信她的手肘沒事。「不要放棄，」他告訴她，然後扶著腳踏車，協助她再坐上去，「多練習幾次。」

拉爾斯接觸到我的目光，臉上現出微笑。然後他側身揮動手臂，彷彿揮動網球拍。我也同樣側身做出相同的動作。拉爾斯是左撇子，我用右手，所以我們的姿勢正好形成搭檔，彷彿我們正在和想像中的對手打雙打。我驀然發現這是拉爾斯和我經常表演的啞劇，是我們以無聲的方式在向彼此溝通我們屬於同一個團隊——不只是網球，而且在各方面。我對他點頭。他的注意力又回到米契和米希身上。

這時我才發現米可沒有騎腳踏車，他坐在車道上，凝視他的束口長褲上的圖案，他的藍色腳踏車在旁邊，這輛腳踏車的輔助輪還沒有拆下來。

我想了想，然後走過去坐在米可身邊。

我遲疑了一下，問：「米可？你不想騎腳踏車嗎？」

他搖頭，沒有抬頭看我。

「你可以試試看呀。」我溫柔地對他說，因為我相信，他也許有很多事不會做，但他可以學習騎腳踏車，這點我很確信。

他又搖頭，不回答，也不看我。

我打量這輛腳踏車，它很漂亮，看起來很新——仍散發著亮光，上面一點刮痕也沒有。我想起三胞胎的生日是在十一月，這些腳踏車也許是他們的六歲生日禮物。

我轉頭瞥一眼背後的車庫，車庫門敞開著。「我馬上回來。」我對米可說，站起來拍拍裙子。

我走進車庫，看看四周。休旅車停在裡面，凱迪拉克也在這裡。裡面很寬敞，除了兩部車外，還有空間容納一輛除草機、雪橇和幾輛腳踏車。

我很快就找到我的腳踏車，它仍然是我在真實生活中騎的那輛舊的紅色「施文」腳踏車。我想結婚一段時間之後，拉爾斯一定有提議要為我買一輛新的腳踏車，但我拒絕。他也許有能力為我買一部轎車、昂貴的衣裳和鑽戒，但這是我的腳踏車。我的「施文」腳踏車陪伴我很久了，它是我剛教書不久時用自己的錢買的，我騎著它去學校。我不會任意拋棄它。

我將它推出車庫，騎上去，在車道上滑行。然後我雙腳著地輕輕煞車，停在米可面前。「媽媽陪你騎。」我哄他。

米可沒有反應。

我知道我應該放棄，但我就是沒辦法。這似乎很重要，就某種我無法徹底了解的原因來說，我必須和他交流。

我要和他一起騎腳踏車，讓騎腳踏車成為一件「我們共通的事」。

我伸手拉他的手臂，想拉他起來。

啊，我應該先想過再做，不是嗎？我早該想到。

他發出的尖叫使我大驚後退，扔下腳踏車，雙手摀著我的嘴，彷彿這樣就能使他安靜下來。米希和米契停下腳踏車，默默地注視著我們，拉爾斯踏著大步走過來，兩眼瞪著我。

「我想……我以為我可以說服他……」我支支吾吾地說。

拉爾斯彎腰，輕輕握住他的肩膀，開始小聲地哼著歌。一會兒之後，米可停止尖叫，跟著拉爾斯一起哼。兩個人入神地哼著歌，這世上除了他們倆再沒有其他任何人。

我咬著唇，轉身走開。

我扶起我的「施文」腳踏車，牽到米希和米契旁邊。「爹地會照顧米可，」我對他們說，騎上我的腳踏車，「現在你們騎給我看。」

22

星期三下午，我與琳妮約好去美髮。

朝著琳妮的美容院走去時我心想，從星期一到星期三中間這段時間我都做了什麼事？和幾天前我想不起從上週後段到本週開始中間這幾天所發生的一切一樣，這幾天的許多細節我也都想不起來。我不記得我是如何從上一個夢、從我跟孩子們一起騎腳踏車，回到讓我安心的自己的床上。我不記得我星期二早晨步行到書店上班。想當然，我一定有起床、吃早餐、餵亞斯藍；一定有去書店工作；一定有顧客進來；有訂購書籍；有整理書架，並與傅麗妲交談。但我們談了什麼？我不記得了。我想我們一定有討論購物中心那個還沒有租出去的店面。我想我們一定有討論我們的財務狀況，想辦法解決錢的問題。我們有決定跟銀行約時間談增加貸款的事嗎？也許有，但我不記得任何有關這方面的細節。

我在等待紅綠燈準備過馬路時拉緊我的外套裹住我的脖子，防止冷風灌進來。我知道我應該為這些失去的記憶而擔心，但我越是回憶，就越發現我真正能記得的細節（無論是昨天、上星期、一個月前）實在少之又少。真的，我們越是往細裡想，就越會發現我們對生活的記憶是如此杳少。

我邊穿過朱爾街邊想，生活不是由許多細節，而是由許多高潮組成的。我能記得我上星期四的午餐吃了什麼嗎？我能記得我最近一次教葛瑞格哪幾個單字嗎？我記得三個星期前的星期日是怎樣的天氣嗎？當然不能。不論大小事，它很快就過去了，有些事會留在我們心中，但大部分在發生之後瞬間就過去了。

我推開「百老匯美容院」的門走進去。

琳妮在她的工作檯上含笑招呼我。「很高興又見到妳，凱蒂。很抱歉，我還沒有去妳的書店，我真的很想去。」她輕輕摸我的頭髮，對著鏡子向我皺眉，「我的天，妳應該常來找我才對，如果妳不介意我這麼說的話。」

我笑著說：「我一點也不介意，妳說得對，我應該常來。」

洗完頭後，她開始上髮捲。我往後靠著休息。今天是萬聖節，琳妮在她的工作檯鏡子上貼了一張小黑貓的貼紙，梳妝臺上有一盆小盒裝的白色與粉紅色的「好多多」糖果。

我從鏡子裡注視琳妮的手，那雙美麗的手讓我想起拉爾斯的手。我很想伸手握住它們，但我只能緊緊握住我的雙手，像禱告般自我控制。

但我喜歡她的觸摸。琳妮觸摸我的頭髮，讓我感覺很舒服。

「妳的動作很輕盈，妳的手的工作動線很流暢。」說出這句話後我立即感到魯莽，立刻尷尬地閉上嘴巴。

琳妮微笑。「喔，我這雙手是農夫的手，」她說，「這雙手早幾年做了很多粗活。我哥哥拉爾斯和我，我們剛搬來科羅拉多時……那時候我們都還小，一貧如洗，能做的事我們都做。洗碗、挖馬鈴薯、烤麵包。他有一陣子還去當砌磚工人，後來找到一個修理電車的工作，賺錢讀大學。」她皺著眉，「拉爾斯真的很能幹，他會修理任何東西，也會製造任何東西，很喜歡用他的雙手做事。」

我點頭，雖然我沒有直接目睹，但我可以想像。我可以想像，一旦有機會，他會製造東西、修理東西。

這時我忽然想到，一個記憶，或一個想法，或純粹是我的幻想，我不知道它從何而來，但我就是知道。

是的，我們家與眾不同的外觀是拉爾斯設計的。以他的工作、以他喜歡幫顧客設計住宅的熱情，他會這樣做。但他也親手打造我們家的所有櫥櫃。浴室那些斜面櫥櫃，還有廚房那些表面光滑的櫥櫃，都是拉爾斯親手製作的。

我不明白我為什麼會知道這個，但我知道。我閉上眼睛，讓我的夢中生活的回憶與記憶籠罩著我。

我們剛結婚時，我搬出我的雙併公寓，拉爾斯搬出他的住家兼小工作室，我們搬到林肯大道上的一間兩房公寓。我可以從我們的新家走路去書店，拉爾斯可以搭百老匯線去他為新成立的建築公司而租的辦公室上班。他告訴我，這間公寓是臨時的，等他的事業有了起色，賺了錢，「我會為妳蓋一棟房屋，」他看看小而明亮的公寓客廳說，「我會為妳蓋一棟很棒的房子，凱瑟琳。」

林肯大道上的公寓是我懷孕臥床期間的住處，也是我們的寶寶出院後的家。

計畫中的雙胞胎意外變成三胞胎後，拉爾斯匆匆改造房間，將我們的雙人床和笨重的梳妝臺移到小房間——幾個月前，我們才費心地將這個小房間裝修成一個男寶寶和一個女寶寶的嬰兒房。我還記得它的牆壁是淺黃色的，我請我母親的一個藝術家朋友幫忙，在換尿片的桌子上方畫了童謠壁畫。那是一間可愛的嬰兒房，剛好放得下兩張嬰兒床，但放置三張嬰兒床和三個嬰兒所需的用品就顯得擁擠。拉爾斯去我們買那兩張嬰兒床的兒童家具店又多買了一張嬰兒床回來。他把三張嬰兒床、換尿片桌，以及那張搖椅，都移到我們先前的臥房。我聽說這都是他一個人搬的，但我記得當嬰兒和我出院回家後看到這些安排時，我很沮喪。我們沒有時間重新油漆；我們的臥室牆壁是精緻的淺紫色，搭配我們的床罩，但它並不適合三個新生兒。大房間雖然裝得下三張嬰兒床，但仍顯得擁擠，而且我們必須側身才能把米契從他的小床抱出來。

這種安排對拉爾斯和我的「新」臥室也一樣窘迫。育嬰主題的壁畫當然不適合主臥室，我躺在床上時，壁畫就正好在我頭上——每天晚上，我疲憊的雙眼即將闔上的那一刻，看到的是那頭母牛躍過月亮的畫面。但我們都累得不想做任何改變，我們只能勉力度過每一個白天和夜晚。

幾個月後，我們的公寓內已塞滿嬰兒用品。再過一陣子我們就會需要三張嬰兒椅和三臺寶寶學步車。我們把嬰兒車放在客廳，這比放在儲藏室更便於取用。我們的嬰兒車非常大，大到足夠並排躺兩個嬰兒，他們的腳下再躺一個。在我們天真地以為我們只會有一個寶寶的時候，拉爾斯親自做了一個非常漂亮的木頭搖籃。我們把這個搖籃也放在客廳，當我兩手各抱一個寶寶的時候，另一個寶寶就可以放在搖籃裡。

可憐的亞斯藍盡可能躲到任何牠不會擋路的地方。有時我忘了餵牠，牠就會在深夜我終於要上床睡覺時在我耳邊大聲喵喵叫。如果我像過去那樣，把牠送到某個善良的未婚女性的家讓牠恢復往日平靜的生活，也許對牠會好一點，但傅麗妲對貓過敏，我又不認識任何會接納牠的人，所以我們繼續養牠，並希望牠不會因此憤而出走。

「我們需要那棟房子，」寶寶三個月大時我說，「我們需要那棟房子，拉爾斯，而且要快。」

我們正在擁擠的客廳內用奶瓶餵寶寶吃奶。我抱著米希；拉爾斯抱著米可。他已經餵好了，米契蜷縮在我們身邊的搖籃裡打瞌睡。

拉爾斯點頭。「我也這麼認為。」

「我知道我們希望能多等一會兒，但我覺得我們不能再等了，」我繼續說道，「如果我們現在沒有能力蓋房子，我們就得買別的房子，過幾年再自己蓋。」

拉爾斯堅定地搖頭。「沒有必要，我們只需要找一塊合適的建地，」他露出深思的表情，「等我們看到時，我們就會知道。」

他露出夢幻的表情，湛藍的眼珠迷失在憧憬中。「可是我們有能力嗎？」我的語氣有些遲疑，我不想破壞他的夢想。

他聳肩。「如果做對了就可以。房子不需要太大，只要夠大、夠舒服，能把這三個小傢伙撫養長大就行了。」

「可是，量身打造房屋……」

「有些東西我可以自己做，」他打斷我的話，低頭望著米契，「那個搖籃是我做的，不是嗎？」

我不想澆他冷水，但一個搖籃怎比得上一間房屋？

「我在瑞典時曾幫我父親蓋房子，」拉爾斯繼續說道，「到了這裡之後，早幾年我也蓋房子，」他若有所思，「我雖然不再使用那些技術，但我不認為我會永遠忘記它們，它就像騎腳踏車一樣。」

我聽了這句話也跟著領會地搖頭。我生下三胞胎才幾個月，將近一年沒有騎我的腳踏車了，但它仍停放在我們公寓的儲藏室內，我不可能把它拋棄。

「那你的心臟呢？」我問，「它承受得了嗎？我不認為你應該做粗重的營造工作，拉爾斯。」

「粗重的工作我會讓別人去做，」他安慰我，「我只做室內的東西，裝修的工作。」他將米可移到他的肩膀上輕輕拍他打嗝，「輕鬆又好玩的，我保證。」他對我微笑，「我會幫妳做我們在巴黎時妳說妳想要的那間綠色浴室。」

想到那件事，我也微笑。我們度蜜月迄今也不過才一年半，但感覺上彷彿很久以前的事了。

我低頭望著米希可愛的臉龐，她的眼睛半閉，奶嘴滑出來，奶水滴到她的下巴上。我用口水巾擦拭奶水。「我想她吃飽了。」我輕聲說。

拉爾斯笑道：「他也是。」他緩緩站起來，親吻米可的額頭，「上床睡覺了，小傢伙。」

作了決定之後，我們在西區和南區找地，那邊有許多新房子正在建設中。我們花了一些時間才找到合適的地點。

「我覺得不夠好。」好幾次我們看完一塊空地，回到車上時拉爾斯都這麼說——我爸媽在家陪寶寶，如果可以的話，誰會願意拖著三個嬰兒到處跑？幸好我有一對還不太老、精力充沛、願意為我做任何事的父母。

看春田街那塊地的事我記得很清楚。我們在南丘看了其他幾塊地，但是當我們看到春田街那個地點時，我們知道這正是我們要的。我們喜歡這裡的地勢高一點，拉爾斯說我們可以在這樣的地點蓋一棟層次高低錯落的房屋，比較高的部分看起來彷彿嵌在群山中。它距離一所新建的公立小學也只有幾個街口。那時候社區內只有少數幾間房屋，但還有其他房屋正在陸續興建中，我們不會太孤單。「孩子們可以在這裡長大，」我們在空地上走走看看，拉爾斯滿意地說，「這裡會是他們永遠的家，」他望著遠方，我們與山脈中間的廣袤空間，「他們會擁有我以前沒有的東西。」

我握著他的手。我多麼希望給他這個機會，給他一個恆久的機會，讓他可以建立我們的家庭，永遠擁有它們。

買下這塊地後，拉爾斯每天晚上都在設計這棟房屋。他在林肯大道我們的小客廳內設計我們的新屋的草稿與藍圖，規劃每一個細節。我盡可能待在我們的小廚房或小臥室內不去打擾他，但有時難免需要經過客廳。每當我從他身邊經過時，拉爾斯都會抬頭看我，眼中閃耀著渴慕與愛戀。

破土那天，我們都在場：拉爾斯和我，三個寶寶，我的父母，工頭，以及建築工人。當挖土機的柴油引擎隆隆作響，挖掘地基的第一剷泥土被剷開時，大家紛紛鼓掌。

我還記得鄰居漫步經過，尼爾遜家，喬治和——對了，我想起來了，她叫依鳳；我怎能忘記呢？喬治和依鳳走過來自我介紹，告訴我們他們就住在路口那間屋子。「多麼漂亮的娃娃。」依鳳看著三胞胎羨慕地說。依鳳很年輕，只有二十來歲，我想，長得很漂亮，一頭大波浪的棕色秀髮，長長的眼睫毛，以及伊麗莎白泰勒的靛藍色的眼珠。

「談到家庭，凱蒂——我是說凱瑟琳，可以算是中了大獎。」母親說。米希舒服地依偎在她懷裡。我微笑。我親愛的母親盡可能改叫我凱瑟琳，但我相信在她眼中，我永遠是凱蒂。「我這個事業心強的女兒，短短兩年內就從職業婦女變成三個孩子的媽。」

我瑟縮了一下。我明白她的意思，但當時我還不確定那個「職業婦女」的未來在哪裡。我在書店上全天班。上班的時候，三胞胎就由我的母親和幾個請來的保母輪流照顧。我們請過幾個全職保母，但她們都做不久，幾天後就辭職了，抱怨工作太辛苦。每次遇到這種時候，我母親就會出現，直到我再找到幫手。但這種旋轉門式的安排會造成損失——對我、對我的母親、對寶寶，還有，雖然他不說，但拉爾斯也是。

而傅麗姐對於我後半生到底想做什麼這種舉棋不定的立場更是忍無可忍。我不能怪她，真的。「妳必須決定。」當我又為了某個家庭危機，被人從書店叫回家時，她不止一次這樣說。她雙手扠腰，誇張地抿著嘴唇，「妳要想清楚，凱蒂，妳到底要什麼？我是提醒妳──妳不能全部都要，妹子。」

依鳳打斷我的沉重的思緒。「我們仍在期待會有好消息。」她渴望地說，伸出一隻纖纖玉手撫摸米契的棕色小腦袋。

我點頭，問她想不想抱一抱米契。她抱了……很感激，彷彿得到一個意外的禮物。米契賞她一個甜蜜的微笑，又對她咯咯笑，抓一把她的頭髮塞進嘴裡。

後來，回到我們的公寓後，我記得我還禱告（向任何一位聽得到的神明禱告）希望依鳳能快快生個娃娃。幾年之後我的禱告才應驗，他們生下肯尼，但總算來了。

喔，這些記憶都回來了。我不知道原來我仍記得這些往事。

但我怎麼可能記得一個根本就不存在的生活中的大小事呢？

琳妮的聲音將我拉回現實。「我的天，妳進入夢鄉了，」她說，「我在這裡忙得像隻兔子，妳的心卻在千里之外，小姐。」

忙得像隻兔子？我疑惑地望著她，接著明白她一定用錯了美國俚語，她應該是指忙得像隻蜜蜂才對。

琳妮開玩笑地在鏡子裡對我微笑，然後在我頭上包了一塊塑膠布。「去烘乾吧，我等一下再過來幫妳把頭髮稍微修剪一下。」

「琳妮。」我轉頭握住她溫暖堅實的手。她嚇一跳，默不作聲。

「我只是想說……我……我很遺憾。」我對她說。

「遺憾什麼，凱蒂？」

「為妳的哥哥感到遺憾，」我匆匆說道。我必須說出來，無論她是否覺得荒謬，「我覺得……我不知道，琳妮，我不知道為什麼，但我覺得我和他……和妳……有一種連結……我……」我垂下視線，然後抬頭望著鏡中的她，「我很遺憾……我沒見過他，聽起來他應該是個很好的人，我想……我想我們會互相欣賞。」

琳妮緩緩點頭。「拉爾斯的生命中應該有一個像妳這樣的人，」她說，「我真希望他還在，這樣情況就會大大改觀了。」

她悲傷地聳聳肩，從我手中抽出她的手。

23

又一次，我不記得我去睡覺，但是等我清醒時，我發現我在春田街屋裡拉爾斯的書房內，站在他的辦公桌旁邊，手上拿著一把剪刀。我對著剪刀凝視了一會兒，心想我拿剪刀做什麼。

我困惑地看看四周，然後想起來了。我看到桌上有幾張米契和米希上學的照片，我看了一下，找出幾張三乘五的照片，正好可以剪下來放進拉爾斯桌上那個可容納三張照片的相框。

在學校的照片中，米契和米希的服裝搭配得正好。米契穿著芥末黃的開襟襯衫，外面一件咖啡色背心。他的頭髮側分，鬈髮梳得服服貼貼，一定是拍照前幾天有人，也許是琳妮，幫他修剪頭髮。米希穿著一件白領咖啡色洋裝，洋裝上有個和米契的襯衫一樣的黃色蝴蝶結，她的頭髮梳成兩根小辮子，辮子上繫咖啡色的蝴蝶結。兩個孩子都笑得很開心，一雙眼睛在圓圓的臉上瞇成一條縫。

我各找出一張他們兩人的照片剪下來放入相框，米契在左邊，米希在中間，然後我從桌上的照片和紙張中尋找米可的相片。

我找到的照片讓我感到悵惘。米可當然沒有上學的照片，但我（做這件事的人肯定是我）也幫他穿上和米契一樣的衣服，讓他站在家裡空白的牆壁前拍照。為了拍他，我也許用了一整捲底片，這張是整捲裡面最好的一張。

這張照片不難看。米可沒有看著鏡頭，臉上也沒有笑容，但至少沒有繃著一張臉。他面無表情，領子豎起來，頭髮梳得很整齊。他戴著眼鏡，看不到鏡片後的眼睛，所以看不出他是高興或悶悶不樂，但至少沒有生氣。我希望我為了拉爾斯而拍這張照片時沒有給米可太多的壓力。

我把米可的照片放入相框的右邊空格，然後收拾桌面。我往後退一步欣賞成果時，忽聽得門鈴響，接著是米希興奮的聲音喊著：「他們來了！」孩子們跑步衝下樓梯，拉爾斯在走廊上喊：「凱瑟琳，妳在哪裡？他們到了！」

我一面想著「他們」是誰，一面匆匆下樓。經過走廊時，我瞥一眼牆上那張山景照，就是正對著主臥室門口那一張。我不知道這個靈感從何而來，但我忽然想起這張照片是在什麼地方拍的：在拉比特厄斯山口，科羅拉多州西北部的斯廷博特斯普林斯附近。但我對這個地點毫無概念，我沒去過那裡。我搖搖頭，想理出一個頭緒，卻半點印象也沒有，於是我繼續往前走，與我的家人一起站在門口。

進門的是琳妮，後面跟著一名五官端正的精瘦男子，以及兩個瘦高的年輕人，一男一女。琳妮雙手捧著一個托盤，托盤上蓋著錫箔紙。「我帶麵包來了，」她說，將托盤交給我，「吃以前加熱二十分鐘就行了。」她靠過來親吻我的臉頰，「妳還是一樣那麼漂亮。」

我微笑，也親吻她。「都是妳的功勞。」

「噢，啐，不完全是，妳就算不梳頭，一個月才洗一次頭，也還是漂亮。」

我開心地笑著，為自己這麼快樂而感到驚訝。「沒這回事。」

琳妮不理會我的回答。「還妳書，」她說，遞給我一本精裝書。我看一眼封面，是伊迪絲·華頓的《純真年代》。「我很喜歡這本書，謝謝妳把它借給我。」

「不客氣。我想它應該是妳喜愛的風格。」我把書放在托盤底下一起拿著。

「大家都進來吧，」拉爾斯催一群人進入客廳。「孩子們，你們去樓下玩，媽媽等一下會拿可樂給你們喝。」

我會嗎？好吧，我會。

「葛蘿莉雅，妳跟他們下去，」琳妮說著，脫下她的外套，「陪這些小傢伙玩，好嗎？」

葛蘿莉雅翻白眼。「我又不是小孩子，媽，」她說，「我寧可在廚房和妳跟凱瑟琳舅媽在一起，我一定要下去陪這些小鬼嗎？」

琳妮堅定地點頭，拉開玄關的櫥櫃門，掛上她的外套。「妳一定要下去，妳知道他們喜歡跟妳玩，甜心。」葛蘿莉雅很不情願地嘆一口氣時，琳妮伸手接過她丈夫的外套。我有個直覺，這已是一種常態。

那個青年脫下他的夾克和便鞋，一邊揉揉米希的頭髮。我想他的名字叫喬，我記得琳妮在我的另一個生活中曾告訴過我。「別擔心，妹妹，我也下去。」他說，從孩子們的頭頂上方望著葛蘿莉雅。他將他的外套交給琳妮，我家三個孩子都在他身邊高興地跳著、叫著，我又驚又喜地發現連米可也是。

「喬表哥！耶！我們要和喬表哥一起玩！」米契大聲說。

米契、米希和米可牽著喬的手飛奔下樓。葛蘿莉雅仍然一臉不高興，但至少順從了。她脫下她的外套和鞋子，放進櫥櫃，然後慢吞吞走下樓梯。不久，我便聽到他們五個人同時講話的聲音，似乎在商量玩什麼遊戲。他們興高采烈地大聲說話，但因隔著一點距離，再加上地毯吸音的關係，所以聲音有點模糊。我不知道那是什麼遊戲，但似乎每一個人（甚至葛蘿莉雅，甚至包括米可）都玩得很開心。

「跟我到廚房吧，」我對琳妮說，「等肉烤好了，我就把這些麵包放進去。兩位男士，」我回頭喊道，「你們可以幫我們女生調一杯飲料嗎？」

我的天，我是誰？這是我在這個世界中第一次有自信感。我很知道我該說什麼及該做什麼。為什麼？是因為琳妮在這裡嗎？我必須承認，她的出現，和她在另一個世界的一舉一動一樣令人感到溫暖，這使我的精神為之一振，彷彿很久沒有這種感受了。

琳妮靠著流理臺，小口啜飲拉爾斯端給她的白蘭地亞力山大雞尾酒。她用拉爾斯放在酒杯裡的紅色塑膠調酒棒攪動冰塊。「妳還好吧？」她問我。

我的自信，我前一刻對這裡的一切的真實感受，瞬間崩潰。那一剎那，我以為琳妮指的是我在這個截然不同的夢中世界過得好不好——彷彿她知道我在作夢，但她說不定真的知道，畢竟，除了布雷德利和我們的鄰居尼爾遜一家人外，琳妮是另一個和我共處兩個世界的人。

可是等我再望著她時，我看得出她不是指我的夢。她的表情是嚴肅的，彷彿我們在繼續談論不久前中斷的話題。這是我的認知。也許我今天稍早才去找她做過頭髮。我摸摸我的頭，每根頭髮都服服貼貼。

然而，她想必是指米可。「我們這個星期很平順，」我回答，「沒有什麼不尋常的事件。偶爾……但大體說來，還可以。」我拉開烤箱門，戴上兩隻隔熱手套，拉出一個沉重的大烤盤。我把烤箱溫度稍微調高一點接著烤麵包。我怎麼知道要這麼做？

「妳和拉爾斯……」琳妮試探地說，「還好吧？」

她到底在說什麼？我想起在這個想像的世界中，拉爾斯有幾次對我怒目而視——每一次都跟米可有關。我的天，這表示我們對米可的教養方式有嚴重的歧見嗎？有些事情我不記得了，有些是最近發生的。我在內心暗暗對自己的愚蠢搖頭，誰在乎妳的所作所為呀，凱蒂？我笑自己。這一切都是幻想。在這個偉大的宇宙計畫中，就算妳和拉爾斯發生齟齬，它又有何不同？

但我發現我無法迎接琳妮的眼光。「當然，」我聳聳肩。我凝視著橘色的流理臺，「我們很好。」

琳妮沒有回應，一會兒後，她問我有沒有煮馬鈴薯。

「當然有。沒有馬鈴薯，拉爾斯會覺得好像沒吃飯。」我掀開烤箱後面的一只大鍋，用一支叉子戳戳馬鈴薯，差不多可以拿出來瀝乾壓成泥了。我的天，我真的能煮一頓九人份的晚餐嗎？從無到有？

我從冰箱拿出五瓶可樂。我真的讓我的孩子喝可樂嗎？是的，我忽然想起，在特殊情況下，例如表哥表姊來家裡吃飯時，他們可以喝一瓶可樂。好吧。「我先把這些送到樓下。」我對琳妮說，從抽屜取出一個開瓶器。我甚至不必思索一下它放在哪個抽屜。

琳妮站起來。「不，妳忙妳的，這個讓我來。」她拿起可樂和開瓶器，從旋轉門走出去。

我看看左右，一切似乎都在掌握中。烤肉、馬鈴薯、麵包，現在我又看到爐子上有一鍋豆子正冒出熱騰騰的水氣。肉汁等一下就可以開始熬煮了。餐桌布置好了沒？我拉開一扇百葉門，看見餐桌準備好了。我還可以看見拉爾斯和史蒂芬坐在客廳，電視上正播出短程直線加速賽車；兩個男人身體都往前傾，一手拿著飲料，熱中地討論比賽。其中一個偶爾會轉頭對另一個講某個賽車的特性或某個賽車手領先。我還可以聽到從地下室傳來孩子們興奮的尖叫聲；琳妮一定正在分送可樂。

這真是甜蜜和樂的家庭生活，原來別人的星期日下午都是這樣度過的。

我突然想到我的父母。他們和琳妮及她的家人相處融洽嗎？那是一定的。琳妮是個親切友善的人，跟我的母親一樣。史蒂芬似乎也是個冷靜、和氣的人，跟我的父親一樣。我猜想我們全家有時是否會聚在一起——我們兩家，拉爾斯的家人和我的家人。我們都沒有什麼親戚，但人口雖然少，卻都很好相處，我們應該會在這裡聚會才對。

就是這個地方。

我滿足地微笑，嘆口氣。我聞到已經準備好的飯菜香；我看到兩個男人專注地喝他們的飲料，談論運動。我看到琳妮又出現在樓梯口，她遇上我的目光，對我伸出她的拇指和食指，比出「ＯＫ」的手勢——至少她這回對了，一定是有人教她，也許是葛蘿莉雅吧。

是的，琳妮，妳是對的，這個世界的一切都「ＯＫ」。

24

雖然上一個夢中的一切充滿熟悉的幸福感，我仍然很高興第二天早晨在真實的世界中醒來。今天是星期四，總算等到這一天了，我要搭巴士去斯塔普頓機場迎接我的父母歸來。我們會搭計程車回家，因為他們一定有許多行李，不便搭乘巴士。我會比較輕鬆，更別提這樣可以省點錢，跳上巴士就可以去機場迎接他們了。我考慮過開我父親的車，我在夢中世界找到了開車的樂趣，我認為我開車應該沒問題。父親把汽車鑰匙留在家裡，告訴我任何時候我都可以使用他的車。但我在最後一刻仍然決定不要開那麼遠的車去機場。

結果發現，他們在洛杉磯轉機時班機誤點了。我焦急地等了幾乎兩小時，把機場的商店都逛過一遍，很後悔沒帶一本書來看。我買了一本《婦女生活》雜誌，坐在機場的塑膠椅上不安地隨便翻閱，裡面有一大部分是耶誕節的手工藝品，我模糊地猜想，另一個生活中的我是否會做這些小東西當禮物送人——因為，我在那個世界顯然是個手藝精湛的裁縫高手。

我嘆一口氣，將雜誌放在旁邊座椅上。我反正無法專心閱讀；也許下一個路過的人會比我更欣賞它的內容。

我從我的手提包取出一張明信片，正面是檀香山的鳥瞰圖，海灘上一長排高聳的飯店，一幢比一幢高，看起來很像傅麗妲和我擺在書店的書櫃最底層那一排排大書——藝術書籍與旅遊書籍，那些書都太大了，沒辦法放在一般的書架上。

這張明信片是我收到的最後一張。母親在信上談了很多。

我最最親愛的凱蒂：

這是我最後一次從這裡寫信給妳了。我們正在整理行裝準備回家，搭星期三晚上的夜間航班。我有點擔心飛行，誰知道那些共產黨這些日子都在幹嘛，還有，他們都在什麼地方？誰知道他們不會躲在太平洋某個船上等待我們？妳父親說俄羅斯人把天上的飛機射下來的想法太荒唐，尤其是一架滿載觀光客的班機。但我懷疑他的說法。

這是多麼沮喪的念頭！我希望等妳見到我時，我又是滿臉笑容了。我當然會——怎麼可能不？我就要見到分開許久的我的小乖乖了。

全心愛妳的　母親

我一遍又一遍讀這張明信片，直到終於聽到廣播宣布從洛杉磯飛來的班機降落了。我急忙衝往十八號登機門。

飛機在跑道上滑行時，我站在登機門旁的窗前焦急等候。我看見我的父母步下飛機走過停機坪。我高興得跳上跳下，從大片玻璃窗向他們揮手。母親看到我也向我揮手。她穿著她的深藍色外套戴同色系帽子，在強風之下用一隻手壓著它。

「凱蒂！」母親從登機門出來後高興地用力抱著我。我緊緊抱著她，聞她身上的香味——在我的記憶中，她一直都擦「香奈兒五號」香水。我不知道她摟著我的感覺，是否依然和我摟著米契與米希的感覺一樣溫暖？（誰知道摟抱米可的感覺如何？或者，我會有摟抱他的機會嗎？）母親和我互相緊緊擁抱時，我心想，擁抱兒女的感覺永遠都這麼溫暖、這麼強烈嗎——即使他們已經長大。我懷疑。

當我開始意識到別人也許會用奇怪的眼光看我們時，我放開她。接著輪到父親。他為了坐飛機而穿上西裝打了領帶。但是從檀香山經過一夜的飛行，在洛杉磯又遇到飛機誤點，他身上的西裝看起來已經有點縐了。我們擁抱時，他的西裝釦子貼在我身上，他的肩膀因長年在裝配線上工作而略微彎曲，此刻卻在我的懷中雄赳赳地挺直了。

我們三人手牽手，我走在中間，我們一起去提領行李。我知道這有點幼稚，但我太高興見到他們了。我這輩子不曾有過比這一天下午在機場見到我父母更開心的事。

我忽然想到，另一個世界的我是否也像這樣思念遠行的父母。就這件事而言，他們會出去旅行嗎？當然會，自從史坦利姨父和梅姨十幾年前搬去檀香山後，多年來他們一直在談論這個話題。

「啊，想不到這班飛機會誤點這麼久，」我們在輸送帶旁等待行李時母親說，「但還有更糟的，妳有聽說星期二的檀香山班機嗎？」她搖頭，「不只是俄國人，大自然也一樣可怕。我們聽到這個消息時我幾乎不想坐飛機了，但妳父親提醒我，從夏威夷坐船到美國本土要很久才會到。」她的眼睛一亮，改變話題，「湯姆，那是我的化妝箱，別讓它跑了。」父親伸手去拿，接著他們的行李箱一個接一個出現。「運氣不錯！」父親把大行李箱拎出來時母親高興地說。我拿中型行李箱，母親拿她的化妝箱。

我們出去招計程車。「我們沒料到會這麼晚才到。」母親看看她的手錶，「我的天，都快到午餐時間了。」

「還好，我本來預定跟你們一起吃晚餐。」我發現我將母親的手握得很緊便稍稍放鬆，但仍然沒有放開。「我想你們需要一點時間先休息一下。」計程車停在我們面前時，我聳聳肩說。

「我希望妳沒有打算自己煮。」父親將行李交給司機後，幫母親和我打開後座車門，「因為我很想吃『鹿角餐廳』的牛排。」他一臉的渴望，「你在夏威夷可以喝到各式各樣的邁泰雞尾酒，但吃不到一客上好的牛排。」

父親和母親不一樣。母親三天兩頭寫明信片，父親從檀香山只寄了兩封信給我。他的聯繫雖然數量少，但是質量豐。他不寫明信片，他寫信，洋洋灑灑幾張信紙敘述他在高爾夫球場上的進洞佳績，他和史坦利姨父去一個名叫鑽石頭山的地方健行，以及在島嶼北面的海上衝浪。還有食物，他告訴我他吃過的所有食物，包含水果沙拉、烤魚和甜麵包。在這兩封信中，他說夏威夷食物雖然「有趣」，但他想念「老式的紅肉的美味」。

現在一聽說他要出去吃，我便微微拉下臉，「我已經計畫好要在家煮一頓美味的晚餐了。」

「是嗎？真可惜。」父親隨著母親和我坐進計程車時誇張地搖頭，嘴角帶著一抹微笑。

我也微笑。我鬥不過他；他太了解我了。「爸，你還沒聽我把話說完，」我笑著說，

「我的晚餐計畫是明天晚上。」

他握著我的手，「這才是我的乖女兒。」於是他請計程車司機送我們去他最愛的牛排館。

「鹿角餐廳」是丹佛最古老的餐廳，成立於一八九三年。它的名聲非常響亮；幾年前《生活》雜誌還專文報導。我記得父親驕傲地給我看那光滑的雜誌內頁，說：「妳看，甜心，丹佛現在出名囉！」我想編輯發現了餐廳悠久的歷史、美味的牛排餐和它的西部氛圍。餐廳小小的空間內光線黯淡，鑲板牆面上掛著許多老照片，到處可以看到馬鞍和跟馬有關的收藏品。用餐的桌椅是粗獷的木料，酒廊的是舒適的絲絨沙發，整體看起來花稍俗氣，但父親就愛這一味。「啊，回家了！」我們在後面的雅房坐下時他說，「回到美好、狂野的西部了！」

晚餐很愉快。我們慢慢啜飲雞尾酒，接著又喝了兩瓶紅酒——不好意思，我必須承認，大部分都是我喝掉的。我的父母忙著敘述他們在夏威夷的所見所聞。「真是美極了，」母親低聲說，彷彿在描述一座大教堂，「我從來沒見過，鮮花像餐盤那麼大，到處是棕櫚樹，威基基海灘上嶄新、高大的飯店櫛比鱗次。還有那海洋……妳應該看看那裡的海水有多麼藍……」

「還有女孩，」父親說，「妳應該看看那裡的女孩有多麼漂亮。」

「湯姆！」母親在他的手臂輕輕捶了一下。

他當然是在開玩笑。他的兩隻眼睛除了看她之外從不看其他女人。有一次，父親和我一起看電視轉播選美比賽，他告訴我，假如美國小姐走進來，提議和他一起私奔，他會請她馬上離開。「就算她有本事去月球，她打了燈籠也找不到像妳媽那樣的人，」他說，兩隻眼睛發光，「不管她年輕的時候，或是現在。」

晚餐後，父親請餐館老闆娘幫忙叫了一部計程車送我們回家。葡萄酒使我開始昏沉，隱約中，我似乎聽到父親說了一句：「我們達成了——這是我們假期的最後一夜！」我爬進計程車後座，坐在爸媽中間。依偎在我父母身邊，我有一種安全感，很快就在兩人中間的小天堂睡著了。

25

我在唱歌給我的孩子聽。

乖乖睡，快快睡，願你睡得甜蜜……願你一覺到天明……

我在男孩房內，我在這個夢中一直沒來過這裡。可以預料到，這個房間漆成藍色，介於淺藍的天空與寶藍色的王袍之間的色調。房間內並排擺放兩張一模一樣的床，床上鋪著紅藍兩色格子圖案床罩，同樣花色的枕頭此刻躺在地板上。兩個男孩都在他們的床上準備睡覺。米契的床頭上方掛著幾幅船隻和火車的小版畫，它們無疑是經過精心挑選的。幾張同樣主題的蠟筆畫貼在版畫旁邊，大部分都是他自己畫的。他的床頭櫃上堆著一疊圖畫書；他的床上塞滿各式各樣的動物填充玩具。米契坐在床中央凌亂的被褥中，雖然才剛幫他掖好被子，此刻卻又揉成一團了。

米可那邊則空無一物，牆上沒有掛畫，床上沒有玩具，假如他提早醒來睡不著也沒有書可看，他的床頭櫃上唯一一樣東西是他的眼鏡盒。此刻他挺直地坐在他的床上，枕頭整齊的放在背後，被褥整齊地蓋著他的大腿，他沒戴眼鏡，兩隻眼睛睜開但沒有對準任何焦點，身體微微搖晃，沒有發出聲音。

兩個男孩都穿墨綠色滾藍邊的棉絨睡衣，但除了他們的衣著和隱約相似的顏色與特點外，他們沒有太大差異。

我坐在他們中間的一張搖椅上，忽然憶起我曾經一樣坐在這個房間的這張搖椅上，同樣的位置，但我的兩邊是嬰兒床，那個時期他們兩個仍在學走路，但已有明顯的差異。米契會高興地站在他的嬰兒床內跳動，我很擔心他會興奮過度摔出來。和現在一樣，他的嬰兒床內也是塞滿填充動物玩具，毫無疑問，其中有些依舊是當時留下來的。

相反地，米可會安靜地坐在他整潔而沒有任何玩具的小床上，一動也不動地聽我坐在搖椅上講睡前故事。米可不會看我，也不會要求看我翻過的每一頁故事書，如同米契那樣。米可會凝視他那雙包在睡衣內的腳，不會對故事、米契或對我展現一絲絲情感。

此刻我坐在搖椅上輕輕搖動，口中哼著布拉姆斯的搖籃曲。米契躺下去閉上眼睛，在矮櫃上一盞黯淡的檯燈光影照射下，他一頭蓬亂的金色鬈髮散放出微光，看似有點潮濕，彷彿剛洗過澡。我忍不住靠過去聞他頭上乾淨的嬰兒洗髮精的芬芳。他露出微笑，張開眼睛看我，無聲地對我說我愛妳。

我也愛你。我也以無聲的嘴型回應他。米契又閉上眼睛，縮進毯子內。

我轉向米可。他仍坐得挺直，兩眼依然睜著。我發現，頭一次發現，他的眼珠和家中的每個人一樣清澈湛藍。我當時想，一定是眼鏡的緣故，使那對眼睛大半時候看起來是模糊的。

我不敢叫他躺下，因為我知道無論他做什麼都是他的睡覺習慣。我怕他脾氣爆發，所以不想碰觸他，但我又覺得我應該做點什麼，於是我雙手按著他的床單，遠離他的身體，「好好睡，米可，」我平靜地說，「我愛你。」

他動也不動，也不看我。我關掉檯燈，房間只留下搖椅附近插座上的一盞小夜燈，然後我安靜地離開房間，順手把門帶上。

我在走廊上遇到拉爾斯，他剛從米希房間出來。「睡了？」他問我。

「快了。」雖然兩個男孩都還沒有睡著，但我的直覺是他們此刻都各得其所，很快就會睡著。我朝米希的房間點頭示意。「她怎麼樣？」

「很快就睡著了。」他微笑道，「騎腳踏車把她累壞了。」

「但她進步很快，他們兩個。」

拉爾斯沒有回答，我知道他在想什麼，因為我也在想同一件事，想我怎麼會（無心地）說出「他們兩個」這句話。因為他們兩個「進步很快」，就表示另一個卻完全「沒有進步」。

「想喝一杯嗎？」我們下樓時拉爾斯問。

「太好了。」

他走去他的書房倒酒，我坐在客廳的沙發上等待。和這間屋子的許多家具一樣，這套沙發也是嶄新而時髦，它的材質是米色的條紋花呢，為了使它看起來活潑一點，沙發上擺了幾個鮮豔的橘、黃及鈷藍色的靠墊。

拉爾斯拿著兩杯蘇格蘭威士忌加冰塊回來。他遞一杯給我後坐在我身邊，伸手摟住我的肩膀，溫柔地摩挲著。「妳看起來很疲倦，親愛的。」他說。他關切的語氣使我不由自主激動起來。

我閉上眼睛。「我很累，」我承認，「而且不知所措。」在夢中說這種話似乎有點可笑，但因這是實話，我就據實說。

「我可以理解，」他說，「沒有比這種壓力更大了。」

我搖頭。「我想我不太明白……你的意思。」

他啜一口他的威士忌。「當年這種事發生在我身上時，」他說，「我也是同樣的感覺。」他降低聲音，「當然，我這邊並不是同時發生，但……妳知道，也只差幾天而已。」

我完全不明白我們在談論什麼，只好點頭，等他繼續說下去。

「他沒有她活不下去，」拉爾斯說，聲音沙啞，「他不能沒有她，所以他……」他抿著嘴唇，「所以他……不。」

我將我的手掌覆蓋在他手上。「我知道。」我當然不知道，但我希望他繼續說下去，「談這件事……」我遲疑地說，「會有幫助嗎？」

他抬頭。「對妳談有幫助，」他說，「一向如此。」他搖晃酒杯中的冰塊，「當我第一次告訴妳……我的家庭發生多麼駭人聽聞的變故時，妳是如此善解人意，又如此……鎮定。駭人聽聞，真的只能用這句話來形容——也正因為如此，所以我以前很少告訴別人這件事。但我們剛認識時，我就知道我可以告訴妳，而且這件事不會影響到我們。」他微笑，但神情淒涼，「我感覺我什麼話都可以對妳說。」

「你可以。」我輕聲說。

「她病得很嚴重，」他繼續說道，手指與我緊緊相扣，「心悸、咳嗽、胸痛。妳知道，她大概跟我一樣，也是心跳不規律的問題，但在那個時代，這種症狀查不出來，但……這使她越來越虛弱，精神不濟，消耗了她的生命力。但她雖然身體很差，卻不肯放棄，她非常辛苦的工作，他們兩個都是……」

我捏一下他的手。

「我很高興她沒有受太多苦，」他說，「妳知道，在那些日子裡，那個時代，以及我們住的地方，我們在愛荷華鄉下一個認識的人都沒有，也不太會說英語。而且她一直都有胸痛的毛病，她應該去看醫生，但她似乎也沒有太多醫療選擇。」他乾了他的酒，開始吸吮冰塊。「至少對她來說很快就過去了，我們都愛莫能助。」他搖頭，「我母親的壽命比她應得的還短，」他鬱鬱地說，「不但短暫，而且不美好。」他站起來，「我想再喝一杯，」他拿著他的酒杯說，「妳還要嗎？」

我將我的酒杯遞給他，他接過去，大步走向走廊。

他再度端著酒回來時，我很擔心他會改變話題，但他繼續說下去。「她才下葬幾天，他就再也無法忍受了，」拉爾斯說，「拿起獵槍走去小屋。琳妮發現他。」他喝一大口威士忌，「琳妮那時才十六歲，還是個孩子，任何人，任何一個孩子，都不該面對那種情況。」

喔，不，琳妮曾經暗示過一點，但沒有告訴我這些令人傷痛的細節。

「那你怎麼辦？」我知道我不該問這個問題；我當然應該早就知道他怎麼辦，但願他因為專心敘述這些往事而沒有注意到我的問題。

「我做了任何一個哥哥都應該做的事，」他說，「我扛起責任，我們把父親葬在母親旁邊，我們變賣所有的家產，當然不多。我們搭上一列開往西部的火車，因為我們倆都不想再見到愛荷華。」

「然後在這裡落腳。」

「然後在這裡落腳。火車抵達聯合車站時還是清晨，我們只買了到丹佛的車票，假如我們還想繼續往西走，就必須另外買票轉車。但我們沒有。我們下車，看看四周。我們看到遠山，陽光照在剛剛甦醒的城市建築上。我們對視，覺得這裡是個不錯的地方。」

「你就這樣一路走過來，」我說，「琳妮也是。」

拉爾斯點頭。「我們運氣不錯。經歷過這麼多苦難後，幸好她和我找到的工作都還能勉強餬口。琳妮在一家麵包店工作。幸運的是，有一天史蒂芬走進麵包店，喜歡上櫃臺後面那個女孩，他就一而再、再而三光顧那家麵包店，目的只是為了見她，也幸好琳妮覺得史蒂芬很吸引人。」

啊，現在我想起這個故事了，琳妮曾經對我說過。即使經過這麼多年，琳妮談到她的丈夫時眼中依然閃耀著光芒。一九五四年十月她第一次幫我做頭髮時就告訴我了。不是在我的真實生活，不是在我叫凱蒂的時候，而是在這個我叫凱瑟琳的世界。我第一次去「百老匯美容院」看她。那時拉爾斯還在住院，從心臟疾病逐漸康復中。

「史蒂芬勸你應該找個比修理電車更好的工作來度過你的下半生。」我對拉爾斯說。「史蒂芬幫你申請了大學。」想起這個，知道這個，使我感覺我的心跳加速。

拉爾斯點頭。「當我懷疑是否值得這麼大費周章和花這麼多錢時，他不斷鼓勵我。是的，沒有他，我不會有今天的事業，也許現在仍在維修科爾法克斯線電車。」

「不，你不會，」想到「姊妹書店」和人煙稀少的珍珠街，我有點魯莽地說，「現在沒有電車了，你現在會維修公共汽車。」

拉爾斯失聲一笑。「那倒是真的。所以妳看，幸好史蒂芬有和琳妮相遇。」他握著我的手，「還有，我當然非常、非常幸運，因為妳為我所做的一切，凱瑟琳。」

「幸運，」我輕輕附和，「我想我們在許多方面都非常幸運。」

他的眼中出現痛楚，「我知道現在的情況似乎不是如此，」他說，「我知道經過秋天發生的那件事後，很難想像會有任何好的結果。」

*秋天發生了什麼事？*我依然保持沉默，等待。

「妳知道我會永遠在妳身邊，」拉爾斯說，緊緊握著我的手，「妳知道我能體會妳失去父母的哀痛。」

……什麼？

我瘋狂地搖頭，想用力把自己搖醒。

我坐在沙發上，前後搖晃哭泣，拉爾斯抱著我的肩膀，遞給我他的手帕，將他的臉頰貼在我臉上。

「我必須離開這裡，」我用力閉上眼睛對他說，「我要回家。」

「凱瑟琳，妳在家，這裡就是妳的家。」

「不，」我搖頭，「不，你不懂，這裡不是我的家，這一切都是想像出來的，我必須回到屬於我的地方。」我站起來，在客廳走來走去。我的左腳鞋跟卡在止滑地毯上，或許把它扯壞了，鞋跟裂開一條縫需要修理。如果我再不小心，它又會卡在地毯上，我就會摔倒。這種時刻竟然想到這些，多麼荒謬的念頭啊！

拉爾斯站起來想摟我的腰，但被我推開。「你很善良，比善良還要更好，你是我一直盼望有一天能夠遇到的那種人，」我笑著說，感覺到我的喉嚨有一點苦澀，「我夢中的男人，是吧？但這不是真實的，這只是一場夢，而在真實的世界中，我的父母沒有死，你明白我的意思嗎？他們在那個世界沒有死，我必須回到我的父母仍然活著的地方！」

「媽媽？」一個小小的聲音從樓梯口傳來，「媽媽，妳沒事吧？」

拉爾斯立刻跑過去。「沒事，老兄，」他說，「回去睡覺。」

「媽媽好像很難過，」米契說。他雖然是我幻想出來的孩子，但我的內心仍然對這個樂天的孩子充滿慈愛。「媽媽，妳沒事吧？」

我腳步踉蹌地朝樓梯口走過去，邊走邊擦拭眼淚。我站在樓梯底下，仰頭看他，看他一頭蓬亂、潔淨的頭髮，他身上舒適的墨綠色睡衣。「媽媽沒事，甜心，」我強自鎮定，「只是今天晚上有點難過。」

「為了外公和外婆嗎？」

我再也憋不住了，從喉嚨發出一聲哽咽。米契匆匆跑下樓，雙手抱住我的腰。我彎身緊緊抱著他。拉爾斯默默地站在旁邊。

「我只是……沒有想到我會這麼快……就失去他們。」我對兒子小聲說。

他將我摟得更緊。「我知道，媽媽，我很難過，我知道妳一定也很難過，」他吸著鼻子說，「即便妳已經長大了。」

我對著他的頭髮點頭。「是的，」我說，「即便我已經長大。」

我閉上眼睛等待。這應該是我回家的關鍵時刻了，我已經接受，不是嗎？我已經接受這個夢拋給我的這個瘋狂的消息。在這裡我是個成年人，也努力做了成年人該做的事，這樣總該讓我回到我自己的公寓了吧——不是嗎？

但我依然在這裡，懷裡抱著我的兒子。一會兒後，我放開他。

拉爾斯上前一步。「我送你回床上睡覺，老兄。」他說，牽起米契的手，然後對我說：「妳回去沙發上坐，凱瑟琳，休息一下，我馬上回來。」

但我沒有回沙發，相反地，我站在走廊上，站在嬰兒時期的我和父母合照的相片前。

拉爾斯回來時我仍在凝視那張照片。

「她那時候二十歲，」我沙啞地說，「她懷我時二十歲，他二十二歲，」我沒有轉頭面向拉爾斯，「她才五十八歲，他才剛滿六十歲。我知道他們早晚都會走，我知道，每個人早晚都會失去他們的父母，但不該這麼早。」

「凱瑟琳……」

「不要叫我凱瑟琳！」我轉身面對他，「我不叫凱瑟琳，我叫凱蒂，我的名字是凱蒂·米勒，我是個老小姐，和她的好友一起合開書店的老小姐。我的生活非常單純，沒有什麼意外和驚喜，不像這個生活。」

「好吧，」他小心翼翼地一手放在我的肩膀上，將我帶到客廳，「我們再坐一下。」

我們回到沙發，他輕輕按壓我的肩膀直到我坐下。待他在我身邊坐下後，我說：「告訴我他們到底發生了什麼事。」

「凱瑟琳。」他的眼神十分哀傷。

「不，」我坐直了，決意聽他敘述。「告訴我，我不管你是否認為我已經知道。我不知道。你必須告訴我。」

他嘆口氣，啜一口他的威士忌。「他們正要飛回來，」他說，「他們去夏威夷度假，慶祝結婚四十週年，假期結束了要回來。不料天氣惡劣，遇到暴風雨，然後……」他又嘆息，「他們的飛機失事了，凱瑟琳，在太平洋上空，機上所有人全部罹難。」

我搖頭。「那不是真的，」我說，「他們確實去了夏威夷，但他們好好地回來了，平安無恙。他們的飛機沒有失事，沒這回事。」

他不作聲。他在等待。

「什麼時候的事？」我問，「告訴我日期。」

他皺眉，思索。「那天是星期三，」他說，「是萬聖節。他們在星期二晚上搭晚班飛機，所以那天應該是三十號晚上。他們的檀香山班機預定星期三早上抵達洛杉磯，然後轉機飛丹佛，回到丹佛應該是萬聖節早上。」

「這就對了，」我站起來，「他們沒有在萬聖節回家，他們是在過了萬聖節之後才回到家。這點我記得很清楚。」

「不，」他篤定地搖頭，「不對，那天一定是萬聖節，因為他們要來這裡過萬聖節，來看孩子們做萬聖節打扮。」

我忍不住笑出聲。我搖頭，哈哈大笑，歇斯底里地笑，幾乎說不出話來。

「妳沒事吧？」拉爾斯問。

「當然，」我說，幾乎喘不過氣，「當然。但你要知道那是多麼荒謬的事，我的父母不會在萬聖節來這裡看孩子們的打扮，因為在真實世界中，拉爾斯，根本就沒有孩子！你還不明白嗎？」我伸手對著四周一比，「沒有這裡，拉爾斯，什麼都沒有。沒有房子，沒有米契和米希，沒有米可，沒有你。」

說完，我忽然想到這句話對他而言意味著什麼，他是這麼可愛、瀟灑、完美的一個人，我一點也不希望如此完美的人會在一九五四年十月的某個夜晚，年紀輕輕地，在我們講電話之際就發病猝死。

我轉身面對他。「對不起，」我沉著臉對他低聲說，「對不起，我不是有意這樣對你。」我又笑了，這次帶點揶揄。「我寧可你變成我一直以為的那個你——那個讓我驚跳起來的老鼠，而不是孤單一個人暴斃在公寓裡的那個人。」

他揪起兩道眉毛。「妳到底在說什麼？」

「你死了，」我低聲說，「我很抱歉，真的，但在真實世界中，拉爾斯，我們並沒有繼續講電話。我們談好見面的時間和地點，互道晚安，然後掛斷電話。兩天後我去約定的地點，準備和你見面喝咖啡，但你沒有出現。你在那天晚上就心臟病突發死了，就在我們掛了電話之後。」

他嚥下最後一口威士忌。「那是我這輩子聽到最瘋狂的一件事。」

「不！」我用雙手按著他的膝蓋，透過他的長褲，按進他的肉裡。「這個才叫瘋狂。這一切。你是我想像的世界中的一小部分，這個房子、這個家庭、阿爾瑪，還有那些鄰居，更不要說傅麗妲消失了，還有我的父母死了——這一切的一切都是瘋狂的，拉爾斯，它不是真實世界，不是我生活、居住的世界，那裡的一切也許不完美，但至少合情合理。」

我往前傾，雙手摟著他的脖子，深深地吻他。我要將他的唇、他的觸感的記憶，銘刻在我的腦海與心上。我不想忘記它們——但我也不想再回到這裡了。

我們終於還是分開了，我哀傷地看他最後一眼。「我要去睡覺了，」我說，站起來，「我要去這想像的房子那張想像的床上睡覺，等我睡醒後，我就會回到那個真實世界。」

我摸摸他耳朵後面的一綹鬈髮——溫柔地，彷彿他是我的孩子。「再見，親愛的。」我低聲說。

26

我醒來時不知身在何處。房間很暗，床又高又窄，兩扇並排的窗戶上的窗簾是關著的，蓋在我身上的床罩是雪尼爾絨，輕柔又舒適。

然後我聞到那個味道，我走到哪裡都認得出來的烤南瓜與薰衣草的味道，我明白我在家。不是在我的家，不是在我的雙併公寓，而是在我父母的家。我在約克街舊家我小時候睡的房間。

我掀開床罩，躡手躡腳走向一扇窗，拉開窗簾。外面天色依舊是暗的，而且有霧，我看不出是太陽尚未升起或雲層太厚。我也不知道現在幾點，房間內沒有時鐘。我在心裡暗暗記住要提醒母親買一個鐘。

許多年前我搬出去後，母親重新改裝這個房間。她拆下我掛在牆上的南區高中校旗和電影海報——《飄》裡面的克拉克蓋博與費雯麗，《都是夏娃惹的禍》中的迪安娜杜萍；《小鎮》中的威廉荷頓與瑪莎史考特。母親把原本是海綠色的牆壁重新粉刷成比較中性的米色。她淘汰我以前使用的粉紅與黃色的拼布被褥與同色系窗簾，換成這床樸素的海藍色雪尼爾絨床罩與同色系窗簾。她又在牆上掛了幾幅法國印象派畫家的複製品：竇加的芭蕾舞孃，雷諾瓦的咖啡館。「這樣比較適合當作客房。」母親改裝完畢後如此宣稱。老實說，我不記得我的父母曾經有訪客來小住，但母親是對的，若有客人來訪，這個房間現在的布置確實比較理想。

我看看我的身上，我穿著一件過於寬鬆的蕾絲高領白色睡袍，毫無疑問是我母親的睡衣。這是怎麼回事？是我喝醉了，他們無法送我回我住的地方嗎？我的天，太丟人了。

母親體貼地在床頭櫃上放了一杯水，我一口氣喝光。我的腦袋微微脹痛。我打開房門，悄悄進入走廊。

我看一眼父母的臥室門，是關著的。我好不容易才阻止自己不要像個六歲兒童那樣闖進去，撲到床上跟他們擠在一起。我苦笑地提醒自己，不要像我想像中那個世界的六歲小兒那樣。

這時，我忽然想到拉爾斯在夢中告訴我的那個恐怖消息。我發出一聲輕微的呼叫，停下腳步，在陰暗的走廊上不敢移動，雙手抱著身體取暖。

母親曾提起過星期二的檀香山班機「很可怕」，這麼說，拉爾斯的消息是正確的。一架從夏威夷起飛的航班想必在暴風雨中失事墜機了，但我在真實世界中並沒有聽到這個消息。我為那些罹難者和失去親人的人感到哀傷。然後，我又為我的父母沒有在那架飛機上而鬆一口氣。

我試著想像這個生活，我的真實生活，一旦失去我的父母我將何以為繼。我知道有時難免發生這種事——飛機失事，人死了。我也知道因疾病或意外而造成無法預見的死亡可能發生在我的父母、傅麗妲，或任何我心愛的人身上。但問題是，它沒有發生，沒有發生在我的母親和我的父親身上，沒有出現在我的生命中。

我摸黑穿過走廊，走向廚房和咖啡機。沒關係，我反正不回那個想像的世界了，我不知道如何才能不讓它發生，但可以確定的是：我不再回去了，我不能讓我的心再回去那裡。我在咖啡機注水時這樣告訴自己。

事實是這樣：我怕萬一我又停留在那裡，我就再也回不了家了。

我當然不能告訴我的父母。誰會想聽這種攸關他們生死的事？我做好早餐等他們起床。前天我去市場，買了一點食物放在他們的冰箱內，這樣他們回家後的第一天早上就有早餐吃：橘子汁、一條麵包、奶油、蛋。咖啡香喚醒了他們，兩人從臥室出來，身上穿著睡袍，鼻子吸著香氣。

「凱蒂，」母親深深地注視我，「妳有睡覺嗎，親愛的？瞧妳的眼袋。」她拿了一只杯子倒了一點咖啡，「抱歉，我們沒有送妳回妳住的公寓，」她繼續平靜地說，「我們認為妳——」

「不要緊，」我尷尬地打斷她的話，「對不起。」

「沒有必要道歉，」父親坐在餐桌旁，母親將奶油倒進那個熟悉的玫瑰花奶油瓷罐端著咖啡，坐在父親對面。打從我有記憶以來，奶油一直是我家的主食之一。「我們都在一起，甜心。」父親在他的咖啡中添加一點奶油、一塊方糖，然後攪拌。接著他像往常一樣先聞一聞，很大聲，不像人在聞東西的聲音，反倒像一隻大狗，一隻拉布拉多犬，或一隻大丹狗，在低聲「汪汪」。這個聲音讓我大感意外。我明白另一個生活中的我再也無法聽到這種日常雜音了。假如我真的回去那個世界的話，但此刻我一點也沒這個打算。

父親從他的睡袍口袋掏出一條手帕擤鼻子。「我們只是想確認妳平安無事，所以我們認為妳最好還是在這裡住一晚。」他說，將手帕又塞回他的口袋。

我在他旁邊坐下，用手指梳我的頭髮。「我又出醜了，跟以前一樣。」

「甜心，」父親溫柔地攬著我的肩頭，「在我們面前，」他說，「在妳母親和我面前，妳不需要有那種感覺。」他啜一口咖啡，「妳心裡明白，凱蒂。」

用過早餐後，我的父母開車送我回公寓。這天依舊是多雲的天氣，但以十一月初的季節來說，它算溫和。他們在前廊等我，我進去換衣服。但我的氣色很差，怎麼上妝都沒用。

換好衣服，又在我憔悴的臉上下了一點工夫後，我的父母陪我步行到書店，這樣他們可以跟傅麗妲打招呼。外面依舊是陰天，我們走在路上時下了一點毛毛細雨。但書店的門是開著的，好讓溫暖的空氣進來。「說不定這一季快結束時，我們就能讓門一直開著。」我們進門時傅麗妲說。她和我交換一個眼色，我知道我們在想同一件事：這也許是這家小書店的最後一次了，假如我們把書店遷到購物中心，那邊的大門就會一直開著，但它會是一扇通往嶄新的水泥人行道，而不是通往一條蕭索的市井小街的寬大的滑動玻璃門。

傅麗妲從櫃臺後面起身，繞過來親吻我的父母。「妳的氣色好極了，親愛的。」我的母親對她說，從一隻手臂的距離外打量她。我扮了個鬼臉，知道我看起來完全兩樣。

「妳和湯姆的氣色也好極了。」傅麗妲將一綹頭髮塞到她的耳朵後面，然後轉向我父親，「湯姆，告訴我，夏威夷是青春之泉嗎？」

我忍不住了；聽到這句話讓我感到痛心。首先，夏威夷對他們而言也許曾經是青春之泉。科羅拉多的冬天氣候嚴寒，尤其是對老年人——我雖然不認為我的父母是老人，但他們也不算年輕。在許多方面，我知道他們最好是住在一個整年都氣候溫暖的地方，像我的姨媽和姨父那樣。

其次，因為另一個世界，那邊所有的一切都從他們身上被撕裂了。包含夏威夷之旅，一生只有這一次的美好回憶，更別提他們在這個家的所有一切。

而那一切，也從我身上被撕裂了。

與傅麗妲短暫寒暄後，我的父母離開了。天空灰濛濛的，給人一種暴風雨即將來襲的脅迫感，他們不希望天留客。此外，母親告訴我們，他們還得整理行李，家裡有堆積如山的髒衣服等著洗。

他們離去後，我轉向傅麗妲。「我有事要告訴妳，」我對她說，「妳聽了一定會覺得很瘋狂。」

她笑了，「那我先來煮一壺咖啡。」

我們捧著咖啡在櫃臺後面坐下時，我面向她。傅麗妲點起一支菸，用力吸一口，然後別過頭去吐煙，這才又轉向我。她的眼中有盈盈笑意；她的心情很好。我知道我的心情常受她影響，她如果心情不好，我也跟著心情不好。她情緒高昂時，我也跟著情緒高昂。但我雖然很高興她今天心情很好，卻無法隨著她有好心情。

「過去幾個星期來我發生一件奇怪的事，」我開口說道，「我每次睡覺都會夢見我過另一種生活。」我深吸一口氣，「一種截然不同的生活，但我仍然是我，而且時間上仍然是現在……事實上，從發生至今已有好幾個月了，我想是從三月開始的，而且……」我沒有說下去，我想不出任何合理的方式將這件事解釋給她聽。

傅麗妲喝一口咖啡，在櫃臺上的菸灰缸彈一下菸灰。「每個人有時候都會作那種夢，」她說，「昨天晚上我夢見我是一個在百老匯高歌的女演員。妳應該聽聽我的歌聲……我唱了一首《夢幻愛程》中賺人熱淚的〈天快下雨了〉。」

我微笑。「不是那種夢。傅麗妲……那些夢很真實，我很難解釋，但我的意思是：那些事情真的有可能發生。我在夢中的生活，是從八年前發生的一件事開始的。」

她搖頭。「抱歉，甜心，我不懂妳在說什麼。」

於是我告訴她。我向她解釋拉爾斯和那通電話，以及在那個夢中世界，我們在電話中聊了很久，一直到我後來拯救了他的性命。我一邊敘述，一邊感覺它像一個老掉牙的故事。我提醒自己，說不定它真的是老掉牙的故事。

傅麗妲在我冗長的敘述中又抽了第二支菸，此刻她將它捻熄，開玩笑地對我說：「死去的人一定是妳失聯已久的丈夫。」

我皺眉。「什麼意思？」

「妳忘了？」她將她喝完的咖啡杯擱在櫃臺上。「幾年前，我們有一次聊天，我們懷疑為什麼我們都沒有遇到我們的夢中王子，妳說妳有一個還不錯的。妳說——讓我直接引述妳當時說的每一個字，『唯一合理的解釋是他早在我有機會見到他之前就死了』。」

我沉默了一會，思索這句話。我的確記得那次對話。我們有一天在城裡喝酒聊天，我想我們是在慶祝我們賣出第五百本書或什麼的。「我不相信我真的說過這句話。」

「喔，妳真的說過好不好。」她若有所思的手指著她的咖啡杯，「那麼，這個童話故事的結局呢？」

我聳聳肩。「如同妳所預期的，」我告訴她，「我們談戀愛，然後結婚。很快，不到一年。婚後不久我就懷孕了，我們以為懷雙胞胎，直到生產那一天才發現他們是三胞胎。」

傅麗妲哈哈大笑。「我的天，越來越有趣了，」她說，「拜託——請妳告訴我，妳懷他們的時候胖得像隻豬。」

「我早就胖了。」我笑說。

傅麗妲搖頭。「妳不胖，凱蒂。」她先為自己倒一杯咖啡，然後將咖啡壺遞給我，「妳是豐滿，妹子。」

我翻白眼，接受她的續杯，然後等她坐下。「問題是，」我說，「問題是，起初看似完美。他很完美，房子很完美，孩子也很完美——可以這麼說啦，但那是另一個故事。不過現在，我在那邊停留的時間越久，就越不……」

我沒有把話說完，因為我不知道如何解釋。我無法解釋我對米可和他的處境的愧疚感——即使從這個截然不同的世界，我也看得出它在我想像的生活中為我帶來強大的壓力。

我甚至無法解釋在那個世界中，我和傅麗妲到底發生了什麼事，我要如何告訴她我們甚至沒有說過一句話？

還有我的父母，我當然也不能告訴她發生在我父母身上的事。

「……越覺得不完美。」我終於把話說完，然後到此為止。

傅麗妲伸出一隻手覆蓋在我手上。「喔，甜心，」她說，「我不明白妳為什麼要這麼執迷，」她望著窗外，然後望著我，「最近大家都承受強大的壓力——古巴事件、對未來的不確定感，對廣大的世界，以及對我們自己的小世界。但妳這個夢……它只是一種逃避，凱蒂，它不是真的。」

「可是它的感覺很真實！」我大聲說，「它的感覺就像真的一樣。當我在那裡時，我不由得……我不由得擔心……」我搖頭，望著窗外，「我很怕有一天我睡著了，醒來發現那裡的生活是長期的，而我再也回不來了。」

好了，我終於說出口了。

傅麗妲站起來走到窗前，她招手叫我過去。「把妳的手放在這裡，」她說，將她的手壓在玻璃上。我跟著她做。「感覺到溫暖嗎？感覺到陽光？」

她說得對。外面什麼時候開始變得這麼熱了？今天早上我還以為這一整天都會是陰天，但現在太陽已衝破雲層，摸著玻璃的觸感幾乎是熱的。我望著傅麗妲，點頭。

她抓著我的手轉向一座書櫃，將我的指尖壓在一本新書上，讓我觸摸它光滑、帶點金色的硬皮封面和書頁邊緣。「妳也可以感覺到這個，對吧？」

我又點頭。

她把我帶到門外，我們站在人行道，一輛貨車開過去，我們聞到很濃的柴油味。「妳不能告訴我妳沒有聞到那個柴油味，」傅麗妲說，「還有咖啡，妳喝了，對吧？妳感覺到妳母親的吻別，妳父親的擁抱，妳可以感覺到貼在妳腿上的絲襪，妳可以感覺到耳環夾著妳的耳垂，對吧？」

我嘆氣。「傅麗妲，這些我都可以感覺到，但問題是，我在另一個生活中也能感覺到這些東西。」

她搖頭。「不，」她說，「妳有非常豐富的想像力，凱蒂，那是好事。一個活絡的腦子是聰明的象徵，即使是在睡眠中。」我遇上她的目光，那是溫和的目光，「但那個夢中世界不是真實的，這裡……」她修長、美麗的手往四周一揮，指向這個空間，我們的空間。然後她伸手摟住我的腰，緊緊抱著我，「這裡，」她低聲說，「這裡才是妳的歸屬。」

27

那天晚上，我如同我告訴傅麗妲的那樣不敢睡覺。

我盡可能拖延時間。我實踐諾言，為我父母煮了一頓全餐：義大利千層麵、大蒜麵包、沙拉。我拿出葡萄酒慶祝，但我很小心，自己只喝了一杯。我們三個人都待到很晚——聊天，回憶從前，邊看我擱在書桌上的相簿內很土的我和很年輕的他們的照片邊笑。

終於到了十一點，他們開始打呵欠，說他們該回去了。站在門口，他們緊緊擁抱我。「歡迎回來，」我低聲說，「很高興你們回家了。」

他們上車離去。我為葛瑞格的下一本書打草稿，我決定寫一本棒球選手在比賽淡季時的生活。當然，他們要做的就是親自拜訪他們最忠實的球迷，就像葛瑞格這種球迷。我把這一段放在中間部分，讓威利．梅斯出現在華盛頓街我們的小雙併公寓門口。我在我希望葛瑞格背下來的單字底下畫線：球季、街道、計程車。我拿不定主意該如何結尾，咬著鉛筆沉思，但卻無法集中注意力。

最後我把草稿往旁邊一放，開始閱讀我們書店剛進貨的核子戰爭小說《失效安全》，上個星期日的《丹佛郵報》有一篇書評給了它很高的評價，預料顧客將會開始上門詢問。我對這類故事並不特別感興趣，但我必須先讀過才能回答顧客的問題。

我看著書頁，讀來讀去卻還是那幾行。我的目光渴望地投向書桌邊緣，那裡還有一本

《春風不化雨》，作者是穆麗爾·史帕克，它去年出版時我就讀過了，但它實在寫得太好，我想再重讀一遍。我告訴自己，雖然我必須跟上目前的暢銷小說，也就是眾人矚目的新書，但此刻更重要的是我必須保持清醒。於是我放下《失效安全》，拿起《春風不化雨》。

半個小時又過去了，雖然我換了一本比較喜歡的書，但眼皮終究不聽使喚。我走到廚房煮了一杯濃茶，帶著史帕克的小說回到沙發坐下，把茶放在旁邊。我小口喝著，邊閱讀邊抵抗濃濃的睡意。

醒來發現我在春田街的房子時，我不能說我非常驚訝，但是當我睜開眼睛看見這綠色臥室時，我仍然忍不住從喉嚨發出一聲呻吟。我又閉上眼睛，希望我能使它消失，但內心十分明白這是不可能的事。嘆口氣，我又張開眼睛。

從落地窗透進來的光線研判，此刻似乎已近中午。我看看拉爾斯那邊床頭櫃上的時鐘——沒錯，已經十一點多了。臥室內只有我一個人，門關著。我起身，安靜地走到廚房。阿爾瑪在廚房，坐在餐桌旁，此刻大概是休息時間；她正在看報，一個杯子擺在她面前。

我走進去時阿爾瑪抬頭看我。「妳有沒有好一點，安德森太太？」她問。她關切的語氣讓我很感動。

「我……我很好。」我倒了一杯咖啡，「安德森先生和孩子們在什麼地方？」

「安德森先生向公司請一天假，讓妳好好休息。他送米契和米希去上學，說他會盡可能帶著米可在外面逗留，這樣屋子裡會比較安靜。」她站起來，「我今天早上都盡量安靜地做事，」她說，「沒有吵到妳吧？」

「沒有，」我搖頭說，「妳一點也沒有吵到我，謝謝妳。」

「安德森先生，他說妳昨天晚上，很難過。」

我點頭，在餐桌旁坐下來。

「要不要我做點什麼給妳吃？吐司夾蛋？」

「好，」我說，喝一小口咖啡，「好的，謝謝。」

她在爐子上忙。我瞥一眼報頭，上面的日期是一九六三年三月四日，星期一。頭版標題寫著：「烏雷近郊山崩，三人遭到活埋」，一張幾乎占據整個版面的圖片顯示，救難人員正在科羅拉多州西南部一處山口搶救遭山崩掩埋的罹難者。

「阿爾瑪，」她把餐盤放在我面前時我說，「妳可以坐下來陪我聊一下嗎？」

她聳肩。「好，如果妳想要的話。」

「妳再去倒一杯咖啡。」

她揚起眉梢，但順從我。

「我想知道一些事。」她在我對面坐下時我說，「我要問妳的事，妳聽起來也許會覺得荒謬，因為這些都應該是我早已知道的事，但我記不得了，所以我需要妳的幫忙。」

她偏著頭，好奇地等待。

「首先，妳能告訴我，妳是什麼時候開始為我們工作？」

「嗯，我想是五月，一九五八年，這個房子才剛蓋好。」她說，「妳與安德森先生和小娃娃剛搬進來。妳雇用我，因為這個房子太大，妳一個人照顧不來，尤其是妳那時候仍在上班，太太。」

「是嗎？妳可以告訴我當時的情況嗎？」

「妳有一家書店，和另一位女士，格林小姐，一起經營。妳每天去書店上班，小娃娃留在家裡，他們那時候都還很小，不到兩歲。」

「妳照顧他們？」

她笑了。「不是我，」她說，「他們三個都很好動，我一個人又要管家，又要煮飯，怎麼可能照顧得來？不，太太，妳還有一個保母，妳不記得珍妮了嗎？」

我搖頭。「就算我記得……妳就當我不記得，說給我聽。」

「她自以為她學歷很高，什麼都懂，那個人。但妳要是問我，我會說她很霸道，不好。」阿爾瑪嘟著嘴說，「珍妮有大學名校的兒童精神病學位……我不太懂，好像是專門研究嬰兒大腦的，但她找不到工作。妳問我為什麼，我也不知道。但後來我比較認識她時，我想我可以猜得出來。所以她來這裡，替妳和安德森先生工作。」阿爾瑪猶豫了一下，繼續說，「這不是我的立場，太太，但我當時有告訴妳，我現在還是這樣說，我有很多女性朋友，她們都帶過小娃娃，她們自己的和別人的，她們都很樂意幫妳帶孩子，可是珍妮，她是『專家』，妳當時是這麼說的，太太，」阿爾瑪哼了一聲，「可憐的孩子，他們自己的媽媽無法在家，既然如此，他們就需要一個像媽媽的人來照顧他們，他們不需要一個把他們當作實驗室老鼠的人。」

我可以感覺到我的表情開始轉為陰沉。阿爾瑪將她的手輕輕放在我的手上，「對不起，」她立刻說，「我不該說這種話，這種話很殘忍。」

我聳聳肩。「不要緊，繼續說吧。」

「珍妮幫妳做事的時間比我久，她認為她了解這個家庭的一切，但我認為珍妮對小娃娃太嚴厲了，」阿爾瑪收回她的手，「尤其是對米可。珍妮認為……」阿爾瑪喝一口咖啡，猶豫了一下，「她認為他的腦子有問題，認為他是個瘋子。是，她的看法是對的，我很抱歉這樣說，太太，但她是這麼認為。但她同時也認為她能治好它。米可不想做另外兩個娃娃做的事，一般小娃娃在做的事，像拋球、聽音樂、看書，他對這些都沒興趣。他只是坐在角落哼著，珍妮就拉著他的小手，要他加入另外兩個娃娃一起玩。她抓他的手，抓得很緊。」阿爾瑪將一隻手放在她的另一隻手上，緊緊握著，手指底下的皮膚都泛紅了。她放開手，嘆氣。我發現我也跟著她嘆氣。

阿爾瑪繼續說：「珍妮強迫米可跟他們一起玩。她逼他唱〈牽手繞圈圈〉。她去拉他，他就崩潰，他大哭，她……」阿爾瑪咬著下唇，「妳真的都忘了嗎，太太？妳一點都不記得？」

我困難地嚥下一口口水，「繼續說下去。」

「她打他耳光，」阿爾瑪輕聲說，「安德森太太，我看了心都碎了。珍妮打他耳光，他哭得更大聲，她就把他抓起來放在牆角，摀著他的嘴巴讓他無法尖叫。他是一個小娃娃，還那麼小。另外兩個娃娃，他們非常可愛，現在也還是，他們站在旁邊，手牽手，不知道該怎麼辦。他們來找我，拖著我的裙子。他們還不太會說話，但我知道他們想說：阿爾瑪，幫幫忙！我舉起兩隻手，因為我能做什麼？那又怎樣？那個女人，她是潑猴，但這不關我的事。我的工作是清潔浴室和煮飯，不是帶小孩。」

「我們……」我輕聲說，「安德森先生和我……我們知道嗎？」

「小孩腦筋有問題，我很抱歉這樣說，這件事大家都知道。安德森先生比妳更早知道，他求妳帶米可去看醫生，但妳說米可沒事，只是有點內向和遲緩，做事情無法像另外兩個娃娃那麼快。妳說時候到了他自然會好轉。」

「但我們不知道……他被……她是……」

阿爾瑪搖頭。「不，你們不知道那件事。我應該告訴你們，我應該早一點告訴你們。」她垂下視線，「我剛才也說了，珍妮比我早來你們家，我是新來的。那時候我不敢說出來，我怕我會失去工作。」

「可是妳……最後還是說了。」

「是的，一年多以後，我才說出來。」她的神情黯然，「我一說出來，妳像閃電一樣，立刻把珍妮開除……」她舉手比出一個閃電的手勢，「我很高興，再見！」她放下她的杯子，「然後妳帶米可去看醫生，看他們怎麼說。」

「他們對我說什麼？」

「他們說這是妳的錯，太太，」阿爾瑪站起來，「他們說這是一種病——自閉症。他們無法治好它。他們說因為他小時候需要他的媽咪，但他需要她時她不在身邊。」

我可以感覺到我皺起眉頭。「妳相信嗎，阿爾瑪？妳認為這是我的錯嗎？」

阿爾瑪清洗我吃完的餐盤，「太太，我聊太久了，我還有事要做。既然妳起床了，我要用吸塵器了，好嗎？」

好吧，我告訴自己，我要閉上眼睛睡覺，然後在家醒來，但我知道我不會，現在還不會。好吧，這只是一個人的意見。沒錯，阿爾瑪和妳能找到的任何目擊者一樣可信，但那不會是完整的故事。

我一邊清洗我的咖啡杯一邊推論。假如這樣，那為什麼米契和米希都好好的？假如米可是因為我這個母親太失職而變成自閉——那麼，我另外兩個孩子不也應該自閉才對？

但我立即譴責這個輕率的回應。我的內心批評我，沒有這麼簡單。如果是這樣，那這個世界就會有更多自閉的人，因為世上有許多失職的母親。

我一邊走回主臥室換衣服一邊想，事實上，一定還有什麼命中與不命中的因素，無論米可命中什麼因素（老實承認吧，凱蒂，這個「無論米可巧遇什麼因素」就是「妳是個失職的母親」），另外兩個孩子都沒有命中。他們躲過了一顆子彈，他們不會有問題。

可是他們會嗎？阿爾瑪的故事在珍妮被解雇、米可被診斷出有病後告一段落，但我可以從這裡再找出一些蛛絲馬跡。我一定是在那個時候離開「姊妹書店」，我一定是離開了傅麗妲，而且是很突然的決定。我留在家裡照顧孩子，以此贖罪，並且期待、禱告這樣做不會太遲，無論我對米可造成什麼傷害都還能補償，同時希望另外兩個孩子不會受到影響。

進入臥房，我看看床上。床還沒有鋪好，被單縐成一團，彷彿睡在那張床上的人睡得很不安穩。也許我們兩個都是，拉爾斯和我。我走過去把床單和床罩拉好，枕頭擺平。我意識到鋪床可能不是我的工作，至少阿爾瑪上工的日子我不必做這件事。但無論如何，我覺得我必須這樣做。

打開衣櫥，我檢視面前的衣服，想挑一件來穿，但我對這些衣服都視而不見，相反地，我開始看到過去幾年中我生命中的一些片段。

我還記得那些日子，不是全部，但仍記得一部分。

辭退珍妮，並決定我自己全心全力投入照料我的家庭時，我的孩子才兩歲半，我有信心我可以彌補，我可以使米可愛我，我可以使他成為正常的孩子，和其他兩個孩子一樣。

我相信如果我們走進院子，接觸泥土，對大家都有益。那年春天我們闢了一塊菜園：我們在挖鬆的土壤撒下一排排細小的萵苣與胡蘿蔔種子。那是從我以前住的雙併公寓附近的園藝店買來番茄植株，種在後院的籬笆旁。我必須制止米契和米希對著番茄植株玩擊劍遊戲，最後總算有了成果，番茄長得很茂盛。「鮮採的食物，」拉爾斯下班回家時，我滿意地對他說，「新鮮的食物和新鮮的空氣，一切將會改觀。」

我還記得他當時露出感激的笑容，顯然很欣賞這個新版的妻子。「農婦凱瑟琳，」他稱呼我，「和她的農場工人。」

三胞胎和我又把前院改造成花壇。我讓孩子們自己挑選種子，我們一起期待從土壤中長出鮮花，為我們的院子染出一哇哇豔麗的色彩。米契和米希喜愛這片五顏六色的花圃，喜愛溫暖的泥土在他們手指間的感覺。但米可討厭泥巴，看到他的指甲縫中有泥土他就會尖叫。

秋天到了，我們大部分時間只能待在室內。我揣測，玩一些想像的遊戲或許有助於米可為他的腦子找到一個出口，何況米希很想成為一個公主，所以我們玩裝扮遊戲。有個星期六，拉爾斯放我幾個鐘頭假不必帶小孩，於是我去救世軍商店掏寶，帶回許多綢緞與蕾絲。我在我的縫衣機上施展一點魔法，把這些料子縫製成一件又一件道具服。這臺縫衣機也是新買的，我希望它能將我進一步改造成我相信我可以成為的那個賢妻良母。

米希喜歡那些道具服。她一天要換二十次衣服，把她自己打扮成灰姑娘、睡美人，用我母親的名字與她的中間名自稱克蕾兒公主。克蕾兒公主要嫁給喬恩王子（這是她幫米契取的稱號），兩個人嘻嘻哈哈地，然後她會強迫他，強迫他戴上一頂用錫箔紙做的皇冠和一件絲絨小外套。她也想對米可如法炮製。「公主可以隨她高興嫁給許多個王子。」米希以權威的口吻告訴我們。但米可用力扯掉他的王子服飾跑出房間，躲在他的臥室牆角，他的床鋪背後。

我認為走出戶外或許可以多給米可一些與不同的人互動的機會，所以我們出去戶外：動物園、公園、圖書館。雖然我有休旅車，但我們有時也坐巴士，因為才三歲的米契已經開始愛上交通工具。但那些出遊活動都令人筋疲力竭，因為我始終不知道米可會有什麼表現，始終不知道什麼情況會使他突然發作。它就像那位帶自閉症女兒到「姊妹書店」的婦女，現在我能體會那位婦女的感受了，因為我帶我的孩子出門時也有相同的感受。我們本來很快樂，然後，突然間毫無預警，事情就發生了——米可肚子餓，但我帶去的點心和我原先答應他的不一樣，或公園內的其他孩子搶先一步爬上米可準備坐的鞦韆，或者天氣，本來氣象預報是晴天，結果卻意外地變成寒冷的陰天，這時他就會開始尖叫、號哭。另外兩個孩子，還有我，我們也跟著淚眼汪汪，這種情況下我只好把大家都帶回春田街。

等拉爾斯傍晚下班回家時，我已筋疲力竭。我最多只能靜靜地坐在沙發上讀故事書給依偎在我身邊的米契和米希聽。

米可，就我的記憶所及，我每天晚上都巴不得趕快把他交給拉爾斯。我向拉爾斯表態，他踏進家門的那一刻起，米可就歸他管。

我雖然很想補償米可，想改變他，治癒他。但一天結束時，我連一秒鐘都無法忍受跟他在一起。

他們即將四歲的那年九月，米契和米希每個星期有三天早上去幼兒園。理論上，這應該能改善一切。照顧一個孩子，雖然是米可那樣的孩子，應該比照顧三個孩子容易得多，對吧？出乎意料的是，我發現米契和米希上學時，家裡的情況反而更糟。米可和我都想念他們，我們一對一相處的時間無法滿足我們。他雖然沒有說出口，他很少說話，就算說了，我們往往也要猜個半天。米可不明白為什麼他不能和他的弟弟妹妹一起上學，此外，他也不明白為什麼我們不阻止米契和米希上學。我每天早上送他們上學時，他會堅持：「米可去。」我在門口拉住他，找機會跟另外兩個孩子吻別時，他會拚命搖頭。「米可也去！不然不去，不要，不要，不要去！」我把他拖回車上時，他會用他的兩個小拳頭拚命捶我。我上車匆匆離去時，其他媽媽都瞪著我，在一旁竊竊私語。

開車回家的短暫路途中，我默不作聲，他坐在旁邊嗚咽生氣。我知道我應該協助他，安慰他，但我說任何話或做任何事（不碰觸他，不說話，不作任何表示）對他似乎都無關緊要。所以我學會兩眼直視馬路，強忍著內疚的淚水。我告訴自己，我無法為我的孩子做任何事，傷害已然造成。太遲了，而且這一切都是我的錯。

後來，我讓拉爾斯送兩個孩子去幼兒園，情況稍微好一點，但我還是怕去接他們。我不知道米可在面對那麼多小孩和母親，以及放學的混亂狀態中，會有什麼出其不意的反應。但我無法逃避，那個時間拉爾斯在上班。

拉爾斯送另外兩個孩子上學到我開車接他們回家中間這段時間，感覺上就像永恆一樣漫長。我盡可能討好米可，坐在沙發上為他朗讀故事，試著引起他的興趣。陪著他以徐緩、有條不紊的步伐在街區散步，天氣好時帶他去遊樂園盪鞦韆，一盪就是好幾個小時。他喜歡盪鞦韆，我也可以趁機讓我的腦筋清醒一下。規律、穩定的盪鞦韆動作為米可和我帶來小小的安慰。

米契和米希喜歡他們在幼兒園的學習。他們熱愛音樂，回家途中他們會要求我打開車上的收音機，隨著一聽就能朗朗上口的旋律哼哼唱唱。他們學會每一個字母的正確發音，並且很快就能從一數到二十。這些成就讓我欣喜，想到他們小小年紀就已展現出對學習的熱情，這點倒是很像我。

但我的喜悅仍然帶點苦澀。他們在學校生活中茁壯，米可和我卻日漸凋萎。第二年的幼稚園生活並沒有使情況改善。我很感激米契和米希先有了幼兒園的學習經驗。他們開始讀幼稚園時還不足五歲，比許多同學都小一點，但他們兩個有伴，又先有一點學習的經驗，因此他們的表現很出色。他們學會寫自己的名字，會辨認圖畫書中的許多單字。他們畫的圖，從塗鴉演變成簡單的人物線條，以及可以辨認的房屋、太陽和星星。他們記得回家進門後要先把他們的外套掛好，把靴子整齊擺在櫥櫃內，如同他們在學校那樣。拉爾斯和我對米契和米希的聰慧與學習都感到驚嘆。

然後我們會想到米可，不約而同沉默下來。

我們無法把米可送去學校，尤其是一般公立學校。法律沒有規定公立學校必須為他提供教育，我們也不認為強迫他置身一般的課堂上，對任何人是公平的。包含老師、班上其他的孩子，或米可本人。我們知道這樣會干擾他，他學不到東西。一個要管理一整班幼兒的老師，無法給米可他顯然需要的一對一照顧。

我們當然也研究過其他選項。我們看過幾所特殊學校，專為無法適應一般學校的孩子而設的私立學校。但那些學校的孩子要麼絕頂聰明，米可完全跟不上。要麼是重度智能不足的孩子，學校對他們而言似乎更像托兒所，白天送去那裡，讓他們的母親可以有個喘息的機會。

「我可以在家教他，」我對拉爾斯說，「我有證書，我有經驗。」

他對我投以懷疑的眼光。

「我可以，」我堅定地說，「我曾經教過很難管教的孩子。」

「但不是米可這種孩子，對吧？而且他們都不是妳自己的孩子。」

「是沒錯，」我承認，「但，說真的，我們還有什麼選擇？」

我沒有忙著教米可幼稚園的正式學習課程，我們先從一些基本技能下手。我知道畫出正確的圓形、正方形和三角形是寫字的基礎，所以我鼓勵他畫畫。這點他有時似乎很喜歡，但他的畫通常看不出什麼特定物品。我常為他朗讀，希望他會愛上故事，如同許多經常聽故事的孩子那樣。米可不像大部分孩子那樣喜歡，但他會短暫忍耐。

米契和米希開始上小學一年級時，我認為米可開始認真學習的時候到了。他的學習雖然緩慢，但我推斷，我有的是時間教他。

無論需要多少時間。

我在餐廳為他安置了一張小書桌。我會讓他坐在那裡，放一張紙在他面前，和他一起寫字。我們從A開始學。我沒有要求他別的——只要寫A和從我們閱讀的書中找出A這個字母。起初他願意，但久了他就越來越沒興趣了。

我絕望了。我認為他永遠無法學習。他可以背誦字母表，但這對他沒有意義。書上的字對他而言也沒有意義。我如果問他認不認得A或任何其他字母，他會搖頭。他不是個熱心學習的孩子，但他會順從。當我說上課時間到了，他不會抗議。相反地，他會坐在那張小書桌寫他的A，然後望著牆壁，默默地等我說今天上課結束，他可以從他的座位站起來。有時我也會在二或三小時後心力俱疲而讓他下課。

我不能理解。「他都知道要怎麼做，」我對拉爾斯說，「但他就是不想做。」

「到時候他會的。」

那是去年十月中的事，在萬聖節前，在那個……星期之前。

我站在衣櫥門前，挑了一套符合我的心情的深色休閒褲和灰色毛衣穿上，再找出一雙中筒襪和黑色平底皮鞋，然後將頭髮往後梳，用髮圈箍起來。

我回到客廳，阿爾瑪在客廳吸塵，從觀景窗到餐廳的地毯上被吸塵器拉出一條條整潔的紋路。我走過去，在這些條紋留下我的腳印。我站在窗前看拉爾斯的車。

拉爾斯停下車子，幫米可打開車門，我看到我的兒子滿臉不高興、抽抽噎噎地出來。我很驚訝。他平常和拉爾斯在一起似乎總是比跟我在一起更愉快。我走到門口迎接他們。

拉爾斯幫米可脫下外套。「上樓去。」他對米可說，米可默默地順從。

拉爾斯搖頭。「我不知道妳一整天是怎麼撐過來的，天天都這樣。」

我聳肩。「我也不知道你是怎麼撐過來的。」

他走到廚房倒了一杯仍溫熱的咖啡。「妳要不要喝？」

「不要，謝謝。」我為自己倒一杯水，拉爾斯走向他的書房。我喝水，然後走到樓梯口仔細聽，樓上沒有聲音。我想米可也許躺在他的床上休息，於是我跟著拉爾斯到他的書房。

我站在書房門口，看他在講電話。「好，但我今天沒空，」他說，「好的……不，我了解。」他看我一眼，「請等一下，葛萊迪絲，」他摀著話筒轉向我，「他們要我下午過去一趟，」他問我，「如果我去辦公室，妳一個人可以嗎？」

我又聳肩。「我沒問題。我只是想……我想先跟你談一下。」

他又對著話筒說：「葛萊迪絲，告訴他們我一點半到，」他掛了電話，從我身邊走過，「我必須去換衣服，」他說，「我可以一邊換衣服一邊談嗎？」

我點頭，隨著他進入臥室。

我們的臥室內有一張單人沙發椅，面料是斜紋呢，墨綠色，襯著灰綠色的牆壁十分醒目。我坐在沙發椅上，看拉爾斯找出一條西裝褲、一件燙得筆挺的白襯衫和一條領帶。他在換衣服時，我從對面坐著的地方都能聞到一股衣服洗燙過後乾淨新鮮的氣味。我看著他穿上襯衫，扣上鈕釦，看著他寬大的肩膀與結實的胸膛。他是一個充滿魅力的男人，如此可愛、如此完美，我知道我應該為我能跟他在一起而心存感激。

無論它是不是真實的，我都應該為我所擁有的感到快樂。

他從鏡子注視我，「妳有好一點嗎？」

「還行。」

「妳昨晚很難過。」

「拉爾斯，」我站起來走過去，和他一起站在鏡子前看他打領帶，「我需要你為我做一件事，這件事可能不容易。」

他轉身抱著我，「妳要什麼都行。」

我閉上眼睛，享受與他如此貼近的感覺與氣味，但願我能享受這種親密的樂趣而忘了一切，但我不能。我睜開眼睛。

「告……」我嘆口氣，「告訴我，他們……我的父母到底發生了什麼事。」

他偏著頭。「甜心，妳都知道了。」

我搖頭。「不，我是指後來的事。」我離開他的懷抱，往後退一步，「我們是怎麼知道的？我們當時怎麼辦？我們如何告訴孩子們？還有……」我咬著唇，「如何舉行葬禮？」

他注視我良久。然後他打領帶——緩慢而仔細、不慌不忙。

等他對自己的外表感到滿意後，他把我帶到那張單人沙發椅，輕輕按著我讓我坐下，他自己坐在對面的床沿上。「那天很難過。」他搖頭說道。

我點頭。當然會很難過。

「那天早上我沒去公司上班，我們也讓米契和米希向學校請假。我們開妳的車去機場，」他說，「我們擠進車內，準備去機場接外公和外婆。孩子們穿著萬聖節服裝，非常興奮。」他哀傷地望著我，「妳也是，甜心，」他一隻手放在我的膝蓋上，「凱瑟琳，也許我不該這麼說，但那天早上在車上……我想那是我最後一次看到妳真的快樂。」

我望著落地窗外積雪的庭院。我不記得這件事，但我可以想像出那個畫面。我知道孩子們會如何裝扮。米希會打扮成公主，因為她一直想當公主。米契會打扮成一個流浪漢，或魔術師，或火車司機，或一個牛仔——米契豐富的想像力會把他帶到世上任何地方，因此有無盡的可能性。甚至連米可都可能被這種氣氛感染。我也許會說服他稍稍打扮，讓他穿上舒適的、不太緊的衣服。是的，我知道會這樣，一套小狗裝。我會用毛氈做兩隻軟軟的耳朵縫在一頂柔軟、寬鬆的頭罩上，讓他穿上平日穿的棕色長褲和棕色毛衣。我會用更多毛氈做一條有斑點的尾巴縫在他的長褲後面。

我也可以看到我自己，我的臉因殷殷期待而泛紅。我們開車前往斯塔普頓機場時，我會從後視鏡看一下我的臉。我會整理我的頭髮，雖然它毫無疑問在琳妮的巧手下像圖片中的髮型那麼完美。

拉爾斯會負責開車，一邊吹口哨一邊和孩子們說笑。天氣會跟真實世界的那一天一樣陰霾，但那不會破壞我們的心情。

我可以想像我們抵達機場，停車，進入大廳。旁人會相互點頭微笑，注視我們家穿著奇裝異服、興高采烈的孩子們。我可以看到我們一路朝著十八號登機門走去。

那是幾天前我在真實世界中迎接我的父母的同一個登機門。

「他們預定在洛杉磯轉機，」拉爾斯繼續說道，「那班飛機準時到達。我們站在窗口注視、等待，向每一個下飛機踏上機場跑道的旅客揮手。我們一直等到他們都穿過登機門，又一直等到登機門關閉。

「『他們一定錯過那班飛機了，』妳說，『奇怪，他們沒有打電話來。』」

「是啊，」我低聲說，「他們應該會打電話。」

拉爾斯點頭。「登機門有位空中小姐，我們問她，她指示我們去服務檯。他們……他們似乎正在等我們。那裡有幾個人，一位男士，兩位女士。『安德森先生和夫人嗎？』我們走過去時其中一位女士說，『我們打電話去你們家，但你們大概已經出門到機場來了。我們很遺憾通知你們，米勒先生和米勒太太從檀香山起飛的班機……』」

拉爾斯停下來，一會兒他才說：「他們說的，妳都知道了。」

「噢，」我倒吸一口氣，「噢，該不會是在孩子們面前？」

他點頭。「我很生氣，我認為……他們應該把我們帶到旁邊什麼的……」他搖頭。

「那……那後來呢？」

「很糟，」他說，「大家都在哭，妳，孩子們，連我，我……」他雙手交握，「他們是好人，凱瑟琳，我愛他們，妳知道，像兒子愛他的父母那樣。」

他停頓。我想起我們第一次通電話時，拉爾斯告訴我他的健康條件不符不能從軍參戰，我還揣測我的父親對這件事會有什麼看法。但我知道，我一直都知道我的父親一點也不介意。我明白我的父親，我的父母，會喜歡拉爾斯。他們會看到他多麼愛我，多麼愛我們的家庭，這才是他們重視的。而拉爾斯對他們的看法也一樣。

「我自己很早就失去父母……我一直覺得……我覺得……湯姆和克蕾兒使我又再度擁有父親和母親。」

我突然發現一種我以前不知道的悲痛。小時候，以及稍長之後，當我失去祖父母、寵物，戰爭期間失去朋友（更別提父親告訴我失去早夭的弟弟那天）那些都是巨大的悲痛，在我年輕的心靈中幾乎無以衡量的悲痛，但這種痛是我自己的。有時我不得不去參加葬禮、弔唁、寫慰問卡，但我很少想到別人的悲痛。我可以回家，然後崩潰。我可以痛哭，想哭多久就哭多久，但我不必顧慮其他任何人。

在另一個世界中，我的世界的中心是我自己。我當然愛他人，也會照顧他人——許多的他人，但在一天結束時，我的心念與行為主要還是著重在我自己的生活與情緒上。

這裡就不一樣了。我的生活，我的愛，比那個世界更寬廣。即使在傷痛中，我也必須緊緊擁抱他人。

我伸手抓住拉爾斯的手。「告訴我……如果可以的話……告訴我葬禮的情況。」

他聳聳肩。「沒有……呃，當然沒有他們的遺體，沒有棺木，什麼都沒有……嗯，我們放了一些照片和鮮花。」他微笑道，「事實上，放了大量的照片和大量的鮮花。妳似乎覺得怎樣都不夠。」

「因為只能這麼做。」我說，但不是真的願意去想它意味著什麼。

他聳肩。「無論如何，它都是一場感人的告別式。教堂擠滿了人。」他看看旁邊，又看看我，「來了許多人，凱瑟琳。我沒想到會有那麼多人。和妳父親共事多年的男、女同事，妳母親在醫院當志工、為社區服務時認識的每一個人。妳們在默特山的鄰居和我們這裡的鄰居。妳的同學——中學的、大學的。妳開書店之後認識的人。」他對我微笑，「每一個人，凱瑟琳，每一個人都來參加。」

我很感激，但還有一個我真正想知道的名字。「拉爾斯。」我輕聲說。

「什麼事？」

「那個……傅麗妲有來嗎？」

拉爾斯忽然站起來，用雙手握著我的手。「凱瑟琳，」他說，「不要這樣折磨妳自己。」

我搖頭，不肯相信。「她沒來，」我說，「她連我父母的葬禮都沒來參加。」

「親愛的，」他跪在我面前，「我的愛，過去的事……有些事是我們無法改變的。」他站起來，「我認為妳沒有辦法……改變妳與傅麗妲之間的事。」

我向後靠在墨綠色的椅背上，眨著淚眼。

拉爾斯一手撫著我的肩頭。我看見他瞥一眼床頭的鐘。

「不要緊，」我輕聲說，「我知道你得出門了。」

「我不想在這種情況下離開妳，」他凝視我的眼睛，「凱瑟琳，」他懇求我，「我想妳應該找個人談，也許找個心理醫生，請妳讓我打電話……」

心理醫生。醫生。我想到過去這些年醫生說過的話——那些「實話」。叫我母親不要再懷孕；告訴拉爾斯和我，我們的孩子罹患無法醫治的病，而且這都是我的錯；告訴我（我沮喪地想起那些年凱文始終拒絕我。他沒有說什麼話，而是以行動告訴我），我不夠好，不配當醫生的太太。

我搖頭，心意已決，我抬頭看他。「用不著看醫生，我沒事。」我站起來，抱著他，「謝謝你告訴我，」我說，「我知道這聽起來很怪……我不記得這些事。」

他點頭。「妳需要什麼儘管告訴我。」他溫柔地說，「無論妳需要什麼，凱瑟琳……任何事……我都會為妳做。」

我微笑。他是如此令人驚嘆，如此完美。

但他無法給我一個我想要的東西。

他無法幫我找回那些人，我的真實生活，我最愛的那些人。

拉爾斯離開後，我去廚房請阿爾瑪為米可準備午餐。「妳呢？」她皺著眉頭問我。

「我什麼都不要，」我說，「我不餓。」我走到樓梯口叫米可。他出現在他房門口。

「下來吃午餐，甜心，」我說，「阿爾瑪會陪你。」然後我轉向她，「他吃飽後可以看電視，」我說，「這樣他就不會妨礙妳做事了，好嗎？」

她聳聳肩，點頭。我告訴她我要去躺一下。

我走進灰綠色的臥房，在床上躺下，用一條和壁紙同色系的阿富汗毯蓋在身上。我沒見過這條毛毯，但我認得出上面有我母親最愛的織花圖案，這一定是我們搬來這裡後她為我們編織的，它會像她一樣，使我們的主臥室更加完美。

我閉上眼睛等待，確切知道我會在什麼地方醒來。

28

我醒來時陽光普照，我在我自己的客廳，躺在沙發上。我的身上蓋著我熟悉的、舒服的阿富汗毯——也是我母親最愛的織花圖案，但這條是紫藍色的，我自己選的顏色。亞斯藍蜷縮在我的腹部旁邊。

讓我驚訝的是，我的母親坐在我右邊的扶手椅上，正安靜地用棒針編織毛衣，看來她好像在織一件嬰兒毛衣，藍色的，給男寶寶。「嗨，」我說，「妳在這裡做什麼？」她抬頭微笑，「早啊，好個大晴天。」她伸手看看她的手錶，「正確地說，應該是午安，快兩點了。」

「喔，我的天，」我掀開毛毯坐起來。亞斯藍被我突如其來的動作驚擾，也站起來。牠先弓著背，然後走到沙發另一頭趴下來，看母親織毛衣。「我怎麼會睡那麼久？」母親聳肩。「傅麗妲打電話給我們，說十一點了妳還沒去書店。她打了幾通電話到這兒，但都沒人接，她才請我們過來看看。」她皺眉，「妳的門沒上鎖，凱蒂，這樣很危險，妳知道，對一個單身女子來說。當我發現妳躺在沙發上時，嚇得差點得心臟病，爹地和我還以為妳被小偷勒死了呢。」

我做了個鬼臉。「呀，對不起，我大概睡得太沉了，」我揉揉眼睛，「我想昨晚妳和爹地離開之後，我大概看書看到睡著了。」

「我想也是。妳一定是累壞了。妳父親和我看到妳睡得那麼熟，決定不要吵醒妳。我們打電話給傅麗姐，告訴她情況，她說不要緊，妳就在家休息一天好了。後來妳父親就先離開了，他要去檢查車子的煞車系統，說那輛車停在車庫那麼久都沒動，這樣對車不好，他覺得煞車踩著怪怪的……」她又聳肩，「總之，妳一直在睡，我只好坐下來織毛衣等妳醒來。」

我媽就是有這種遠見，當她被叫去看她已經成年的女兒是否安然無恙時，仍然會想到順便帶著她的編織袋。

「妳睡得好熟，彷彿魂魄都飄走了。」她說，戲謔地拿起她的棒針要敲我的腦袋。

我笑著躲開。「妳那個是要織給誰的？」

她低頭看她手上的手工藝。「我鄰居玫瑰的女兒，」她告訴我，「妳認識玫瑰和哈利，就是搬進傅立曼的舊房子那對夫妻，他們大約是在妳搬到這裡的時候住進去的。他們的女兒叫莎莉，明年一月要生了。」她聳聳肩，「玫瑰硬說會生個男孩。莎莉已經有一個女兒了，所以玫瑰說這次一定生男孩。」母親對我擠擠眼，「但是我也織了一件粉紅色的，以防萬一。」

我也對她擠眼。「設想周到，媽。」我望著窗外，「但人們並不是總能魚與熊掌兼得。」

母親搖頭。「那倒是真的，」她說。她沒看我，我知道她一定想到我的弟弟，我那三個來不及吸一口氣的早夭弟弟。

「媽，」我面對她，盤著腿，膝蓋上蓋著阿富汗毯。她抬頭看我。「妳會……妳會不會……」我猶豫了一下，繼續說，「如果我不結婚，沒有小孩，妳會不會煩惱？」

母親看一眼她手上的女紅。「這不是個好問題。」她說，「我會不會煩惱？這句話問得很怪。」她又繼續織了一行後才抬頭望著我，「我希望妳結婚生子嗎？當然希望。哪個母親不希望她的女兒結婚生子？但假如問我萬一發生這種事我會『煩惱』嗎？這樣問就差矣。我希望妳快樂，而且妳似乎……」她又繼續織下一排，「妳和傅麗妲……妳們兩個似乎都很快樂。」

我大笑。「這句話說得好奇怪！」我伸展手臂，放鬆緊繃的雙肩，「傅麗妲和我不是情人啦，媽。」

她立刻臉紅。「當然不是，我不是指……我不是那個意思，凱蒂。」

「有些女人是。」我輕鬆地說。

「我知道，親愛的，我又不是三歲小孩。」

「但傅麗妲和我不是，我們不是那種感情。」我發現，出人意外的改變話題一時竟讓我臉紅。母親和我向來無話不談，這三十五年來我雖然對於如何表達我的想法深具信心，我們卻不曾討論過女同性戀的話題，不管是個人的或純就社會學層面。

「嗯，」她放下她的棒針，若有所思地說，「妳和傅麗妲是真的好伴侶，這是很難得的，妳要知道。有些人尋覓了一輩子，有些人……事實上是許多人，雖然結婚了，卻不能和他們的丈夫或妻子成為好伴侶。」

這句話讓我想到拉爾斯和我，在另一個世界中，我們有嗎？我們是如同我母親說的「真正的伴侶」嗎？我相信我們是。他似乎總能讀出我的心，彷彿他已認識我一輩子了，和這個世界的傅麗妲一樣。

假如沒有拉爾斯，我在那個世界要依賴誰？當然，我依賴他甚於依賴其他任何人，沒有拉爾斯，我如何帶米可？假如我的夢中生活的記憶是真實的，那麼顯然我的過去、以及未來，都未能善盡我身為米可母親的職務。假如沒有拉爾斯，我的表現會更糟。

但我又忽然明白，在那個世界中，我還依賴著誰。

當然是我的父母。他們是我在那個世界的擁護者。

我的，以及更重要的——米可的擁護者。

另一個記憶又冒出來了，或者也許是出於我的想像。誰更了解我們呢？無論在哪一個世界，我都可以從我的腦海中看到：我的孩子們、我和我的母親。

當時我們在圖書館，在丹佛公共圖書館的德克爾分館，它離我住的雙併公寓和「姊妹書店」都只有一小段距離，步行就可以到達。南丘社區那一帶沒有圖書館嗎？那邊新蓋了許多建築，照理說應該有圖書館才對，但當時也許還沒有興建，或者已經有了，但在那個生活中，我比較偏愛我以前住的舊社區圖書館。

我們在兒童區，這時候是說故事時間。我母親、米契、米希、米可，和我全都盤腿坐在地毯上，還有許多其他母親也帶著孩子坐在地上聽。這些孩子的年齡都跟我家的孩子差不多，大約三歲或四歲。

圖書館員舉起一本書開始朗讀，這本書的書名叫《安妮會飛》，故事敘述一個女孩和她的父親駕駛單引擎飛機飛行。她的父親帶著她飛過許多地方，其中包括她的夏令營。真是個幸運的女孩！

孩子們聽得入神——這裡扭一扭、那裡動一動，但故事令人著迷，圖書館員又講得非常生動，吸引了大家的注意力。

只有一個人例外，米可。

他坐在我旁邊，弓起兩個瘦削的膝蓋頂著他的胸部，兩眼望著地板。他的上身左右擺動，我見過他這麼做，所以我知道這樣可以幫助他專注，並阻擋任何事物干擾他的情緒。他的擺動是規律性的，穩定而安靜，但我注意到他的擺動幅度越來越大，越來越誇張。他自己並沒有意識到他的動作正隨著故事張力逐漸加快。

我不是唯一注意到的人，其他幾個坐在附近的媽媽開始瞪著他看，其中有兩人交相耳語後又往我們這邊看。我可以看出她們在想：這個孩子有什麼毛病？

我的母親直直望著圖書館員，米契和米希分別坐在她的兩邊，她伸手摟著他們，他們依偎在她懷裡。

米可的擺動越來越誇張；當他左右擺動時，兩邊肩膀都幾乎接觸到地板。我必須承認，這種大動作的確會令人分心。我低下頭，感到慚愧——不是為米可，而是為我自己。我為自己多麼希望我的兒子能正常一點而感到慚愧。

一個母親靠過來，「抱歉，」她用不太小的聲音在我耳邊說，「妳兒子的動作令人分心，孩子們很難專心聽故事。」她意有所指的深深看著我，「我想他不應該來這裡，妳覺得呢？」

我瞪著那個婦女，答不出話來，只能強忍著淚水。

我還沒來得及開口，我的母親馬上移過來坐在中間。她雖然五十多歲了，依然反應迅速。米可和我在她的左邊，其她母親和孩子在她的右邊。她一手摟著我，一手輕撫米可的頭髮。「這個孩子，」她以嚴厲的口吻對那名婦女輕聲說道，「和其他任何孩子一樣有權利聽故事。他和他的母親屬於這裡，跟其他任何母親和她們的孩子……」她斜眼瞪著那名婦女，「以及妳和妳的孩子一樣。」她伸出食指直指他們，「別忘了，」她對其他母親說，「所有的孩子都是神的孩子。」

母親從她口袋掏出她的手帕遞給我，「把妳的眼淚擦乾，美女，」她對我說，「這些人不值得妳掉眼淚。」

此時，回想起那一刻，我感激地凝視我的母親。我很感激這段記憶，它讓我了解，在另一個世界中，母親不但是我的擁護者，也是我的孩子的擁護者。

接著我又想起在那個世界中，她已經不在了，她已經不在那裡了。

我不願意去想這件事。我把我的心又拉回此時的談話，我們剛才談了什麼？不是孩子，因為在這個世界中我沒有孩子。

喔，對了，我想起來了，伴侶。

「我同意，」我輕聲說，「我知道如果一個人要結婚，最重要的是伴侶關係。」

她點頭，仔細看她腿上的毛衣。「確實，」她贊同，「另一部分……肉體部分……不一定要像人家說的那麼美好。」

我的天，她真豁出去了，不是嗎？「妳是說……妳和爹地……」

「哎呀！凱蒂，我不要跟我的女兒談論這種事。」她從她的袋子拉出毛線，亞斯藍撲過去，「你走開，」她將牠的爪子撥開，牠跳下去，往廚房走去，無疑地是想去看牠的碗裡是否還有食物。

「但你們沒問題，對吧？」我逼她，把我穿著拖鞋的腳放在地板上，「妳和爹地——你們一切都很好吧？你們很快樂，不是嗎？」我的聲音有點沙啞，幾乎成了耳語，「拜託，告訴我你們很快樂。」

她微笑。「妳父親和我結婚很多年了，我們很幸運，仍喜歡找時間在一起。我們知道如何找出共同立場，這點也很幸運。至於我希望整天都跟他膩在一起嗎？他希望整天都跟我膩在一起嗎？我的天，不。他有高爾夫和閱讀，他有朋友，有許多事可做。我有我的編織，我的婦女俱樂部，醫院的志工工作。晚上我們才一起相處。真正的伴侶關係嗎？是的，我們有，但那不表示我們必須時時刻刻在一起。應該……」她又拉她的毛線，「要這樣才對，」她皺眉，「是的，妳會想要個伴侶，但妳不會想要那個人成為妳的全部世界，凱蒂。」

「不，」我徐徐說道，「不，即便已經結婚……應該還有更多，不能只有妳的丈夫，甚至不能只有妳的小孩，」我眨眼，「家庭很重要，它是最重要的，但它不能成為全部。如果它是妳的全部……」我移開視線，望向窗外，「如果是這樣的話，萬一妳的家庭不如妳的預期……那麼妳會非常失望，假如妳一心希望擁有全部的話。」

「完全正確，」母親將她的手工藝品收進袋子裡，「否則妳想我為什麼要去醫院照顧那些可憐的孩子？」她問我，「妳想我為什麼要花那麼多時間在那裡？如果情況不一樣，如果妳不是獨生女，妳想我會花這麼多時間在醫院嗎？」

我以前從未想過這件事。母親那一代的已婚婦女很少出去工作，現在的母親出去工作的已經不多，更別提我小時候。那種生活方式對我母親而言是不可能的。事實上，對那個時代的多數母親而言亦是如此。但只有一個孩子的母親，而且是個盼望能多生幾個孩子的母親，一旦我度過了嬰兒期，一旦我進了學校，她要如何打發她的時間？她已在我身上花了許多時間，大量的時間，但她常說我是個乖孩子，一個很好帶的孩子，他們倆都這麼說。在只有一個孩子的情況下，她有許多空閒時間，於是她把那些時間用在其他孩子身上，這些嬰兒取代了她自己無法撫育的嬰兒。

「無論如何，」母親輕快地說，從椅子站起來，「現在知道妳沒事，我要打電話給妳父親了，他這時候應該已經在家，可以過來接我了。」

母親離開後，我打電話向傅麗妲道歉。「不要緊，」她說，「很高興知道妳沒事。」

「我馬上來。」我說。

「妳不用來了，凱蒂，生意清淡。」

這些日子以來哪個時候不是生意清淡？「一樣啦，」我堅持，「我十分鐘以後到。」

我一邊走去書店時一邊仍在想我與母親的對談。它讓我想到我的另一種生活，想到我在那裡所擁有的和失去的東西。拋下傅麗妲，拋下書店和整個生活方式，將自己奉獻在孩子們身上——這是正確的事，是唯一的選擇。在那邊待過一段時間，看到我所看到的，回想起我能回憶的，現在我明白了，我明白我別無選擇。

然而，在那個生活中，我毫無疑問已陷入困境，這個困境包括對米可的情況感到愧疚，對傅麗妲遠離我的生活感到震驚，以及失去我的父母的孤單感。這令人心碎的三件事遮蔽了那裡的所有好事。

我搖頭。即便在這裡，在這個截然不同的世界，我顯然都無法超越那令人痛心的三件事，它使其他的一切都黯然無光。

那天傍晚，書店打烊後，傅麗妲和我一起去喝酒。那天是星期六，但我們都不想離開我們的社區太遠，所以我們去伊凡斯大道丹佛大學附近的一家小酒館「體育館客棧」。傅麗妲和我讀大學時，這家酒館每到星期六晚上丹佛大學的美式足球賽結束後，總是人聲鼎沸，永遠找不到空桌，甚至連走動都有困難。但丹佛大學去年解散了球隊，使這個地區的許多人都感到驚愕與失望。無疑地，鄰近酒館的生意也都受到影響。

時間還早，剛過五點不久，酒館生意清淡，整個空間幾乎只有我們兩個人。我們坐在靠後面的雅座，看不到半個服務生，於是我自己去吧檯點飲料。酒保是個笑容可掬的老人，他讓我想起布雷德利。我為傅麗妲點了一杯馬丁尼，為自己點了一杯葡萄酒。「店裡請客，」酒保將兩杯酒放在吧檯時說。

我揚起眉梢。「店裡請客？為什麼？」

他聳肩，眼神深沉但柔和。「就當它是我的日行一善吧，夫人。」

我搖頭，「那就謝啦。」我說，放了一塊錢小費在吧檯上。

回到我們那一桌後，我把酒放在傅麗妲面前，告訴她在吧檯發生的事。「奇怪。」她說，「不過，也沒必要猜疑別人的好意。」她啜一口她的馬丁尼，閉上眼睛，「嗯，我需要。」

我笑而不答。我打算慢慢品嘗這杯葡萄酒。我最近喝太多酒了，無論是在這裡或在另一個世界。

傅麗妲放下她的酒杯點了一支菸。「凱蒂，」她說，聲音平平，「我們必須作決定了。我們的租約十一月底到期，我們現在就可以告訴布雷德利我們不打算續約。我知道我們會超過月初幾天，但他會諒解。」她又啜一口她的酒，「我昨天打了電話，」她告訴我，「打給購物中心的管理公司，我打電話給他們，那個地方還沒有租出去。」她露出憧憬的眼神，「我們還來得及在耶誕節的採購季開張。」

雖然明知不應該，我還是喝了幾大口葡萄酒。管他的，我需要勇氣。

「麗麗，」我終於開口，「假如……妳會怎麼想……假如我這次不再加入呢？」

她瞪著我。「妳在說什麼？」

我嘆氣。「是的，」我說，「我知道這是一種進步，我知道這是未來的趨勢，我知道以我們目前的地點，『姊妹』沒有前途。這些我都知道。」我又喝一大口酒，「但我想了很久，」我繼續說道，「雖然這些都是事實……我不知道，傅麗妲，我的心並不在這上面。」

「妳的心？」她吸了一口菸，然後朝著天花板吐煙，這才回頭看我。「這是生意，妹子。」

「我知道，但即便是生意……」我絕望地看看四周，彷彿我的面前會出現適當的字眼，或者一張提示卡什麼的。「妳必須對它充滿熱情，」我終於說道，「妳必須熱愛妳所做的事，但我不認為……我不認為……」我壓低聲音，「我不認為我喜歡把店開在那裡。」

傅麗妲乾了她的馬丁尼。一個服務生出現了，倚著吧檯，大概是換班了。他是個年輕的大學生，瘦長的身材，像當年的凱文——也像現在的凱文，傅麗妲和我不久前才和他不期而遇。傅麗妲向服務生示意再給我們兩杯酒。

「妳怕改變。」服務生對她點頭，走進吧檯後面時，傅麗妲對我說。

「我不怕，不是這回事。事實上，我正準備改變。」

「喔，真的？改什麼？」

我玩弄我的空酒杯，「我正在想……兩件事。一是輔導學生，像我輔導葛瑞格．韓森那樣，輔導那些學習閱讀有困難的學生，這種人很多，他們不學習，但他們需要學習。我們都是這樣過來的，但這些孩子如果變成文盲，他們就無法在社會上生存，麗麗。而我可以……我可以幫助他們。我會做得很好，我現在就做得很好。我可以開一家補習班，或者去學校工作。現在有人，學校老師，或者有這種背景的人，專門教人閱讀，一對一或小班制。我可以那樣做。」

我們的第二杯酒送上來了，我懷疑這兩杯還是免費的嗎？傅麗妲啜一口她的馬丁尼。「妳可以那樣做，妳可以做得很好，」她說，我聽得出她試圖讓她的聲音不帶任何感情，「妳可以那樣做，凱蒂，而且妳可以做得很好，」她放下酒杯，「另一件事呢？」

「另一件事是……我現在正在為葛瑞格寫書，有關體育的書，但文詞簡單，是他可以閱讀和理解的程度，不會太深。而且妳知道，這真的有差別。讓他讀他有興趣的東西，根據他的程度來書寫……對他真的有很大差別……」我看看旁邊，再回頭望著她，「我認為確實需要可以寫那種書的童書作家。」

「很好，」傅麗妲抿著嘴唇說，「真的很好，凱蒂。」

我點頭。有好一陣子我們都沒有再開口。

她用兩隻手轉動她的馬丁尼酒杯，一副若有所思的樣子。「我如果告訴妳一件事，妳會不會對我生氣？」

我笑著說：「當然不會，我幹嘛生氣？」

她低下頭。「我……我認識了一個人，凱蒂，一個男人。」

「真的？」我坐直了身子，「在哪裡？什麼時候？」

「妳先別急，」她說，「我還不確定會不會有浪漫的事發生，我還不確定我的感覺。」

她微笑，「他很明白告訴我他的感覺，但我仍不確定。不過，目前有這件事就是了。」她的眼睛發亮，「他是個投資者，投資小企業，出資開創企業，然後協助它們成功。」

「喔，」我說，「喔，那……肯定有潛力，傅麗妲。」

「但我不想讓妳冒這種風險，」她說，「我不敢說出來，因為我知道它有風險，生意上的風險，個人的風險，種種的，如果把妳拖下水很不公平。但假如妳想退出……」她移開視線，「事情就簡單多了，它就會是我的責任，我的風險。」

「妳在什麼地方認識這個人？」

「在我弟弟羅伯的家，妳信不信——在唐尼的生日派對上。他是唐尼同學的父親，離婚了，但是會在星期六下午帶他的孩子去參加生日派對，還不錯吧？」

「確實，」我說，「很棒。他叫什麼名字？」

「吉姆．布魯克斯。他是……」她似乎有點羞赧，一點也不像平時的傅麗妲，我發現這樣的她還滿討人喜歡的。「他人很好，凱蒂，一個非常聰明的人，一個成功的男人，但也是真正的好人。我從來沒有……」她抬頭往上看，面露微笑，「我今年三十八歲了，現在才遇到一個人……我沒想到這種事會發生在我身上，我一直以為那一章已結束了。」

怎麼可能？她依然和以前一樣可愛。不錯，她的眼角是有點皺紋，黑頭髮已有幾絲灰白，但她依然有一股皇后的風采，跟她高中時一樣，哪一個聰明、成功的好男人不會注意到她？

我告訴自己，這種事之所以沒有早點發生，是因為機緣。她一直沒有在對的時間、對的地點碰到這種機緣，直到現在。

我握住她的手。「我為妳高興，」我說，「不管它只是生意上的還是其他，聽起來都是一件好事。」我把我的葡萄酒乾了，今晚作了那麼多決議。

她微笑。「它有可能是件好事，凱蒂，有可能。」她從皮包掏出皮夾，取出幾張鈔票放在桌上，但服務生遇上她的目光，對她搖頭，示意她把錢收回去。「怪了，」她說，皺著眉頭將鈔票塞回她的皮夾，然後轉向我，「好事……」她若有所思的重複。

「但妳不會離開，對吧？」我聽到我的聲音中有懇求，「這個人，這個吉姆．布魯克斯——他住在這裡，他有個孩子在這裡，就算……就算我們不在事業上合夥了，我們也還會跟現在一樣親近吧？」

她搖頭，心情很好，「妳那些夢呢？在那個世界中，是誰先離開過另一種生活？是誰拋下了誰？」她笑著說，「別擔心，親愛的，」她說，捏一下我的手，「我的心永遠與妳同在，」她乾了她的雞尾酒，「我的心量大，」她繼續說道，「有分享的空間。」

29

我醒來時春田街的主臥室是暗的，我不知道這一天是幾月幾日，也不知道我睡了多少時間。我身上的衣服已不是我躺下去時穿的那套灰色長褲與毛衣。相反地，我穿著一條酒紅色的裙子和白色上衣。這顯示我一定曾在某個時候起來過我的日常生活。想到這裡，我不由得失笑，因為這不是真實的生活，這一切都是想像的。

我走到客廳。拉爾斯坐在米色沙發上，正在讀《一條魚、兩條魚》，三個孩子都圍在他身邊。外面天色很黑，下著小雪，我懷疑我睡過了晚餐時間。當然，這不會是我在上一個夢中錯過的晚餐，一定是另外某個時候的晚餐。誰知道時間在這裡是如何流動的？它有可能是明天，或者從現在算起兩個星期以後，或者下個月。這一想，我忍不住笑了。拉爾斯抬頭看我時，我問：「今天是幾號？」

他看一眼手錶。「妳是指現在幾點嗎？現在七點，親愛的。」

「不，」我一邊傻笑一邊說，「我的意思是，今天是幾號？」我坐在米希旁邊的沙發扶手上，「我只要睡下去就會搞不清日子，」我告訴他，「醒來都不知身在何處。」

「凱瑟琳，」他把故事書往咖啡桌上一放，將米契往旁邊輕輕一推，讓出位子讓我坐在他旁邊。於是我坐在米契和拉爾斯中間，米希坐在米契旁邊，米可坐在拉爾斯的另一邊。

我忽然想到我們這個畫面可以畫出一幅和樂的全家福。

「妳太過勞了，親愛的。」拉爾斯溫柔地對我說。

「爹地，『過勞』是什麼意思？」米契問。

「擔憂，」我告訴他，「爹地認為媽媽過度擔憂，如此而已。」

「妳擔憂什麼？」

我又笑了。「沒事，甜心，沒事，因為這裡沒什麼可擔憂的。一點也沒事。」

「媽媽不認為我們是真的。」一個平靜的聲音來自拉爾斯的另一邊。

「什麼？」拉爾斯立刻問，「你說什麼，米可？」

我們全都望著米可。「她認為我們都是她想像出來的，」他說，輕拍他的額頭，「在她的腦子裡。」

我驚愕得啞口無言。這間屋子裡我最不期待了解我的人——他竟然一語中的。

「好了，」拉爾斯說著站起來，「每個人都去準備上床睡覺。」

於是我發現我忙著進行就寢前的準備工作：幫孩子們準備入浴，幫米契和米可找睡衣，幫米希換睡衣和梳頭。她雖然一頭鬈髮，但對於睡前梳頭這件事卻格外忍耐。想到我小時候母親幫我梳開那一頭亂糟糟的鬈髮時所受的折磨，我在幫我的女兒梳頭時都盡可能輕柔一點。

拉爾斯和我顯然互換角色，因為今天晚上由我陪米希上床。她躺到被單底下，兩眼圓睜，望著下雪的窗外。「妳想我們明天要上學嗎？」

我聳聳肩。「那要看今天晚上的下雪情況。」

我還會在這裡知道下雪情況有何變化嗎？無論如何，我都不能確定。我發現我為這個事實而感到悲傷。

我為米希讀《灰姑娘》的故事，她告訴我，這是她的最愛。接下來擁抱、親吻，再唱兩首歌之後，我將被單拉到她的下巴，對她說晚安。「好好睡，克蕾兒公主。」我輕聲說。

米希張開眼睛。「我很久沒用那個名字了，媽媽。」

「沒有，」我搖頭，「但妳在我的心目中永遠是個公主。」

我想到我那天發的心願（感覺上那似乎是很久以前的事了），米希、米契和我一起去買鞋那天。我在內心暗許，我願意付出世上的一切使米希成為真實，成為我的女兒。

世上的一切嗎，凱蒂？妳真的會為她放棄任何一切？

我撥開米希額頭上的一綹鬈髮時，手指不由得顫抖。我貼近她的耳邊，柔聲說：「我愛妳。」

她微笑。「我也愛妳，媽媽。」

我在樓下等拉爾斯把兩個兒子送上床。客廳很安靜，我拿起咖啡桌上的一份《丹佛郵報》，頭版右側一行醒目的標題寫著：「三名奧普里劇場歌星墜機身亡」。

我拿起報紙時雙手顫抖，我看一眼印在報頭的日期：一九六三年三月六日，星期三。

我很快看完這則新聞。這起空難是在昨天晚上——星期二，大約傍晚六點左右發生的。

罹難者中包括幾位歌星：寇博依．柯帕斯、霍克蕭．霍金斯……以及珮西．克萊恩。

「不，」我對著寂靜的客廳說，「噢，不，拜託，不要。」

他們都同在一架小飛機上，飛機駕駛是珮西的經理藍迪．休斯。

天氣惡劣，暴風雨，機上乘客全數罹難。

我的眼中噙著淚水。太不公平了，我心想。這些好人，有這麼多理由應該活下去的人——他們不該就這樣死去。

「珮西，我會懷念妳。」我對著寂靜的客廳說。我在心中記住，等我回到真實世界時，一定要多留意珮西．克萊恩的巡演日期。我心想，說不定在她死前我還有機會去聽她的演唱會。

我搖頭，對自己愚蠢的想像力感到好笑。我提醒自己，這是妳想像出來的。妳想像妳最喜愛的歌手之一墜機而亡是合理的，我嚴正地告訴自己，因為它和妳在腦中想像妳的父母墜機而亡是一樣的，但這並不表示這種事會真的發生，凱蒂。

拉爾斯從樓上下來，安靜地和我一起坐在沙發上。我給他看報紙。「珮西．克萊恩死了。」我說。我的手在顫抖。

他點頭。「我知道，我們今天在晚餐前就談過了，妳不記得了嗎？」

我搖頭。「我不記得這件事。我只知道，這張報紙說我最喜愛的一個歌手死了。」

拉爾斯又點頭。「我很遺憾，親愛的，我知道妳很喜歡她。」

「不過，這反正是我的想像，」我愉快地說，「她不會死，這件事不會發生，所以沒關係。」

他嘆氣。「凱瑟琳……」

我捏一下他的手。「你知道，有時我真的希望這是真實的。」我承認，「我真的希望這個世界的某些部分是真實的，但其他部分……」我搖頭，拍拍報紙，想到我的父母。

他雙手捧著我的臉讓我面對他。「凱瑟琳，我要怎樣做才能幫助妳？我要怎樣才能說服妳這是真實的生活？」

我掙脫他的手，搖頭。「你不能。同樣的事在那邊只有傅麗妲能說服我。」我沉思半晌。「告訴我，」我說，「我在這裡大部分時候是什麼情況？你說我們今天稍早討論過珮西的事；我不記得了。但我不可能一直都這樣，對吧？遺忘？以為我有另一種生活？」

「妳不是一直都這樣，」拉爾斯說，「通常，妳做妳平常做的事，照顧孩子們，料理家務。妳不……」他咬著下唇，「妳很少提到妳的父母，凱瑟琳，每次提到他們，妳往往改變話題。孩子們問過我，我就說……」他聳肩，「我就說媽媽需要一些時間。」

我點頭。我反正都不記得。我試著想像自己，也就是凱瑟琳在這裡過的生活，每天忙東忙西，照顧她的孩子。在購物中心遇到她的鄰居，叫得出他們的名字。不需要提點就知道去雜貨店的路線。我很難想像。

但一部分的我卻憧憬這種生活。一部分的我很想知道那是什麼感覺，真的我的感覺是什麼——整天待在這個世界的我。

「那我……有多久……我這樣子有多久了？」我問。

他皺著眉頭。「好幾個星期了，」他說，「妳有一陣子似乎好了。在……那個之後……我們給孩子過生日，過感恩節、耶誕節……現在回想起來，我當時以為妳沒事了，但也許妳只是在過渡時期，盡量去適應，去忘掉那些事，直到新年過了大約兩個禮拜以後，妳……」他沉吟。

我點頭。我覺得這很合理。我需要打起精神，在沒有我父母的情況下陪孩子們過生日與慶祝佳節。我會讓自己像機器人那樣工作，但過了那些節慶之後，我面對新的一年，在毫無希望可期的情況下，我會容許自己正視我的失望。

我明白，就是在那個時候，我開始產生幻想。

接著，我問拉爾斯：「你能告訴我，我什麼時候……我在什麼時候進入我的另一個世界？」

「我通常可以看得出來，」拉爾斯說，「它往往在夜裡妳逐漸入睡，或清晨的時候發生——我感覺妳是醒著的，但妳不是真的有意識，不是真的在當下那一刻。它有時也在白天發生，妳的眼神會變得有點迷惘、失神……但一會兒後妳又會跳出來，恢復正常的妳。」

我笑著說：「這裡的短暫片刻可能意味著我的另一個世界已經過了好幾天。」

拉爾斯沒有回應。相反地，他問了一個完全出乎我意料的問題。「那裡像什麼——妳的另一個世界？」

於是我告訴他。我告訴他我的公寓，我和亞斯藍共享的舒適的家。我告訴他葛瑞格·韓森的事，我們剛開始時他連一個簡單的句子都看不懂。我說葛瑞格從那以後進步很多，以及我很喜歡我對他的一對一輔導。我提到我喜歡為葛瑞格寫書，有關棒球、威利·梅斯和舊金山巨人隊的書。

拉爾斯點頭。「妳是棒球專家。」

我大笑，但拉爾斯一臉認真。「你是開玩笑吧？」我說，「我對棒球一無所知，除了從我開始為葛瑞格寫書之後學到的那一點東西之外。」

「凱瑟琳，」拉爾斯微笑著說，「妳對棒球無所不知。妳是因為我喜愛棒球才開始對它產生興趣，孩子們也是。我們去年秋天還緊追著世界棒球錦標賽，彷彿我們的整個未來都仰賴它。」他用驚訝的眼光看我，「妳真的都不記得了？」

我聳肩。「我真的不記得了。」

他搖頭。「好吧，」他說，「妳再多告訴我一些妳的另一個世界。」

我提到我父母度假回來的喜事，我們在一起輕鬆自在地吃晚飯。當我提到那個晴天下午在我的公寓，母親一邊織毛衣一邊和我促膝長談時，我忍不住微笑。

我說著、說著，內心明白那些片刻是一種禮物，無論如何，從這個世界的角度來說是。它們是我的心傳送給我的一個不平凡的禮物。在我活絡的想像力協助之下，我有了和我父母、傅麗妲短暫相處的機會──甚至和葛瑞格，透過輔導他的經驗，我才知道我想成為什麼，想做什麼。

我告訴拉爾斯「姊妹書店」的事，他當然早已知道，但不是它的現況。我告訴他傅麗妲和我在書店裡整天不停地喝咖啡，我們在書店同一條街上的一家三明治店買午餐，書店打烊後一起去喝酒——以及我們交談的內容。我談到我們有機會關閉珍珠街的書店，在一處購物中心重起爐灶，但我不願意這樣做，傅麗妲則興致勃勃。「那裡正在改變，毫無疑問，」我說，「但即便如此……那裡的一切都很祥和。」我聳肩，「是的，傅麗妲和我正面臨一個重大抉擇，但它是個好的抉擇，我要……」我覺得告訴他這個似乎有點愚蠢，因為它不適合凱瑟琳，也不適合凱蒂。「我在考慮找個工作，去當家教或閱讀教學專員，」我說，「我發現我喜歡那種一對一的工作，那是我懷念教書的部分。」我嘆氣，聽得出我的聲音中有些許快樂與熱情。「我還想為兒童寫書，」我繼續說道，「像葛瑞格那樣的孩子，以及其他任何孩子……」我想到米可，「其他任何有學習障礙的孩子。」

「現在呢？」他微笑，不是因為他覺得有趣，他似乎真的感動，「家教，和寫作，這些真的是妳想做的事？」

我聳肩。「我不知道。這裡，在這個世界，它們似乎不太可能，不是嗎？」

「為什麼不可能？」他坐直了身子，握著我的手，「妳那麼聰明，凱瑟琳，妳處理事情那麼果斷。至少，妳以前是這樣，直到……」他抿著嘴，「抱歉，我不應該那樣說。」

「不，不要緊，你是對的。」我想到那三件傷心事，「在這個世界，我封閉自己，那麼多事情拖垮了我，米可、傅麗妲，還有失去我的父母……」

「但妳不一定要這樣，」他說，「妳可以做任何妳想做的事，親愛的。我不要妳有被我們這個家的生活束縛的感覺。」

「啊，」我瞥一眼報紙，再望著拉爾斯，「我想我們再說吧。」

那天晚上我們熱烈地繾綣相愛。我們不急，慢慢來，我們的手緩緩移動，觸摸每一個部位，彷彿這是我們的第一次。我記住他的身體，他的皮膚貼著我的皮膚的溫熱感。我把我的頭靠在他的胸膛上，聞他身上那股乾淨而令人心醉的氣味。我把我的手放在他的心上，他美麗而令人驚嘆的心臟。我默默地祈禱它會一直跳動，直到我們一起老去。

之後，我窩在他身旁，將我的身體緊緊貼著他。我不想讓他走。「我不知道我醒來後會在什麼地方，」我在他耳邊說，「每當我在這裡睡覺時，我總覺得應該跟你說再見，因為我們有可能再也見不到面了。」

屋外下雪的天空使房間內比往常更明亮，在這半明半暗的光線下，我可以看見他閃爍的藍眼睛。「每個人不都是這樣麼？」他說，「我們每個人都可能在轉瞬間離開。」他抬頭望著天花板，「不要以為我沒想過……我常常想，」他說，接著又用粗啞的聲音說，「常常想。」

我們就這樣摟著對方入睡。

30

我站在書店門外，今天早上有霧，迷迷濛濛的，我幾乎看不清眼前的街道，只看得到路邊停了幾輛車。我瞥一眼我的左手邊，往珍珠街的北面看過去，朦朧中可以看見三明治店、時尚戲院、藥房，它們都在原來的地方。我轉頭看我的背後，透過大片玻璃櫥窗，我可以看到我精心布置的秋天色彩與搭配起來視覺柔和的書籍。櫥窗後面，傅麗妲坐在結帳櫃臺，她意識到我在看她，便抬頭看我，對我微笑招手。我也對她微笑，感覺我的心快速跳了幾下。

「我愛妳，」我喃喃自語，雖然隔著玻璃她聽不到，「我好愛妳，妹子，比妳知道的還要多。」

然後，望著她，我忽然沒來由地感到憤怒。她做了什麼讓我生氣的事，我有遭到背叛的感覺，覺得我以後再也不相信她了。我不明白為什麼我會有這種感覺，只好試著暫時將它拋開。

我不知道我為何站在外面。我是要去什麼地方嗎？我想不是。外面很冷，我沒有穿外套，也沒有戴帽子，手上沒有拎著手提包。我雙手抱胸，把兩隻手塞進我的毛衣袖子裡。街上沒有車輛經過，這條街一片死寂，珍珠街會一直這樣死氣沉沉嗎？想到傅麗妲和我即將離開這個地方，想到事情的演變，我感到悲傷。我知道它勢在必行；我知道這樣做才對。未來，至少近期的未來，不在這裡。它在龐大的購物中心和向四方擴展的平房，以及綿延無盡的公路。

那種未來是短暫的嗎？還是會一直維持下去？那是丹佛的未來、美國的未來嗎？我真希望我能從水晶球中看到這個世界未來五十年的面貌，但我不是占卜師。

我想到我與拉爾斯和孩子們共有的世界。假如我有一顆水晶球，它會告訴我五十年後會有一個怎樣的世界嗎？我的孩子們會成為怎樣的人？我相信，米契和米希一定會找到他們的生活熱情，無論它是什麼熱情。我希望他們會結婚，成家立業。他們會過著正直、承諾與愛的生活，一如拉爾斯和我對他們的教導。

至於米可？我沒想到站在外面會這麼冷，但想到米可的未來更讓我不由得全身戰慄。萬一那個想像的世界是真實的，他會有怎樣的未來？

我想到那位帶自閉症女兒來逛書店的婦女。真希望我能再度跟那位母親說話。如果可以，我會更加體恤。我會親切地微笑歡迎她光臨我的書店，然後我會做我的事，不去凝視她的小孩。

我也許會更聰明一點地布置那個搖搖欲墜的書籍金字塔，但假如那個孩子依舊將它撞倒——那麼，當她的母親帶著她慌忙離去時，我不會問她那些魯莽的問題。相反地，我會送她一本《愚人船》，我會看著那位母親的眼睛，不說一句話。我會試著讓她明白我可以理解。

我轉身進入書店。開門時，門上的鈴鐺響了，傅麗妲抬頭看我，唇邊現出一抹微笑。留聲機無聲地轉動，那一疊唱片已經播完了。傅麗妲轉過身子，重新挑了幾張唱片放在留聲機的軸心上。第一張唱片落在轉盤上，唱針移動就位，書店內立刻充滿珮西．克萊恩的歌聲。

如果你想離開……現在就告訴我，讓它結束……

我搖頭，這首歌目前還不存在。在另一個世界中，在我們與拉爾斯的客戶共進晚餐的餐廳裡，拉爾斯告訴我珮西．克萊恩才剛發行這首新歌。

那是二月的事，距離現在還有三個月。

「妳知道嗎，珮西．克萊恩不久之後會死。」我告訴傅麗妲。我的語氣出奇地平靜，感覺上彷彿我從幾呎外的地方聽到自己的聲音。

「再過幾個月就會發生，」我繼續說，「她會墜機而亡。」

傅麗妲點頭，彷彿早已知道我正在告訴她的這件事。

「但她會先發行這首歌的單曲唱片。」我邊走邊說。

我沉著地（我怎麼會如此冷靜？）走向我們的暢銷小說區，我一眼就看到新出版的沙林傑文選，它的旁邊是瓊安．葛林柏的《國王的人馬》，就是我在另一個世界逛傅麗妲經營的大書店那天，在心中記下回來後要多找些相關資料的那位本地作家。

這些書都尚未付印出版，不可能在任何一家書店找到，但它們卻出現在這裡，在我們的小書店內。

我伸手撫摸沙林傑的書；這本書就是傅麗妲那天為了向我保證這個世界是真實的，拿著我的手指按在一本書上的那本書嗎？我又搖頭，試圖釐清我的思緒。或許它就是；好像是它。

我不記得了。

接著我又想到過去幾個星期發生的事，一些當時看起來似乎是愉快或自然發生的事。我在家裡和在書店那些祥和寧靜的早晨；讀我母親寄來的可愛又抒情的明信片；在不經意中自然而然看到拉爾斯的訃聞；與凱文不期而遇——他的不幸證明我在多年前對他下最後通牒是正確的；以及傅麗妲和我那天晚上在體育館客棧莫名其妙喝到免費的酒。

還有，我的父母自然而愉快地上了飛機，那一架沒有在暴風中墜落太平洋的班機。

不要拋下我，在一個……可能已充滿夢想的世界……現在就傷害我，讓它結束……我可能學會再愛……

我注視著傅麗妲，她用理解的眼光望著我，似乎在等我開口。

「妹子。」我對她說，然後默然無語。

31

我猛然驚醒，拉爾斯和我仍纏在一起，依舊是我們在綠色臥房入睡時的姿勢。

拉爾斯睜開眼睛。「妳怎麼了？」

我在發抖。我先深呼吸讓自己冷靜下來，然後徐徐說道：「這……是……」我揉揉眼睛，看看四周，「這是真實的世界嗎，拉爾斯？」

「凱瑟琳，」他把我拉過去，在我耳邊說，「這是真實的世界。」

我抬頭注視他的眼睛。「怎麼可能？另一個世界給人的感覺是那麼真實，怎麼可能不是真的？」

他鬆開我，偏著頭想了一下。「我不知道，親愛的。」

我想到過去幾個星期每當我進入我是凱蒂的世界時，我總認為這裡是我的夢中世界，我相信我必須在這個世界睡著之後才能回家，在我認為屬於我的地方醒來。

但昨天晚上例外，昨夜發生的事像一場夢，而且顯然是過去的夢。但其他那些時間，我並沒有睡覺。現在我知道了，我人在這裡，卻在我腦中編造故事，可以幫助我應付一切的故事。我人在這裡，但心不在這裡。我一定是完全忽略了身邊的一切。

我用力嚥一口口水。「我很抱歉，」我對拉爾斯說，「非常抱歉。」

他再度摟著我。「沒關係，我了解。沒關係。」

我的眼角湧出淚水。「如果這是真的，我不知道我是否能承擔得起，」我說，「我不知道我是否能成為你心目中的那個我。我不知道我是否能在這裡——真的在這裡，做我應該做的事。」

我閉上眼睛，在我腦中，我可以看到那個凱蒂的我——但那個我只是一個虛幻的影像。

「妳可以的，」拉爾斯說，「妳可以在這裡，妳也會在這裡。」他撫摸我的頭髮，我睜開眼睛看他，「我要妳在這裡，」他說，「每個人——我們都希望妳在這裡。」他用力嚥口水，「我們需要妳，凱瑟琳。」

我凝視他美麗的眼眸。他們需要我。我心想，他們需要我。

「好吧，」我緩緩說道，「我試試看。」

他微笑，深情地吻我。

分開後，我轉頭。「看外面，」我指著落地玻璃窗外說。湛藍的天空看不到一片雲；陽光照在草坪上的雪跡，折射出的光線亮得幾乎令人無法逼視。「大地上的一切都蒙上一層如此美好的新雪。」

他站起來，走到門口。「真美，」他贊同，「但米希和米契可要失望了，降雪量還不夠使學校放假一天。」

我也有點失望，和三個孩子在家待一整天聽起來是件愉快的事。

我從床上起身，兩腳踩在地板上。這時，我發現我的床頭櫃上有一本硬皮書。

「拉爾斯，」我說，拿起那本書翻過來看它的封面，「我在讀這本書嗎？」

他從落地門轉身，走向我。「是啊，」他靠過來，從我肩膀上看一眼後證實，「妳說它使妳作噩夢。」

我微笑，用我的手指撫摸這本書的封面。那陰鬱的圖像、火焰般的顏色、以扭曲恐怖的形狀冉冉上升的字體拼出這本書的書名，這是雷．布萊伯利著作的《闇夜嘉年華》。

「確實，」我對拉爾斯說，「它真的使我作噩夢。」

上學前，米契和米希發了一點牢騷。米契生氣下雪天還要上學；他說他本來計畫今天一整天都要在地下室拼裝他的玩具火車，「現在計畫毀了！」他大聲說，臉脹得通紅，聲音提高到異乎尋常的音量，「我的一天——毀了！」

令我驚訝的是，米可安慰他。「不要緊，米契，」他輕聲說，「再過兩天就是週末了，你可以那時候再拼裝。」他沒有看米契，但他橫著朝他的弟弟微微靠過去，繼續柔聲說，「我會幫你。」

米希為她必須穿靴子上學而生氣。「它好醜，」她說，漂亮的鼻子輕蔑地朝向她那雙桃紅色滾毛邊的靴子，「這雙靴子醜死了，媽媽，我要買一雙新的。」

我搖頭。「這雙靴子才買幾個月，」我堅決地說，「它們很好，很保暖，它們適合妳，讓妳的腳保持乾燥。穿上。」

她很不情願地穿上一隻靴子，接著穿另一隻，整個穿鞋過程兩隻眼睛始終瞪著我。我聳聳肩，不願屈服。

拉爾斯、米契和米希在八點鐘離開家。打從上幼稚園起，米契和米希開始到離家不遠的學校上學後，大部分早晨都是米可和我陪他們走路到學校，下午再去學校接他們一起走回家。米契和米希開始上幼兒園時，三胞胎被迫分開使米可非常難過，但幾年過去了，現在米可已成熟到能夠預期與因應這些日常的改變。不過，下雪天通常是由拉爾斯開車送他們上學，我忽然明白，這些都是無須討論的家庭事實。

他們走後，我站在餐廳通往廚房的門口，用我的肩膀將旋轉門頂開，看看四周。我看到米可頹喪的身影，他默默地坐在客廳沙發上，凝視著地板。

「米可。」

他沒有抬頭。

「米可，」我再喊他，走過去站在他面前，「你的上課時間到了。」

這句話吸引了他的注意力。他沒有和我眼神接觸，但他說話了。「我們已經有三個多月沒有上課了，媽媽。」

「是嗎？」我大步走進餐廳，走到牆邊的小書桌，儘管它最近都沒有在使用，但上面一塵不染，顯然阿爾瑪每天打掃屋子時並沒有忘記它。我從書桌裡面拿出一本打開的筆記簿，上面用鉛筆寫了一行大寫的A。這行字斜向右邊，最後一個字母只寫一半，只寫出A的第一筆，以後就再也沒有了。

我對著筆記簿看了半晌，想到葛瑞格．韓森，想到我在另一個世界為他手工製作的那些書，我為他畫的那些簡陋的圖畫，還有我用繩子穿起來的一組組索引卡片。

「米可，」我把筆記簿放在桌上，走回客廳的沙發，在他旁邊坐下。「你知道我要你學字母A。你能告訴我幾個以A開頭的字嗎？」

「Apple。」他木訥地說，然後閉上嘴巴。

「對，」我點頭，「我們再來多想一些有趣的A字。那個……等一下。」我跑上樓；我知道我要找什麼東西，並且知道可以在什麼地方找到它。我直接走進米希的房間，從書架上取出那本《小讀者圖解字典》，然後匆匆下樓，翻到最前面A字母那部分。

「這裡有個字，」我說，把書放在我們倆中間的沙發上，「Above，意思是某個東西在其他某個東西的上面，像這樣……」我衝到他的書桌，拿起鉛筆和他的筆記簿帶回客廳的沙發。我靠近米可，畫了一架飛機從幾座高樓大廈上面飛過，然後在圖畫旁邊用大寫字母寫出ABOVE。「你看，飛機在城市上面。上面。」

我屏著呼吸等待。米可研究我寫的字和我畫的圖。「Above」，他小聲重複。

「對了。」我繼續說道，「每一個單字，每個字都有它的意思，如果你能記住它的意思，而且能在腦子裡畫出它的圖像……那麼，你每次看到它時就能讀出那個字了。我們再來試試另一個字。」我徐徐翻動字典，「這個字我想你知道，」我說，「Add，譬如把數字加在一起，」我在筆記簿上寫下1+1=2，然後在它的底下寫ADD。

「Add，」米可跟著我唸，「加，那個字是加。」

「對了，對極了。」

「妳看的是什麼書，媽媽？」他問，「我可以看嗎？」

「當然可以。」我往後靠，讓他去翻閱那本書。

「這個字我知道，」他說，指著anchor，字的旁邊很方便地畫了一只船錨，「這是anchor，不是嗎？船錨的錨。」

「對了！」我大聲說，「是的，它是錨，米可，你會了！」我忍不住；我把他拉過來，連同筆記簿、字典等等全拉到我的腿上，用力抱他。

他尖叫，掙脫我的懷抱，「太緊！太用力！」他大叫，衝回他的房間。

喔喔——我搞砸了。我心想。幹得好，凱瑟琳。

接著我又忍不住微笑。我不在乎。他會學習了。他已學到東西，而我是那個教他的人。我嘆一口氣，抱著那本字典靠在沙發上，滿心歡喜。

一會兒後，我上樓去兩個兒子的房間哄米可下樓。「我不想再閱讀了，媽媽，」我溫和地引導他來到餐廳的書桌時，他說，「我覺得閱讀好累。」

「好吧。」我明白逼他也沒用，我必須慢慢來，如果我想讓它發生，如果我想讓米可學會閱讀，我就必須像嬰兒學步般一步一步慢慢來。

「那我們來做數學好了。」我提議，「你會數數嗎？」

「好好笑喔，媽媽，」他坐在書桌前，開始大聲數數。不到三分鐘就數到一百，我不得不叫他停止。

「那麼加法呢？」我問，「你知道二加二等於多少嗎？」

「媽媽，」他翻白眼，「我都知道兩百零二乘以二是多少了！」

「真的？」我微笑，「那是多少？」

他嘆口氣，一副覺得很無聊的樣子。「四百零四。」

「好吧，」我說，離開他的書桌，「那我們來數錢。」

「真的錢？」他急忙問。

他興奮的語氣使我再度微笑；他很少對任何事顯現熱心。「當然，」我回答，「真的錢。跟我來。」

我們取下擱在廚房窗臺上的大硬幣罐，坐在餐桌旁數硬幣。我為他的專注，以及他如何輕而易舉地掌握錢幣的面值，在他的腦子裡合計總數而感到吃驚。「三十三元又十六分！」我們數完後他得意地說。

「很多『淺前』呢。」

「什麼是『淺前』，媽媽？」

「錢。」

他笑了。那個美妙的笑聲讓我想起我母親的笑聲。能聽到這個笑聲是個禮物。「『淺前』，好好笑喔。」

「你說得對，確實好笑。」我站起來。「我去看阿爾瑪是否幫你準備了午餐。」

我到走廊尋找阿爾瑪，經過那幅拉比特厄斯山口風景照時，我終於忽然想起它的重要性了：拉爾斯就是在那裡向我求婚的。

我們定期約會了大約半年。我以前從未經歷過那樣的戀愛過程；我們對彼此百看不厭，彷彿我們要把找到彼此之前所浪費的時間都彌補過來。他一天會打好幾通電話到書店找我；我會像個小女孩那樣迫不及待接他的電話。傅麗姐會對我翻白眼，但她會走開，留給我私密的空間。

拉爾斯和我幾乎每天晚上在一起，在他住的地方或我的公寓一起吃晚餐，看電影，有時出去跳舞。

「下班後我都見不到妳了。」傅麗姐有點氣惱地抱怨，我記得我當時想，彷彿是拉爾斯和我故意讓我們的羅曼史開花結果，好激怒傅麗姐。「我想念妳，妹子，」她會懇求我，「留點時間給我吧，好嗎？」我會點頭，對她說抱歉，也許這個禮拜我可以找一天晚上書店打烊後跟她約會。但拉爾斯會打電話來，或親自到「姊妹書店」找我，結果我又忘了我對傅麗姐的諾言。

拉爾斯向我求婚那天是一個春夏之交的美麗的星期天。我們開車出去兜風，沒有特定的目的地。我們沿著四十號公路開進山區，蜿蜒穿過冬季公園、格蘭比、克雷姆靈，一路觀賞窗外壯闊的山巒、小鎮風光及殘雪。我們連續開了幾個鐘頭車後，到了某一點，我提議我們應該回去了。拉爾斯只是聳肩。「幹嘛那麼急？」他問。由於我也說不出個理由，我們就又繼續往前開。

抵達拉比特厄斯山口頂峰時他停車，我們走到一處瞭望臺欣賞風景。下午的陽光溫暖的照在我的肩膀上，但吹過來的微風是寒涼的。拉爾斯脫下他的毛衣披在我身上。「等等，」他說，一面摟著我一面掏他的口袋。「披毛衣前要先把這個交給妳。」他單膝下跪，打開一個小珠寶盒，將它舉到我面前。「妳願意嫁給我嗎，凱瑟琳？」他問，「請妳說願意。」

我望著那枚戒指，然後凝視他那對很藍很藍的眼睛。「我怎能說不？」我回答，「我當然願意嫁給你。」我抱住他，「願意，」我輕聲說，「永遠──願意。」

想到這裡，我一面搖頭，一面微笑著離開那張風景照，進入我的房間。

我在我們的浴室找到阿爾瑪，她正在裡面清洗浴廁。我忽然有種罪惡感。我不在意看阿爾瑪燙衣服或洗碗盤──我在我的另一個生活，我想像的生活，也做這些事，而且我不覺得它們是勞累的家事。但清洗浴廁？除了我小時候我的母親之外，我不記得有任何人曾經幫我清洗浴廁。但阿爾瑪似乎不以為意；她正一邊微笑、一邊哼著歌工作。我很驚訝我認得這個曲子：〈顏色歌〉。我不記得我曾在我的另一個生活中聽過，但我確實知道阿爾瑪曾經教過我的孩子唱這首歌。這是一首有關顏色的歌，世上的每一種顏色。

顏色，顏色……它們在春天給田野穿上衣服。顏色，顏色……是從外面來的鳥兒。

這時，先前我不記得的有關阿爾瑪的事，瞬間都想起來了。我知道她現年四十七歲，我知道她與瑞科是青梅竹馬，從小在墨西哥西北部的索諾拉一起長大，兩人很年輕就結婚了。我還記得幾年前，阿爾瑪哀傷地含著淚對我述說他們一男一女兩個孩子的不幸遭遇。當時兩個仍在學步的孩子住在親戚家，不料一個夏天的夜晚，親戚家的房子被一場火燒得精光，兩個孩子被困在火場內因此喪命。我知道阿爾瑪與瑞科雖然哀痛欲絕，但後來仍陸續又生了兩個女兒。不久，瑞科在他的兄弟勸說下移民到丹佛，幾個兄弟一起在一家餐館打工，四年後，瑞科將攢下的錢寄回索諾拉給阿爾瑪和他們的女兒。全家移民美國時，孩子們都還小，後來在美國接受教育。我知道阿爾瑪很以這兩個女兒為榮——大的正在科羅拉多大學丹佛分校就學，立志成為記者；小的高中畢業後立即結婚，最近才為阿爾瑪生下第一個外孫女。

我想起我第一次見到阿爾瑪時的感覺——就是在我開始進入另一個世界，我是凱蒂的世界。身為凱蒂，我不明白這種體制，不明白為什麼在這個世界中，深色皮膚的人要服侍淺色皮膚的人。我不明白，因為凱蒂還沒有成為凱瑟琳，她必須經過多年之後才逐漸熟悉這種體制。而身為凱蒂的我，忽然進入這種生活方式，可想而知我有多震撼。

但事實上，我早已是凱瑟琳，不是凱蒂。因此，從凱蒂眼中看出去的這種世界觀，一種新的認識：即便是凱瑟琳，我也沒有必要輕視一個為我的家庭工作的人。這樣的認識毋寧是另一個禮物，它也和我想像自己和母親促膝長談一樣，是個禮物嗎？我相信是的。

事實上，我虧欠阿爾瑪太多了。如果不是她的干預，我幾時才會知道珍妮如何對待米可？我要多久以後才會驚覺？如果不是這位今天在為我清洗浴室的婦人，我的孩子還要忍受多少殘酷的對待？

「阿爾瑪，」我說。

她站起來面向我。

「謝謝妳，」我看看四周，忽然覺得這樣打斷她的工作很愚蠢。但我急忙說，「謝謝妳所做的一切，妳自己有個家，卻還要來照顧我的家。」

她點頭。「是，太太。」

「妳的家人都好嗎？」這句話一出口，我立即臉紅。在這種情況下，正在工作的阿爾瑪肯定會認為我的閒聊愚蠢且令她分心。

但她微笑，顯然很樂意被問。「娃娃很大了，」她說，「他現在會坐了，自己坐。」

我發現自己聽到她的外孫成長內心真的為她高興。「喔，我喜歡這個階段，」我說，「娃娃學會坐時，妳把他們放在地板上，鋪一條毯子，放幾樣玩具，他們就會高興地乖乖待在那裡。」

阿爾瑪點頭。「是的，我也喜歡那樣。他的媽媽也是。」

「阿爾瑪，」我問她，「妳上次調薪是什麼時候？」

她想了一下，「大概一年前，」她回憶，「安德森先生把我的工資從一小時一塊半，調高到一塊七毛五。」

我很震驚。「我們只付妳這一點錢？妳應該有更高的工資才對。從今天起，我們付妳兩倍的工資。」

她偏著頭。「妳有和安德森先生討論過嗎，太太？沒有？」

「沒有。」我搖頭，「但相信我——他不會介意。」

米可和我吃過午飯後，我問阿爾瑪下午有什麼計畫。「不多，」她說，「我想整理廚房的抽屜，它們需要重新整理。然後打掃。」

「妳可以幫忙看顧米可幾個鐘頭嗎？」

她用懷疑的眼光看我。「妳確定嗎，太太？」

「阿爾瑪，」我把手放在她的手臂上，「如果我曾經表現出不相信妳……請相信我，那不是因為妳的緣故。」我可以感覺到我的眼神在哀求她，「那是因為我的緣故。那是我的罪過……這是我的生活。」我收回我的手，但仍注視著她，「而且，我覺得米可能夠跟妳一起度過一個愉快的下午，」我轉頭去看他，他仍坐在桌子前面，「對吧，老兄？」

他沒有抬頭。「我可以再數錢嗎？」

我原希望他會想要翻閱那本字典，但數錢總比什麼都不做好，我想。嬰兒學步，凱瑟琳。我提醒自己，要像嬰兒學步那樣。

「可以啊，」我對他說，「有何不可？」

他點頭。「那我想我可以和阿爾瑪度過一個愉快的下午。」

於是，在一九六三年三月初一個星期四的下午一點十五分整，我發現我打開春田街那棟大房子的車庫門，側身坐進我那輛綠色休旅車的駕駛座。

發動引擎等它熱身時，我看一眼那幾輛腳踏車，它們雜亂地堆放在車庫東面的牆邊上。米可的藍色腳踏車也在裡面，緊挨著我的「施文」腳踏車。我望著這兩部並排的腳踏車，想起那天我執意要米可學騎腳踏車。為什麼我會覺得這件事非常重要？我不記得了。他才六歲，誰在乎他會不會騎腳踏車？誰在乎他是否能學會？我聳聳肩。他也許永遠學不會，或者他也許哪一天忽然決定他準備學騎腳踏車了——如同今天早上他主動要求看那本字典，然後自己找出「anchor」這個字一樣。

無論如何，這都不是我能決定的。我是米可的母親，但我不能主宰他成為什麼人。我明白，假如我硬要嘗試，只會為我們兩人的生活平添更多痛苦。

我還記得那天，其實就是上個禮拜天，我目睹拉爾斯安慰米可時，我所感受到的排斥。我確信我和拉爾斯很少吵架，但只要我們吵架，幾乎都是為了米可。拉爾斯認為米可之所以這樣是我的錯嗎？不，我想不是。我認為比較可能的是，他雖然不認為我應該為米可的情況負責，但他會氣我缺乏耐性、我太浮躁。而相對地，我又會氣拉爾斯不明白他為此生我的氣是多麼不合理、不公平。畢竟，天天照顧兒子的人不是拉爾斯。

我咬著嘴唇。我無法改變我過去所犯的錯誤，我能做的只是往前邁向我的新的現實的未來。

我將車子入檔，倒出車庫。離開社區後，我開上大學大道往北走，然後進入河谷公路往城區開去。

我要離開家之前從電話簿上找到她的地址：「格林書籍新聞社」，公司辦公室，地點在商業區十八街。

無論她是否在辦公室，無論我是否能見到她，無論她是否願意見我——這都是另一回事。

在幾個街口以外的地方找到一個停車位後，我步行到傅麗妲的辦公室所在的那條街。如同大學崗的格林書店那個女店員所說，馬路對面也有一家格林書店，位於一排外觀樸實的平房店面中。馬路的另一面，也就是辦公室的所在地，則是另一種風光。我仰著頭看那幢高聳的辦公大樓，猜想它是否是拉爾斯的公司建造的。但我很快又想起我知道這不是拉爾斯承包的建案，它是兩年前由外州一家建築公司興建的，我清楚記得拉爾斯對我提起過這件事。我想起他沒有得標很是失望。我還記得大樓蓋好之後，拉爾斯告訴我，他聽說「格林書籍新聞社」打算在這裡承租辦公室。這棟大樓外觀簡潔摩登，是一棟水泥建築，有大片的平板玻璃窗。樓前正面有個小廣場，廣場內有一座噴泉，噴泉旁邊有幾個沉重的幾何圖形水泥雕塑——一個以尖角豎立的正方體、一個頂上有個球體平衡的金字塔，很像違抗地心引力的巨型兒童積木。

這棟辦公大樓有十五層樓高，格林的辦公室都在十一樓。我搭電梯冉冉而上，一隻手緊張地順一順我的頭髮，再補上一點口紅，將絲襪的線拉直。

到了接待室，我表示我要見傅麗妲．格林，接待小姐態度冷淡地告訴我她今天一整天都要開會。「真的，沒有休息？」我問，「我是……她的老朋友，我想見她，幾分鐘也行。」

接待小姐狐疑地望著我。「妳是作家嗎？」

我在內心暗暗微笑。我不是作家，但我樂意成為作家。

「不是。」我搖頭說，「我說過，我是……朋友。」

「外面有很多人想把他們寫的書放在我們書店銷售，」她現出輕蔑的神情，「但我們都透過出版社和經銷商買書。我希望妳能了解，夫人。」

我不耐煩地用腳掌輕拍地板。「我完全了解書店的書是從哪裡訂購的。」我傾著上身，兩手扶著接待小姐的辦公桌，「我只是來看我的老朋友。」

她無可奈何地望著我。「貴姓大名？」

我頓了一下，接著才柔聲說：「安德森。就說是安德森太太。」我回頭看一眼玻璃門外，看到數呎外的那一排電梯。那些電梯擦拭得光可鑑人，令人心動——如此安全，彷彿大型的金屬子宮。我大可以從這裡走出去，按下按鈕，把電梯叫上來。我大可放棄這個荒謬的計畫，到此為止。

「她會知道。」我轉向接待小姐，挺起肩膀勇敢地說，「她會知道。」

我在接待室等了半個小時，心裡開始想該去學校接米契和米希了。我想到了，我突然想起先前在這個世界上讓我困惑的一些事情，原來接孩子放學是我的責任。我還知道，學校三點鐘放學，離現在只剩一個鐘頭，時間很快就到了。但我這麼大老遠跑來，只為了必須回去盡我的責任就不得不離開嗎？

另外一個秘書終於出現了，並對我點頭。我們經過一群打字員來到角落上的一間辦公室，它的門上寫著「總裁，傅麗妲．格林」幾個字。

「格林小姐，」秘書按下她桌上的一個按鈕說，「安德森太太到了。」

又似乎過了一段很長的時間後，我終於聽到傅麗姐的聲音。透過對講機，她的聲音聽起來有點破裂。「請她進來。」

傅麗姐站著，背對著她的辦公桌面向窗外。我進去時她才轉身。

在某些方面，她看起來還是跟以前一樣，和我最後一次見到她時一模一樣，畢竟是昨天的事，她濃密的黑髮有稍微梳理過，比較挺，不像以前那樣自然披下來。她的濃眉依舊彎成拱形，跟以前一樣，即便在鬆懈狀態也使她看上去十分專注。她的嘴唇用她最愛的鮮紅色口紅描出鮮明的輪廓。

她的衣著比她在我們的書店上班時更正式些，這是當然的。她穿著一套樣式簡潔俐落的米色羊毛套裝，短外套，直裙，裡面一件紫色的絲綢上衣。她的耳朵上掛著大大的環形銀耳環，西裝領上別著一枚抽象圖案的銀別針，使她的整體裝扮看起來精明幹練，但又不失創意。我發現自己注視著她，微微頷首。傅麗姐的服飾完全適合她的商業身分。

她把我從頭看到腳。比起傅麗姐的時髦服飾，我知道我的裝扮不時尚、不活潑、不藝術、不出眾，不是凱蒂會有的裝扮。我穿著樸素的深藍洋裝，低跟鞋，除了我的左手戴的婚戒外，沒有其他任何首飾。是比較傳統的家庭主婦，像凱瑟琳會有的那種裝扮。

我心想，我不能操縱這個世上的一切，但我可以改變我的衣櫃。家裡的大衣櫥裡面那些嚴謹、素樸的衣裳早就該大舉淘汰了。我決心這個週末找時間整頓一下。

「什麼風把妳吹來？」傅麗姐終於開口，朝她辦公桌前的一張椅子揮手示意我坐。

我緊張地坐下，皮包放在腿上。「傅麗姐，我只是……」我搖頭，「我不知道如何解釋，」我柔聲說，「妳一定不會相信，而且我覺得這似乎不是真實的——至少還不是。所以我也不知道我為什麼來找妳。」

她在我對面坐下，兩手托著下巴，還是以前那種對她面前的東西感興趣時的一貫姿勢。「這似乎不是真實的，」她若有所思地重複，「那是什麼意思？」

我嘆口氣。「假如我的理解是正確的，請告訴我。在這個世界，我嫁給了拉爾斯・安德森；我生了三胞胎，他們今年六歲了；我住在南丘的一棟大房子裡；妳開了十幾家書店，有數不清的員工，而且妳在這個地區的生意仍不斷擴張；妳結束了我們開在珍珠街的小書店。這些，我說的都對嗎？」

她倨傲地望著我。「聽起來都對，凱蒂。」

「還有，現在沒有人叫我凱蒂了。」我繼續說道，「拉爾斯叫我凱瑟琳，我結婚後認識的那些人也都這樣稱呼我。在那另一個世界，我以前的世界中，唯一真正知道我並且愛我的人，是妳……和我的父母……」我感覺淚水湧上我的眼眶，我眨眨眼，把它逼回去。

傅麗妲的眼神柔和下來。「我對妳父母的事感到遺憾，」她說，「我聽說了。」

「可是妳沒來！」我脫口而出，「他們的告別式，妳沒來。」

她轉頭望著窗外。「我有送花。」她微弱地說。

「送花？」我不敢置信，「我的父母空難喪生，妳的反應是送花？」

她微微低頭。「我以為妳不希望我去參加告別式。」

「為什麼我不希望？」我從我的皮包找出一條手帕擤鼻子。我很氣自己如此情緒化，但我不由自主。「妳是我最要好的朋友，傅麗妲，為什麼我會不希望妳來參加我父母的告別式？」

「凱蒂，」她站起來，伸手越過桌面，彷彿打算握我的手。我屏住呼吸，等待。但傅麗妲的神情隨即改變，又變得冷漠。那一瞬間，那個可能的瞬間，過去了——沒來得及實現就結束了。

她挺起肩膀，迅速收回雙手。「妳先背棄我，」她說，「是妳先離開的，凱蒂。」她又望著窗外，「不是我。」

我搖頭。「我為什麼要那樣做？」

她用懷疑的眼光看我。「妳心知肚明。」她用修過的長指甲敲打桌面加強語氣，「至少，妳知道妳自己提出的理由。」

我被難倒了。「我不記得了。」我輕聲說，「我不知道什麼理由，傅麗妲……但不管是什麼理由，我相信那只是一個誤解。」

「誤解。哼。」她緊緊抿著嘴唇，「好一個藉口，凱蒂。」

對講機響了，傳出秘書的聲音，說了一些我聽不太懂的話。「好吧，」傅麗妲對著對講機說，「接過來。」她抬頭看我，「請等一下，我接個電話。」我正要起身，她揮手叫我坐下。「妳在這裡沒關係，」她說，「只是公事。」她用銳利的眼光看我。我低頭凝視我的腿。

她在講電話時，我強迫自己試著回憶。我來這裡做什麼？發生了什麼事？我忘記了什麼？

我閉上眼睛，試圖讓自己專注。

32

「凱蒂。」

我張開眼睛，但看不見任何東西。無論我身在何處，它都是明亮的——非常亮。太明亮的光線，太多的炫光，遮蔽了其他的一切。

「凱蒂，妳聽得到我的聲音嗎？妳還好嗎？」

我不好。我不好。我說，但傅麗妲沒有聽到。我無法注視她，我看不清她的五官。我感覺到她握著我的肩膀，但我的腦子無法命令我的肌肉移動。我無法伸出我的手抓住傅麗妲的手。

「凱蒂，聽我說。妳一定要聽我說。」

隱約中，彷彿來自遠方，我聽到自己說：「我在聽，麗麗。」

「我們必須談一談，」她對我說，「我們必須談。」她的手指，熟悉而令人寬慰地輕輕摩挲我的肩膀。「回來，回到這個真實世界——妳我必須談一談。」

我想到那一天，在我們的書店，傅麗妲試圖讓我相信我與拉爾斯和孩子們的生活是虛假的，我是凱蒂的生活才是真實的。我心想，那天她的語氣是那麼肯定，今天她所說的卻又完全相反。

但，那天在書店內的傅麗妲是來自我的想像，不是嗎？在那另一個世界中，我可以虛構一個我喜歡的、可信的傅麗妲。

為此，我可以賦予我想像中的傅麗妲任何我希望的特質。我可以選擇她是討人喜歡的、和氣的、溫馨的。

在這個想像的世界中，傅麗妲可以成為我想要的那個她。

「妳明白嗎，凱蒂？」傅麗妲一直追問，「妳明白嗎？」

「是的，」我輕聲說，「我明白。」

33

我又回到她的辦公室。傅麗妲仍在講電話，她稍稍遠離我，電話線纏繞在她腰上。眼前的一切十分清晰，我可以看到陽光投射在電話線的塑膠外皮上發出微光。我可以聽到她對著話筒喃喃說話，偶爾提高音量，以嚴厲的語氣跟對方談。我可以聞到她身上濃郁的香水與香菸的味道。

坐在那裡，看著她的背影，我想起來了。我全都想起來了。

那是大約四年前，一九五九年的春天。「姊妹書店」面臨重大抉擇。書店生意清淡；我們付不出房租和貸款。我們必須結束營業，或搬家，或另外想辦法。在我的另一個生活中，我想像我是凱蒂的那個生活，這些情況發生在我從我的外公那裡獲得一小筆遺產之前。但在這個世界中，此刻就我的記憶所及，傅麗妲和我當時仍不知道我很快就會得到一筆遺產。

相反地，傅麗妲開始談她想關閉珍珠街的書店，遷到一處購物中心另起爐灶的計畫。如同她早在多年前就在我的另一個生活中提起的一樣。但我們沒有資金去實現這個計畫。

有一天，她坐下來，開門見山對我說：「妳必須回去向拉爾斯要錢，這是我們取得資金進行下一步的唯一辦法。」她點了一支菸，對著我噴煙。「他有辦法吧？」

我微笑。「他很有辦法，」我說，「但我不知道他是否願意投資我們的事業。」我聳聳肩，「他常說這是我的事，不是安德森的事。」

傅麗妲翻白眼。「哼，我還以為婚姻是一種夥伴關係。」她用陰沉的眼神看著我。

我記得我當時聳肩。夥伴關係？是的，拉爾斯和我是夥伴，每當遇到和孩子有關、去哪一座教堂做禮拜、邀請誰來家裡作客這些問題時。但在事業方面，我們就不是夥伴了。他的事業是他的事，我的事業是我的事。我們剛開始交往時早就有這個共識，這是我們共許的。「我不知道……」我支支吾吾地說。

「面對現實，問他看看，凱蒂。」

於是我問他了。意外的是，他的反應比我想像中得好。「我有興趣，」他說，一邊啜飲他的睡前威士忌，「尤其是假如這是妳想要的……假如這樣會讓妳快樂的話。」

假如這是我想要的？我不知道我想要什麼。我不知道怎樣才會快樂。我只有一點模糊的概念，就是假如其他人都快樂，讓傅麗妲、拉爾斯、三個孩子都快樂，我也會快樂。

傅麗妲顯然不滿意現狀，但假如我們能改變現狀，假如我們做了她想做的事——那麼她就會快樂了，不是嗎？我推論，我可以為她做這件事，要求拉爾斯資助我們作這個重大的改變。

拉爾斯那邊好像沒問題，拉爾斯好像很快樂，但他一直都是那樣，直到現在還是。他凡事樂觀，他完全相信當他遇到我時，他就像挖到金礦一樣——這使他無論發生什麼狀況，都會勇往直前。我欣賞他這種特質，但我始終做不到。

那麼三個孩子呢？三個幼小的孩子似乎都很快樂，不是嗎？那時我的三胞胎兩歲半，不再是小嬰兒，但也還不是成熟的孩子。他們似乎沒問題——大部分時候。米契和米希會講話、會跑、會爬、會看書、會學習運用想像力。

米可……我承認我不知道米可是怎麼回事，我只知道他不像其他兩個孩子。他只會說幾個字，他坐在角落裡，他自己一個人玩，一遍又一遍重複相同的簡單遊戲，把積木或書本疊放整齊，玩具車排成一列。他不看任何人，他老是低著頭。

但那沒什麼關係，不是嗎？這對一些孩子來說是正常的。我們請珍妮來帶孩子已經一年多了，她是專家，不是嗎？要是有什麼不對勁，相信她一定會告訴我們。

事隔多年之後再回想，知道我現在已知的，我不禁脹紅了臉生自己的氣。我當時為什麼沒有看出來？我怎會如此盲目？

「既然這樣，」拉爾斯從沙發站起來，「那我們應該一起開會討論——妳、傅麗妲，和我。我們近日內請她過來吃飯，等孩子們上床睡覺後，我們可以一起商量這件事。」

我露出感激的笑容，雙手抱著他。「謝謝你。」我在他耳邊輕聲說。

第二天早晨我早早醒來，迅速更衣，急著趕去書店將拉爾斯說的話轉告傅麗妲。我還記得我準備出門時臉上帶著微笑，忙著找我的鑰匙，並且把幾本書和一些辦公用品夾在我的腋下。

這時候，有人在我肩膀上輕輕拍了一下。是阿爾瑪。

「抱歉，」她輕聲說，一面緊張地往樓梯方向、往孩子們的房間張望，珍妮在孩子的房間陪他們。「抱歉，安德森太太，有件事我必須告訴妳。」她緊握拳頭，兩手貼著身體兩側，貼在她漿洗得乾淨、筆挺的制服上。「我不能再保持沉默了，太太，我必須告訴妳珍妮所做的事。」

此刻我坐在十一樓傅麗妲寬敞的辦公室內注視著她，她正在接聽電話。「好，我同意。」她對著話筒說，「好，但我想我們必須再討論一下，」她頓了一下，朝我這邊看一眼，「這樣吧，我可以十分鐘之後再打給你嗎？我現在有訪客。」

她掛斷電話後，我平靜地說，「我想起來了。」

她笑了。「多麼自然。」她諷刺地說。

我咬著下唇。「我很抱歉！」我大聲說，「我很抱歉這件事讓妳覺得荒謬。」我感覺口中有點苦澀，「但我現在也想起來了，為什麼我沒有理由向妳道歉。」

「哦？是嗎？」她的身體往前傾，兩手按著桌面，「先離開的是妳，把那個爛攤子全部丟給我的是妳。」

「我不得不離開，」我說，「我的孩子需要我，我的家庭需要我。」

她搖頭，伸手去拿桌上那包香菸。「妳故意誇大其詞把事情說得很嚴重，事實上，妳巴不得拿它做為脫身的藉口。妳不快樂。妳一心只想著妳不在他們身邊，妳說——」她拿出一支菸，含在嘴上點火，「妳說書店是在浪費妳的時間。」她對著我噴出一口煙，「妳還記得嗎，凱蒂？」

是的，我還記得。而且我記得為什麼我會說這句話。因為珍妮是傅麗妲幫我找的。傅麗妲讓我相信擁有這方面學位的珍妮是照顧孩子們最適當的人選。

我還記得我對傅麗妲說，米可會變成這樣都是她的錯。「如果我在家，他就沒事了！」我大聲嚷著，「如果我沒有雇用珍妮，沒雇用妳找來的那個可怕的女人，傅麗妲，如果我沒有那麼做，現在的一切都會大不相同。可是妳——妳說服我留在書店，妳找珍妮來幫我帶孩子，而我相信妳，我相信妳，傅麗妲。我相信妳是在幫助我做正確的事。但其實它大錯特錯，現在，妳看他成了什麼樣。」那時我坐在櫃臺後面的椅凳上，臉紅脖子粗，渾身顫抖。然後我深吸一口氣，望著傅麗妲。

「我退出。」那時我堅決地說，「我不管妳想做什麼，但我要退出。這不適合我——而且老實說，它也不適合妳。妳自己想想看，傅麗妲，這是妳的錯，不是我。可以的話，妳自己去解決這個爛攤子，儘管去做妳夢想的偉大事業，我不在乎。」

「我哪有辦法？」她說，「我又沒錢，凱蒂。」

我雙手抱胸。「那不是我的問題。」我對她說。

那的確沒有成為我的問題，我讓這句話成真了。那時候我退出了，不再參與。我現在想起來了，我和傅麗妲大吵一架後不久，我繼承了那筆遺產，但在這個世界中，那筆錢並沒有用來挽救「姊妹書店」。我用它來做什麼？我聳聳肩，然後我又想起來了。在這個世界，我用那筆錢請了律師讓我擺脫「姊妹書店」的爛攤子——大部分錢都花在這個上頭，剩下的呢？我在心中暗笑。春田街客廳那張優雅舒適的沙發和其他上等家具都是用剩下的錢買的。

傅麗妲大步走到書店的前窗，望著外面空無一人的珍珠街，半晌後她回頭看我。「妳自己有什麼打算？」她問，口氣不是很友善，不是真的關心。她的語氣是嘲諷的，「家庭主婦，嗄？好吧，它反正是妳一心想要的。」

「它不是我一心想要的，只是事情發生了，它是事情演變的結果。」我站起來，扭著我的雙手，「它是突如其來的，傅麗妲，看在老天分上，我差點就見不到他了，那個可憐的人有可能因此喪命。」

她譏笑我。「真會編故事。妳應該打電話給報社，它會成為一篇吸引人的故事。」

「結局呢？」我輕聲問，「它會有什麼結局？」

「這個嘛，」她轉頭，不肯看我，「我想我們終究會知道，不是嗎？」

此刻，傅麗妲坐在她的辦公室內和我面對面，凝視著我。「妳沒有留給我任何東西，」她說，「幾乎什麼都沒有，有的只是一堆爛帳，我們倉庫裡的幾百本庫存書，一些雜七雜八的書店設備，我們連搬家的錢都沒有。」

我低頭看著我的大腿。「妳可以向妳的父母求助。」我怯生生地抬眼看她。

「我怎能那樣做？」她又緊緊抿著唇，「我怎能向他們開口？我怎能夾著尾巴去找他們，承認我失敗了？我沒有……」她望著大玻璃窗外面，然後回頭看我，「我經營書店沒有成功，在他們眼中，我所做的事沒有一件是對的。我沒有……」她猶豫了一下，又說，「我沒有結婚，我沒有找到另一個……人……和我一起生活。」

我等她繼續說下去，但她沉默下來，垂下視線。她把香菸拿到桌上的菸灰缸敲了幾下，點點菸灰飄上來，在空氣中浮沉片刻才又落在瓷菸灰缸裡。

我想到吉姆．布魯克斯，在另一個世界，那個想像的世界中，傅麗妲告訴我的那個人。聽起來他似乎是個合適的對象——在那個生活中。不過，我心想，我當然會為傅麗妲虛構一個幸福的結局，在那個幸福快樂的世界。

然而，在這個世界中，這個真實世界，她卻是不同的情況，不管是個人的或事業上的。我不知道她從什麼地方，或以什麼方式得到那筆資金繼續推展她的事業。我不相信她會去找她的父母，但傅麗妲是個聰明人，而且資源豐富，有能力想出辦法來。也許她真的找到一個投資人，如同她在我想像的世界中那樣。但無論如何，我都懷疑那個和藹可親又令人著迷的吉姆．布魯克斯，或任何和他相似的真人，會在傅麗妲現在的生活中占有一席之地。

而且我明白，忽然明白，這是什麼原因。

傅麗妲不要吉姆．布魯克斯，或任何一個和他相似的人，那種人不是她渴望的夥伴。傅麗妲要的是真正的伴侶。正如我的母親所說。不——比那個多更多，比那個想像的世界中，我的母親以為的傅麗妲和我的關係多更多。

但我作了不一樣的選擇。我的選擇為她帶來什麼？不光是對我們的事業——那是一件事，但卻是一件小事。

真正的問題是，我的選擇為她的心帶來什麼？

我搖頭。我無法相信我直到今天才看出來。

「麗麗，」我輕聲說，「麗麗，我很……我很抱歉。」

她抬頭。「哼，」她說，將香菸舉到她嘴上，吸了一口，然後轉頭對著旁邊吐煙。「人生自有它獨特的扭曲和轉彎，不是嗎？」

我的身體往前傾，兩隻手抓著我的皮包，規律地打開、關閉皮包上的鍍金釦。「我希望妳……也許有一天妳可以……」我沉吟，因為我不知道該說什麼。

傅麗姐默默地望著我。「也許妳是對的，」她終於說，「也許我可以。」她緊盯著我，「也許我需要見妳一面，也許這樣有助於我……從這裡繼續走下去。」

我怯怯地微笑。「我希望如此，麗麗，我真心希望如此。」

她站起來，用力吸一口菸後將它捻熄。「我必須回那通電話，」她不帶感情地說。她繞過辦公桌，一隻手輕輕放在我的肩上，然後立即縮回。「請妳了解，凱蒂，我對妳父母的事真的感到遺憾。」我們互相對看——她一向跳躍與明亮的眼眸，此刻是令人寒心與陰沉的。

我把頭別開，眨眨眼。

傅麗姐深吸一口氣。我強迫自己回頭再看她。「還有，我很抱歉我沒有去參加妳父母的告別式，」她繼續說道，「妳是對的，我應該去才對。」

我起身，感覺我的膝蓋在發抖。「謝謝妳，」我說，「聽到妳這句話，我很安慰。」

她點頭。「照顧妳自己，還有那個丈夫，和孩子們。」

「我會。妳自己也要保重。也許……」我猶豫了一下，「也許我們還可以再見面……

找個時間。」

「也許。」她轉頭望著窗外，然後又回頭看我。她抱著雙手，兩隻手塞進她的袖子裡。「我的秘書會送妳出去。再見，凱蒂。」

傅麗妲用力嚥口水，我看得出她不但希望我離開，而且需要我離開。

我在走過地毯、走向門口之前，最後一次向她點頭示意。

34

外面，人行道上的積雪開始融化。川流不息的車輛在十八街上颼颼掠過，一輛巴士轟隆隆開到路邊停下，沒有乘客下車，又開走了。耀眼的陽光高掛在西邊。我經過傅麗妲的辦公大樓旋轉門時不由得伸手遮住我的眼睛。

然後，我看見我的父母站在我面前的人行道上。

「母親，」我倒吸一口氣，「爹地。」

他們對我微笑，我走向他們，擁抱他們——但我知道我的父母不是真的站在那裡。他們只是出現在我的腦海中。

「是我想像出你們來，」我說，「這是我的幻想吧？」

「凱蒂。」母親上前，一手攬著我的肩膀。我很驚訝我的腦子竟能像魔咒般召喚出她的觸感，彷彿她真的站在那裡，用她的手指按壓我的外套布料。

原來，想像力是非常聰明、勤奮的東西。

「我們是來向妳告別的，甜心，」我的父親說，「只有這件事，只是來說再見。」他走到我的母親身旁，離我只有幾吋，「還有，我們愛妳。」

「我也愛你們。」我喃喃說道，隱約察覺一名穿深色外套與帽子的男子從我右邊經過，然後又疑惑地回頭看我。在他眼中，我或許是個站在路邊對著空氣喃喃自語的瘋婆子吧。

「我不會再見到你們了嗎？」我問我的父母，「我不會……我不會再回去那裡了嗎？」我轉頭，咬著我的嘴唇，「我是說，回到那另一個世界，我不會再回到那裡了嗎？」

雖然問了這些問題，但我已經知道答案了——因為那個指示我的父母該說什麼的人是我，假如他們真的站在這裡的話。

「凱蒂，」母親伸手指著我的額頭，「把它從這裡取出來，」她說，「放進這裡。」我看著她拍拍我的心。

「我明白。」我說，點頭，「我會想念你們。」

我的父親搖頭。「沒有必要，」他說，「妳永遠都跟我們在一起——只不過是以一種不同的方式，不是妳以為的那種方式。」

「你們會幫我……照顧我的孩子……對吧？」我艱難地嚥下一口口水，「沒有你們，我無法照顧我的孩子……米可。」

母親發出她那悅耳的笑聲。「妳可以的，凱蒂，不要懷疑妳自己，不要懷疑拉爾斯，尤其……」她露出燦爛的笑容，「不要懷疑米可。」

我眨眼，忍住淚水，然後閉上眼睛。

等我再度張開眼睛，我的父母已消失了。

35

我坐在休旅車上，車子停在米契和米希的學校外面。我戴著手套的雙手扶著方向盤。我在想那另一個世界，想我是凱蒂的時候。我還記得我母親的手，記得我能感受到她的觸感，聽到她的聲音。我心想，我永遠可以在我腦中聽見我父母的聲音。

我看一眼我的手錶。兩點四十五分。米契和米希很快就會從我右手邊那個門出來，旁邊的窗戶上貼著雪人圖案的那個門。他們出來時書包會甩到後面，夾克釦子打開，無指手套吊掛在繩子上。他們走過人行道，朝我等待的地方走來時，金色的鬈髮會在午後的陽光下閃閃發亮。

三點十分時，我會帶著米契和米希回到春田街的家。米可會在家數硬幣。米可也許一整個下午都在數硬幣。只要我們允許他，米可很可能除了吃、睡和數硬幣外其他什麼也不做。

阿爾瑪會給每個人準備點心：一杯牛奶、一個蘋果、一塊餅乾。我會重新煮一壺咖啡，坐下來看他們吃點心，聽米契和米希敘述他們的一天是怎麼過的。米可會在一旁規律地數五分、一分、兩毛五分的硬幣。

之後，我們會讓他自己數硬幣，米契和米希會開始寫功課。他們要閱讀，這一年他們的閱讀進步神速，我知道如果我多花點時間聽他們大聲朗讀，他們會讀得更好。米契和米希輪流在我面前朗讀十五分鐘後，我會讓他們練習寫字。阿爾瑪也會把切成塊狀的雞肉放進烤箱烤，然後洗豆、摘豆。

到了四點半，我會給孩子們看一個小時的「米老鼠俱樂部」。米可會抱著硬幣罐到客廳，坐在地板上繼續數，遇到節目的固定演員說了什麼話或做了什麼事使另外兩個孩子哈哈大笑時，他才會偶爾瞥一眼電視機。他們的電視時間會持續到五點半，拉爾斯下班回來，晚餐正式上桌。

米可會打翻他的牛奶，因為米可總是打翻他的牛奶。這時我會把桌子擦乾淨，因為我認為要求阿爾瑪來收拾是不公平的。

晚上，我們全家會一起玩印度宮廷十字遊戲，拉爾斯或我必須和米可一組，因為他無法安靜坐著等輪到他移動棋子。他會起來走動，回去繼續數他的硬幣。一整天下來他會疲倦，經驗告訴我，他極有可能退回到他早該放棄的嬰兒習慣，我必須格外留意他，防止他把硬幣放進嘴裡。

到了七點半，米希會去洗澡，她洗完後輪到男生洗。拉爾斯會送米希上床睡覺，所以她梳完頭後，幫她梳頭是我的工作，他就會幫她蓋被子、講故事。

我會監督兩個男孩穿上相同的睡衣，爬上相同的小床。米可會問他能不能和硬幣一起睡，我會告訴他不可以。他會尖叫，拉爾斯就會進來安慰他。最後我們會妥協，讓空的硬幣罐整夜都放在他床上，硬幣則收到一個缽內，我帶回我們的房間，放在衣櫥最上面的隔板。我知道這樣就算米可想去拿，一定會先吵醒拉爾斯或我。

等孩子們都安頓好後，拉爾斯和我會下樓，他會為我們倆各斟一杯酒。我們會告訴對方這一天發生的事。我會告訴他我去看傅麗妲，他會很驚訝我去找她，但不會對她所說的話太吃驚。當我哽咽時，拉爾斯會抱著我、安慰我。

我不會告訴他所有細節。我不該跟任何人分享傅麗妲的感傷，即便是拉爾斯。

喝完酒後，我們會各自去做自己的事——拉爾斯會去書房趕報告；我會去整理臥室，之後也許回到客廳看書。我會找藉口經過走廊，凝視我父母和我的合照。我會整個晚上一再從它面前經過，看它一眼，一次、兩次，一而再，再而三。要是被拉爾斯發現了，他就會從背後抱著我，從我的肩頭上凝視那張照片。

到了晚上十點，我們會上床休息。我們會靜靜地爬上床，熱情、真誠地做愛——但為了保護他的心臟，我們會放慢動作。事後，我會依偎在他身邊，他會溫柔地撫摸我的背。然後我會沉沉入睡。

我知道這些事情會發生，就如同我對其他所有事情那般確信。

我確信世界會這般運轉，就如同我是凱蒂時對那個世界所懷有的信心一般。

現在我知道了，另一個世界已經褪色，我在這裡，我在屬於我的地方。

我打開車門，對著我的雙手呵氣取暖，揉搓我的臉頰。然後我走上通往學校的人行道，在距離校門口數呎的地方停下來，等著擁抱我的孩子們。

致謝

我在此由衷感謝Harper出版社的傑出編輯克萊兒．魏可丹敏銳的洞察力、熱心與精采的故事。哈娜．伍德靈巧而優雅地維持編輯進度。米蘭妲．歐特威爾敏銳的眼睛看到最細微的地方，把書稿編得更好。蘇珊娜．愛因斯坦是個令人難以置信的經紀人，她從一開始讀這本書就愛上它，我感激她的專業和友誼。感謝Einstein Thompson Agency的全體員工，謝謝你們的熱情與奉獻。

感謝莎娜．凱利為我指引正確方向，一路走來成為我的良師益友。感謝Lighthouse Writers Workshop的每一個人，謝謝你們提供靈感、激發創意的工作室與會議，以及一個傑出的作家社群。蓋瑞．舒巴赫與蘿絲．弗列德瑞克的文學談話、咖啡與多方的協助。蘇珊．萊特、瑪莉．艾略特、約瑟琳．薛勒最早閱讀初稿，給我許多建議與鼓勵；我很榮幸能與她們結為姊妹淘。我有幸在我的生命中擁有瑪麗．豪瑟與珊德拉．休尼克，感恩她們。感謝「我的電腦朋友」，謝謝你們和M４L。「改變世界的讀書俱樂部」貢獻良多，它的會員改變了我的生命，讓我變得更好，也讓我心存感激。

謝謝丹佛公共圖書館西部史的工作人員提供地圖、舊報紙、電話簿及友善的協助。菲爾．古史坦編撰的南丹佛史大作為我提供許多本書的背景與歷史資料。Tattered Cover書店老闆喬伊絲．梅斯基斯與Book House前任老闆桑妮雅．埃林波提供許多有關一九六〇年代獨立書店的作業與經營細節。我閱讀了許多有關自閉症的臨床資料，但邁可．布拉斯特蘭扣人心弦的回憶錄《喬，一個孤獨的男孩》協助我真正體會到自閉症孩子的父母所面對的挑戰。感謝The First Universalist Church of Denver婦女讀書會分享了她們的回憶，協助我模擬一九六〇年代初期年輕婦女的生活。

在此針對歷史的真確性提出一點說明：雖然一九五〇年代有許多報紙在它們的分類欄目開闢「寂寞芳心」廣告，但《丹佛郵報》並沒有。我希望讀者能給我浪漫的應許，在一九五四年的《丹佛郵報》上開闢一個虛構的個人廣告欄目。

如果不是四位卓越人士的鼓勵與奉獻，這本書不會開花結果。查理、丹尼斯、珍，謝謝你們成為我的靈感和我生命中的愛。除此之外，我要特別感謝山姆，我真高興我們能相遇相知。

——附錄——

作者的一生

辛西亞．史旺森：珍惜她所擁有的一切

訪談者：珍．佛布斯

轉載自書架情報網站

辛西亞．史旺森當初進入大學時讀的是建築系。和許多作家一樣，她認為她需要一個「實用」的職業，由於她一直都喜愛設計，建築似乎是最合適的科系。但她忘不了寫作。她說：「寫作永遠排第一，設計其次，但它結合了一切。拉爾斯（《翻頁人生》中的主要人物之一凱瑟琳．安德森的理想丈夫）就是一個建築師。我藉著我筆下的人物間接地悠遊設計人生。」

凱瑟琳與拉爾斯居住的房子，與辛西亞．史旺森和她的丈夫在丹佛的住家相似，都是「可敬的世紀中期現代主義設計」風格。這點大大影響了《翻頁人生》中逼真的想像力。「我的設計理念很簡單：尊重老宅的完整性。」通過學習與深入了解她所居住的一九五八年興建的三層樓建築的完整性，她才得以確切地在她的小說中重建那個時代的建築。

但一九六〇年代初期並非《翻頁人生》最初設定的時代背景，因為在她的這本長篇小說處女作中，女主角在事隔多年之後才知道為什麼她去赴約被放鴿子這件事改變了她的一生。辛西亞．史旺森最早把她的故事背景設定在現代丹佛。「初稿寫了大約百分之三十後，我明白一個現代的凱蒂會更不容易接近她的處境。」她說，「舉個例子，她會有更多的資源：線上搜索、查詢Google地圖。通訊速度會更快。假如他沒有出現，她會發簡訊給他。她不會等到事隔八年之後才知道真相。」

因此辛西亞．史旺森將故事背景退回到資訊不發達的時代。但資訊不發達的時代有很多，為何獨鍾一九六〇年代？「我喜愛這段時期。我已經開始寫我的第二本小說了，它的時代背景依舊設定在那個時代。」辛西亞．史旺森說。它同時也是凱蒂的事業最興盛的一段時期。凱蒂．米勒和她的摯友傅麗妲合夥經營一家小書店，原本生意很好，直到丹佛市的電車不再行駛於書店所在的街區後，生意一落千丈，兩人於是開始討論把書店遷移到郊區的購物商場的可能性。辛西亞．史旺森指出，「這是一個對現代的隱喻，在一九六〇年代，她們要對抗的是都市郊區，現在的書店要對抗的則是大型超商與網路。」

在辛西亞．史旺森的故事中，一九六〇年代的書籍出版情況欣欣向榮。小說中提到雷．布萊伯利的小說《闇夜嘉年華》、瑞秋．卡森的《寂靜的春天》，以及其他著名的文學作品。「我對那時候的暢銷書做了許多研究，」辛西亞．史旺森說，「做研究然後讓書中的角色來利用這些書，這是很有趣的一件事。我在每一次的草稿中會多增加一些書，我的編輯說讀者喜歡讀小說中提到的書籍，但假如我說我讀過其中的每一本書，那是在騙人。」

身為單身職業婦女，凱蒂有時間閱讀所有的書籍，但凱蒂的另一面是凱瑟琳，她是三個孩子的已婚婦女，她放棄她的職業回家照顧她的孩子。自一九六〇年代迄今，女性的掙扎——在家庭與事業間作選擇，有大幅度的改變嗎？辛西亞．史旺森說：「女性仍然在這種選擇中掙扎，但我相信今日的女性有更多的期待。以前是一種定局，非此即彼；現在妳比較能夠兩者兼具。不過，現在的婦女可以有比較多過去沒有的創意的選擇，好比彈性工作時間或在家裡遠距上班。但無論在哪個年代，女性都比男性更艱難。」

辛西亞．史旺森很懂得如何調配她的責任。她和凱瑟琳一樣，也是三個幼齡孩子的母親。她解釋說，雖然《翻頁人生》是她的第一本出版的小說，但她一直在進行寫長篇小說的工作。「我從不認為《翻頁人生》會是一個短篇小說，我有太多東西要寫。我曾經中斷了很長一段時間，以為我的創意消失了，後來又開始提筆；我如果有了一個可行的點子就會非常興奮。」

辛西亞．史旺森和凱蒂．米勒一樣，開始寫作時還是單身婦女，後來為人妻、為人母的角色徹底改變了她的寫作計畫。「有孩子之前，如果我想到一個短篇故事的點子，我會從長時間的工作中暫時停下來，去寫故事。結婚後，如果我想到一個短篇故事的點子，我會先做筆記，然後再回頭去寫。我每一天都在找時間寫作，很怕一旦故事中斷就會失去動力。」

辛西亞．史旺森維持動力的方法就是不斷地研究。儘管她說「我喜愛研究，它充滿樂趣」，但她也知道它可能是個陷阱。你很可能掉進想學更多的黑洞而放下寫作。所以對她而言，「它是我給自己掛在前面的胡蘿蔔，我寫初稿時很少查資料做研究，但我會把我對故事的想法記下來，然後再去做研究。」以這種態度做研究在許多方面都有助於《翻頁人生》。當辛西亞．史旺森在她的教會與婦女讀書會聚會時，一些年長的會員告訴她，凱蒂不會像史旺森初稿中所描述的那樣穿緊身褲——因為那個時代還沒有發明緊身褲，所以後來凱蒂改穿絲襪。

另外，辛西亞．史旺森也對凱蒂和傅麗妲的書店為什麼在這段時期由盛而衰的原因做了研究。她發現最大的原因是她為書店設定的那個地區的電車路線改變了。

自閉症在《翻頁人生》中也扮演一個重要角色。史旺森是因為知道有個家庭面對這個問題才把它寫在初稿中。她後來的研究證實了她已知的自閉症兒童的母親普遍都有內疚感。她也發現，幸好自閉症的「冰冷母子關係」理論只是一種短暫的現象。

這種驗證事實的方法似乎非常適合辛西亞．史旺森。她可以正視她筆下的角色所面對的「假如」問題：假如她用一種不同的風格寫作呢？但史旺森說她的看法是堅定的：「感激你已擁有的。它不會十全十美，但無論採用哪一種方式都有它的優點。」她目前正在進行第二本小說，也許還會再寫更多短篇小說。身為自由作家，她說：「我從不拒絕任何東西。」但她會先花幾分鐘享受她的第一本小說為她帶來的喜悅。

國家圖書館出版品預行編目資料

翻頁人生 / 辛西亞・史旺森(Cynthia Swanson) 著；林靜華譯. -- 初版. -- 臺北市：皇冠, 2018.05
面；公分. --（皇冠叢書；第 4691 種）(Choice ; 315)
譯自：The Bookseller
ISBN 978-957-33-3372-2(平裝)

874.57　　107005382

皇冠叢書第 4691 種
Choice 315

翻頁人生

The Bookseller

作　　者—辛西亞・史旺森
譯　　者—林靜華
發 行 人—平雲
出版發行—皇冠文化出版有限公司
台北市敦化北路 120 巷 50 號
電話◎ 02-27168888
郵撥帳號◎ 15261516 號
皇冠出版社（香港）有限公司
香港上環文咸東街 50 號寶恒商業中心
23 樓 2301-3 室
電話◎ 2529-1778　傳真◎ 2527-0904
總 編 輯—龔橞甄
責任主編—許婷婷
責任編輯—楊惟婷
美術設計—王瓊瑤
著作完成日期— 2015 年
初版一刷日期— 2018 年 05 月

法律顧問—王惠光律師

讀者服務傳真專線◎ 02-27150507
電腦編號◎ 375315
ISBN ◎ 978-957-33-3372-2
Printed in Taiwan
本書定價◎新台幣 399 元 / 港幣 133 元